# 石上露子 私論

## ―女性《にょしょう》にて候、されど―

梶野政子
Kajino Masako

風詠社

◎写真 1−1

◎写真 1−2

◎写真 1−3

◎写真 1−4

▲写真 1−1 から 1−3 は松本和男『石上露子文学アルバム』より

◀写真 1−4 は松村緑「石上露子遺文」（『比較文化』第 8 号東京女子大学）より

◎写真 1–5　▲写真 1–5 は『婦人世界』第 44 号掲載の鉄眼寺で行われた秋季茶話会記念集合写真。後列右から 6 番目が露子、その右隣がしん子、後列右から 10 番目が宇田川文海、しん子の前、管野須賀子。僧衣姿は当時の鉄眼寺住職泰宗通仁師。（石川武美記念図書館・静岡県立大学蔵）

# 石上露子の生涯―「はじめに」にかえて

本論に入る前に石上露子の生涯について、そのあらましを述べておこう。

石上露子《いそのかみつゆこ》（本名杉山タカ）は、明治一五年（一八八二）石川郡富田林村、現在の富田林市に父団郎母奈美の長女として生まれた。彼女の生家は、「富田林のさか屋の井戸は、底に黄金の水がわく《花咲く》　一に杉山二にさどや三に黒さぶ金が鳴る」と謳われた、当時は酒造りもしていた大地主の杉山家であった。三年後には妹セイが生まれたが、露子は、杉山家の跡取り娘として、厳しくそして大切に育てられた。

父の病気養生のため、明治二〇年から四年間、大阪市内で過ごし、教育水準の高い都会的な愛日小学校に通う。露子は、富田林に帰ってからも大阪の生活を懐かしく思い出している。

一三歳のとき、突然実母の奈美が離縁されて、母親は一人実家へ去った。まだ母親が必要な少女期の彼女が、三つ下の妹を守らなければ、という気持ちで必死に耐えた。母とはぐれ、祖父が後妻との間に生んだ年齢も同じくらいの叔母たちも住まう、複雑な家庭環境で育った露子の孤独感はいっそうつのり、そのためか人には泣き顔をみせないかたくなで内向的な少女になっていく。

明治三二年高等女学校令が公布され、女子がしだいに高等教育を受けるようになる前の明治二八、九年ごろには、露子も大阪市立高等女学校や梅花女学校に一時通ったが、結局は富田林にもどってくる。そして、明治三〇年家庭教師として神山薫という女性を迎えた。この女性は、進歩的な女性で、露子や妹、若い叔母たちを東北や東京旅行へ連れて行き、見聞を広め、新しい文化へ目を開かせることになる。その旅行中に、東京で、露子は運命の男性と出会った。彼は、露子よりも三歳上の東京高等商業学校の学生で、長田《おさだ》正平といった。明治三三年二度目の東京滞在中は露子たちをまめに世話し、夏には彼が富田林を訪れて、露子たちと紀州・和歌山へ旅をした。親しさをましつつあった二人を警戒した父親は、翌年正月に再び杉山家にやってきた正平に、娘との交際をきつくいましめる。露子も跡取り娘、正平も又、由緒あるもと武士の家の長男であった。当時の民法では、相続者同士の結婚は認められなかったのである。正平は杉山家への出入りを禁じられ、そのことに煩悶したのか、学校も退学、明治三五年九月には、はるばる神戸の田村商会に就職する。露子の味方は、妹、そしておそらくは実家へもどった母親であったが、妹も明治三六年早々に大阪瓜破の大谷家へ嫁がされてしまう。妹はお産がもとで結婚後二年たらずで亡くなった。

さて、家庭教師の神山もすでに解雇され、妹も失い、失意の露子だったが、そのやるせなさを解き放してくれたのは、雑誌へ投稿をし、それが認められていく、文筆活動の道であった。明治三四年には、前年に東京で発行された女性啓蒙紙『婦女新聞』に「「継母」について」という美文を投稿し、編集者や読者の注目を集めた。以後、三九年一月まで、投稿の常連となり、編集者の面々とも近づきになる。その中で、日露戦争開戦直後、明治三七年四月に発表した「兵士」という作品は、今も、戦争の悲惨を訴えたものとして高く評価されている。明治三六年春ごろ『明星』から退場した長田正平と入れ替わるように、露子は同年一〇月に与謝野鉄幹・晶子の率いる新詩社に入り、『明星』歌人として活躍する。そこでは五人の女詩人の一人として「白菊」にもたとえられた。日露戦争下、明治三七年七月『明星』誌上に、露子の「みいくさにこよひ誰が死ぬさびしみと髪ふく風の行方見まもる」という短歌が採られた。『明星』きっての論客、平出修は、戦争を歌ってこれほど真摯で、いたましい感じを与えるものは他にないと称賛した。

このように、露子は、次第に社会へ目を向けるようになる。社会や国家のありかたに疑問をもつようになった背景には、週刊『平民新聞』などの社会主義関係の新聞を熟読したことと、露子が、明治三四年に入会した大阪の裕福な婦人の団体浪華婦人会での実践活動がある。この団体は、日露戦争下では、貧しい婦人や出征軍人の妻女に無料で裁縫を教え、完成品を売って賃金を支払う家政塾や、母親が働く間乳幼児を預かる幼児保管所（保育所）を設立し、露子も協力した。露子はこの婦人会の機関誌『婦人世界』の編集者として、多大な働きをした。自らも作品をどしどし提供し、その中には、やはり戦争を非とする、そして、社会主義への親近性が顕著な作品をいくつも書いている。たとえば、「霜夜」という作品（『婦人世界』明治三八年一月）がある。ここでは、「社会主義の歌」（富の鎖）まで取り入れられ、国家への疑問が前面にでてきている。「みいくさに」の歌や「兵士」では、社会的政治的関心が文学的表現の影にかくれていたのが、ここにきてはっきりとした非戦思想や社会主義への期待が顔をのぞかせる。露子の場合には、その根底に人間をいつくしむヒューマニズムが流れていたのであろう。

このような社会性は、露子が置かれた「家制度（家父長制）」にも向けられ、露子は、父親の、早く婿を取って家を継いでほしいという要請に頑としてあらがい、結婚は、自由であるべきだという思想に共鳴していく。そしてさらに当時の結婚のありよう、そして女性の生き方へと認識を深めていった。

「野菊の径」（『婦人世界』明治三八年一〇月）では、登場人物の言葉を借りて、義理人情で女性自身が自己を偽る強制結婚・脅迫結婚、を批判する。また「あきらめ主義」（『婦人世界』明治四〇年一月）では、女が他人によって敷かれた道を歩き、そのうちだんだんあきらめてしまって自分を見失うことを憂慮している。

露子の理想は、家政塾の卒業生に向けて語った「人の妻となり、人の母となるのみが婦人の天職にても候ふまじくや」（「開き文」『婦人世界』明治四〇年四月）という言葉に示されている。女性が決してあきらめることなく、「あくまで自己を忘れず奮進」すること、人に強要されるのではなく、自分で選び取った道を進もう、と、女性たちへエールを送ったのである。

しかし、この八カ月後には露子は、大和の片山家から荘平という婿をとって結婚する。当時としてはすでに婚期をすぎた数えの二六歳になっていた。結婚の儀が行われたのは明治四〇年一二月一七日の冷たい夜であった。『明星』明治四〇年一二月に掲載された「小板橋」の詩は、露子の代表作として語り継がれている。恋のおわり、青春惜別の情を歌ったものとして、今も人々の心にしみわたる名作である。結婚を機に『明星』明治四一年一月の五首の短歌を最後に、いったん文筆活動を休止した。それ以降は、露子がお産をした大阪の緒方病院の病院長緒方正清が主宰していた『助産之栞』に文章を発表したりもした（明治四三年から大正八年）。明治四四年父親が亡くなり、跡をついだ夫が大正九年の恐慌時に株で失敗、所有地が三分の一にまで減ってしまったあと、露子の努力で七割強まで回復したが、このころから夫婦間に次第に冷たい風が吹き始める。

昭和五年に与謝野鉄幹・晶子が短歌雑誌『冬柏』を創刊した。ちょうど息子二人が京都大学と三高に入学したのを機に露子も京都へ移り住み、昭和六年からは『冬柏』に短歌を投稿し始める。露子のもっとも落ち着いた時期であったろうが、そこでは若いころの政治や社会に対する明確な主張はみられない。大正二年に長谷川時雨によって「読売新聞」に露子が紹介されて以来少しずつ「小板橋」が取り上げられてはいたが、露子がそれに乗じて世間へうってでたということはなかった。『冬柏』の歌群は、二度と日本の地を踏まないまま、昭和五年バンクーバーで亡くなった若き日の恋の相手長田正平への挽歌と見る研究者もいるように、寂しく悲しい歌が多いのが特徴である。

昭和九年長男が京大を卒業、次男が東大に入学したため、年末に京都から浜寺へと居を移したが、まもなく長男が結核を病み、昭和一六年に亡くなる。昭和二〇年には実母と、精神的状態からすでに家督をゆずっていた夫が亡くなった。夫との思い出は、必ずしも幸福なものではなかったことが、晩年書いた「落葉のくに」から読み取れる。戦後は農地改革のため、保有農地を失い、経済的には打撃をうけた露子であったが、もっと大きい打撃は昭和三一年の次男好彦の自殺であった。晩年、露子は、好彦が生前からよく通っていたという、平石にある名刹高貴寺の前田弘範師との交流を密にしていった。

露子に関心を持ち文通していた、東京女子大教授の松村緑が、昭和二七年、「石上露子実傳」を東大の国文雑誌に発表し、露子の名が広く知れ渡った。「落葉のくに」と改題される自伝を書いたのもこのころだったと考えられる。杉山家の建物や古文書の調査が行われたり、『暮しの手帖』に杉山家が紹介されたりし、家永三郎やその他の研究者たちと交流もできた。しかし、数年前の脳出血が再び起こり、昭和三四年一〇月八日、七八歳の生涯を閉じたのであった。伝えられるところでは、ちょうど晴れ渡った秋の日、虫干しのため広げた色あざやかな衣装のなかでこと切れたといわれている。

家代々の墓から離れて、晩年交流のあった高貴寺の静かなたたずまいのなかで、露子と善郎、好彦の母子三人が眠っている。

露子の死後一カ月後に松村緑の『石上露子集』は刊行された。その後、露子研究が進み、露子の詩人・歌人としての業績のみならず、進歩的な発言にも注目が集まっている。

# 石上露子私論

## ―女性《にょしょう》にて候、されど―

◎目　次

## 第一部　露子の精神史をたどる

## 第二部　露子の美文文体《スタイル》について

## 第三部　「宵暗」「王女ふおるちゆにあ」の作者についての疑義



◎カバー写真　露子肖像、「婦人世界」

# 第一部　露子の精神史をたどる

# 第一章　石上露子をどう引き継ぐか
## ―評価の変遷と課題

主な露子の先行研究書

自由民権家岸田俊子（中島俊子・湘煙）が、大阪道頓堀朝日座で「婦女の道」と題する演説をし喝采を浴びたのは明治一五年四月のことであった。その、約二カ月後の六月一一日、大阪市から南東へ二〇キロほど隔たった南河内富田林で、石上露子（本名杉山タカ）は産声を上げた。富田林は中世末期興正寺別院を中心とした寺内町として、近世以降は河南地方の経済の中心地として、繁栄してきた。露子は旧家の大地主杉山家の長女として生まれた。杉山家は江戸元禄期ごろから造り酒屋としても栄えていたが、彼女の生まれるころには酒造業は廃業したようだ。それには、酒税を倍に値上げするという政府の方針も関係していた。明治一五年の五月、酒税値上げに対し反対ののろしを上げた醸造業者が、自由党の植木枝盛の招集を受け、会議差止を達せられたにもかかわらず、ひそかに大阪から京都へ入り、全国の酒屋会議を開いた。[1]露子の父杉山団郎がこれに参加したという記録はないが、河内国酒造業者が酒税減額の請願書を大阪府知事宛に出した折の惣代の筆頭に杉山団郎の名が記されている。[2]

石上露子（以下この名を使う）の生まれた明治一五年は、自由民権運動がやや下火になり、一方で、女性による「女性解放論」の胎動が始まる時期であった。

ちなみに石上露子以前と以後の、主な女性文学者・解放家の生没年を左記に挙げてみる。

○　中島湘烟　文久三年（一八六三）～明治三四年（一九〇一）

○　若松賤子　元治元年（一八六四）～明治二九年（一八九六）

○　福田英子　慶応元年（一八六五）～昭和二年（一九二七）

○清水（古在）紫琴　慶応四年（一八六八）～昭和八年（一九三三）
○樋口一葉　明治五年（一八七二）～明治二九年（一八九六）
○与謝野晶子　明治一一年（一八七八）～昭和一七年（一九四二）
○長谷川時雨　明治一二年（一八七九）～昭和一六年（一九四一）
○管野須賀子　明治一四年（一八八一）～明治四四年（一九一一）
○**石上露子　明治一五年（一八八二）～昭和三四年（一九五九）**
○田村俊子　明治一七年（一八八四）～昭和二〇年（一九四五）
○平塚らいてう　明治一九年（一八八六）～昭和四六年（一九七一）

石上露子が最初に注目されたのは、長谷川時雨が大正二年（一九一三）、『読売新聞』の「明治美人伝」で、露子の『明星』掲載の詩「小板橋」を採りあげ、「上代の河内の国の、菜の花の咲きつゞく、石川河のほとりに住む、女歌人にふさはしい」名「石川の夕千鳥、石上露子」と謳い上げた時である。戦後になって、松村緑が、消息不明であった彼女の実伝を明らかにし（『国語と国文学』、一九五二年）石上露子の詩歌および自伝を、詳細な解説も加え『石上露子集』（一九五九年）として発表して以降、広くその名が知られるようになった。二〇〇〇年前後には、それまでの「薄倖の歌人」としての露子像を近代的女性としてとらえなおした大谷渡や他の研究者によって、新しい露子像が書き加えられた。大谷は、『管野スガと石上露子』（一九八九年）や『石上露子全集』（一九九八年）によって、強い自我を主張した近代的女性としての評価の定着に貢献した。また、碓田のぼる『夕ちどり──

忘れられた美貌の歌人・石上露子』（一九九八年）『不滅の愛の物語り』（二〇〇五年）、松本和男『評伝石上露子』（二〇〇〇年）『論集石上露子』（二〇〇二年）『石上露子をめぐる青春群像』（二〇〇三年）、短歌評釈の宮本正章『石上露子百歌』（二〇〇九年）など、伝記や短歌解釈研究が進んだ。

もちろん、松村緑は、本人と面談もし、その主要な詩歌作品から、直感的に「確乎たる自我に目ざめた近代的女性」であると見抜いていたし、家永三郎による社会主義的思想への注目もすでになされていた（『日本近代思想史研究』一九八〇年など）。しかし、石上露子の、女性の自我や権利に目覚めたとする、近代的女性としての側面に焦点が移ってきたのは最近のことである。

たとえば、一九七七年刊の『日本近代文学大事典』（講談社）の松村緑の解説では、

—数え年一三歳で母と生別、一人の妹は他へ嫁して早世、法律上も入夫婚姻しか許されない籠鳥の孤愁が悲歌の作因であった。「わすれてはまたもよびぬる君が名や千とせはぐれし身とは知れども」二六歳の暮れにいたって結婚、唯一の詩『小板橋』（「明星」明四〇・一二）はその青春惜別歌で絶唱と定評がある。—

というように、「憂愁の色濃い歌人」と強調されていた。しかし、二〇〇六年『日本女性文学大事典』（日本図書センター）愛知峰子による解説では、「女性の進歩向上、社会活動、文学等に関心が高く、一九の時、夕ちどりの筆名で「婦女新聞」「婦人世界」に寄稿を始めた」という文言が加えられている。露子が文章を発表した『婦女新聞』に加えて浪華婦人会の機関誌『婦人世界』の名が記され、その婦人会での社会活動が評価されているのは、大谷渡以後の近年の研究成果によるものである。

そして、二〇〇七年、「新フェミニズム批評の会」編集の『明治女性文学論』（翰林書房）では、岸田俊子以下、同じ『明星』歌人与謝野晶子、山川登美子とともに二三人の明治期の女性文学者の一人として、石上露子は、〈社会へのまなざし〉というカテゴリーのなかに組み入れられた。そこでは、家政塾卒業生へ贈ったことば「開き文」の一部が紹介され、「ここでは『性役割』を超えて『自己』を全うすべきであるというフェミニズムの根幹に触れる思想がある」と、歌人というよりも、その社会性に注目がされている。執筆担当者松田秀子が、「才色壮絶の歌人石上露子の数奇な生涯」（松本著『評伝』の帯）に偏りがちなこれまでの研究方向を覆し、「多様な形態の作品を」「表現に即して読むことに主眼をおいた」とし、「小板橋」、『明星』の短歌十一首、―有名な彼女の反戦意識をみる短歌「みいくさにこよひ誰が死ぬさびしみと髪ふく風の行方見まもる」が含まれている―そして「落葉のくに」の一部、戦争という男の論理に対抗する狂女を描いた「兵士」、フェミニズムの思想の顕著な「開き文」を紹介している。さらに二〇〇八年、フェミニズム研究者の女性たちによって『新編日本女性文学全集』が編まれ、第二巻には、石上露子の作品「兵士」、「しのび音」、自伝「落葉のくに」が取り上げられた。北田幸恵の解説では「白菊にたとえられるあえかなる薄命の美女」像から「多面的で強靭な露子像」への転換が進んでいる、と結ばれる。最も新しい石上露子への言及として、松田秀子同様、石上露子を語るに目配りのきいた論考ではあるが、露子がどのようにして「近代的自我に目覚め」ていったかを作品に即して明らかにすることは、今後の石上露子研究の課題として残されている。

私は、これまでにあらたに発見した浪華婦人会機関誌『婦人世界』や、初期の書簡類などの新資料を得たことで、彼女の、特に青春時代にかかわった『婦女新聞』や『婦人世界』その他の作品類を横断的に読みなおし、それらの有機的関連を考察することが重要ではないかと考えるようになった。これまでの「薄倖の麗人」像が虚像で「主体的に生きる近代的女性」が実像であると簡単に片づけてしまえない、やみがたい彼女の真実に出来得る限り迫りたいというのが私の思いである。

露子自身は、松村緑に、自分の志はむしろ文章の上にあったともらしたらしい。松村緑は露子の没後、『石上露子集』には洩れていた『婦女新聞』『婦人世界』等に寄稿した文章を「石上露子遺文」として東京女子大学比較文化研究所発行の雑誌『比較文化』に連載した。「ここに収録した雑文や小説の多くは世の常の文学少女の雑誌の投書欄に投稿する程度の筆のすさびであって、要するに明治三〇年代に生きた若い女性の一人、杉山孝子といふひとの精神生活を窺ふための好資料であるといふに過ぎないであろう」と、露子の散文を「筆のすさび」とみなしている。さらに松村は、文芸作家として石上露子を評価するには詩歌と若干の美文そして自伝をまとめた『石上露子集』で十分であるとの見解は変わらないとし、「小説やエッセイを書くためには一旦死んで再生する程の決意と血みどろの苦闘を経て散文的リアリズムを自分自身のものとすることが必要であったと思はれる。しかし作者の素質と性格と境遇とを考へると、それは不可能なことであって、所詮この人の駆使し得た最高の表現形式は詩歌以外にはなかったと言ってよい」と述べ、文章家としては評価しなかった。(3)

露子の短歌の先輩で師でもある与謝野晶子は、『源氏物語』をはじめとしていくつかの平安朝女流作品を現代語訳した。『和泉式部日記』の現代語訳は、大正五年（一九一六）に完成した（『新譯紫式部日記・新譯和泉式部日記』金尾文淵堂）。晶子は歌人和泉式部について、「歌人（和泉式部―引用者注）の筆は叙述を必要とする散文の創作に不適当なのを自覚した」といい（「女詩人和泉式部」下『女性』一九二八年三月プラトン社）、同じように韻文と散文の両立の困難を述べている。私自身は、露子の場合、短歌の叙情と散文のリアリズムがかならずしも分裂してはいないと考えている。

松村緑の言説はともかく、彼女の石上露子遺文の紹介によって、先の大谷渡の功績も生まれたのである。現在、初期の散文類も文学作品として一通りの評価を受けつつあるが、詳細に読みこまれているかというとやや疑問である。研究者の露子像を立ち上げる方便以上には取り上げられていないようだ。

明治三〇年代、国家による女子教育政策が整えられ、また、民間では、さまざまな婦人の活動が活発化するなかで、一人の富裕な女性がどのように精神的に成長し、自己啓発していったかは、むしろ、これらの未完成な小説の類や随筆・評論、そして書簡類にその足跡が記されている。『明星』歌人としての評価が高まる一方、これらの作品は、歌の世界からはみだそうとする露子の精神をも披瀝する結果となっており、私は、露子が、さまざまな新聞や雑誌を読むことで、一女性としての「心性」に刻み込んでいった、精神の痕跡を重視したい。世間一般の文学少女がとったであろう雑誌投稿という方法によって、露子の、単なる「筆のすさび」が、「文学」や「思想」へと深まっていく様相、そして、女性にとって厳しい現実ゆえに、それへのあくなきあらがいの精神が生まれていく過程をたどる。

すでに松本和男による大部な石上露子研究全九冊や評伝も出されており、私は露子の生涯全体をくまなく見通す余裕をもたないが、具体的には、生涯のそれぞれの時期において、作品群をテーマごとに整理し、彼女の文学的真実と、その背景となる時代環境、そしてそれによってどう自己の文学や思想がはぐくまれていくかをできるだけあきらかにしたいと思う。その際の方法としては、「フェミニズム」の視点から見ることを明らかにしておく。

第一部、第二章から第八章までは、彼女の青春期、第九章は結婚から出産の時期、第十章、二人の息子と京都に住み『冬柏』に歌を投稿した時期、そして第十一章、晩年という順で述べる。ただ、彼女の文筆活動は主に、明治三〇年代、少なくとも四〇年までであるので、第九章以降の論考はおのずと簡略化をまぬがれないことを最初にお断りしておく。そして、第二部では、「露子の美文文体」として露子の美文スタイルがはらむ問題を考える。彼女の思想を支えるものとしての美文のありかたについて明らかにする。第三部は、すでに発表ずみであるが、松村緑以来、露子の作品として『石上露子全集』にも採られている「宵暗」および「王女ふおるちゆにあ」が露子の作ではないことを再度述べた。先人の研究結果もそのまま踏襲するのではなく、常に書き改めてこそ、研究が発展すると考えているからであり、その意味で私の論もまたご批判いただきたいと思う。

露子は、各所で「女であること」にこだわりを見せている。冒頭に岸田俊子を挙げたのは、俊子が、男女の差は、教育されるか否か、世間での交際が広いか狭いかの差であって、「自然に得たる精神力に於て差異は」ないと高らかに述べたフェミニストであり、石上露子が生まれ、成長していく過程は、まさに、女性による女権思想が紆余曲折を経ながら、高まりをみせていく道程と重なるからである。

巻末には、作品年表を付けた。露子がその生涯に発表した媒体である主な雑誌と作品、それに対応させて、露子の略歴を表示する。ただし『明星』における短歌、『冬柏』における短歌についてはすべて記載することはできないので、発表年月と歌数だけにとどめる。浪華婦人会の機関誌『婦人世界』を渉猟し、大谷渡編の『石上露子全集』（以下『全集』と記載）刊行後にあらたに私が見つけた「霜夜」や他の露子作品、『助産之栞』で奥村和子が発見した露子結婚後の作品なども付け加えた。また、『全集』に掲載されているものの、露子でない別の作者と私が考える作品は除いた。(4) しかし、まだ未発見の露子作品もあるかもしれず、あくまでも、現時点での露子の作品に限った。露子の青春時代および晩年の書簡も、その生涯をたどるに重要な一次資料であるが、テーマごとの考察にかかわる部分では言及するが、年表では省いてある。

なお、文中に引用した方の敬称を略していることをお断りしておく。年号に関しては、本来、西暦年で表すべきと考えているが、ここでは、歴史をイメージしやすいように、明治、大正、昭和と記載し、一部西暦と併記する。傍点や傍線は特に断り書きのない場合、私、筆者によるものである。

注1　自由党左派植木枝盛が全国の酒造業者に呼びかけた酒屋会議は、明治一五年五月、禁を犯して淀川上で会議を開いたとされているが、『植木枝盛日記』によれば、四月二七、二八日、大阪府警察より酒屋会議を開くこと及び招集することを禁じられたため、五月四日大川に船を浮かべ酒造家二十名ほどで策を練る。

九日、汽車で京都へ入り、十日祇園中村楼で日本全国酒造営業人会議を開いたとある。大阪で差し止められたので京都で開いたのであろう。

注2　家永三郎『植木枝盛研究』第二章（三）全国にわたる反税闘争の展開　p238　一九七六年　岩波書店

注3　東京女子大学付属比較文化研究所発行『比較文化』第八号「石上露子遺文」（一）解説　一九六二年。

注4　注3の松村緑「石上露子遺文」には、「宵暗」が露子作品として掲載されている。大谷渡は『石上露子全集』では夢遊庵の署名になる小説「宵暗」の一部と大谷自身が開拓した翻訳「王女ふおるちゆにあ」を露子作として入集した。私は、前著『石上露子と『婦人世界』―露子作品「宵暗」「王女ふおるちゆにあ」への疑義と新発見「霜夜」について―』（二〇一五年　私家版）で、これらの作品は筒井夢遊庵、つまり筒井準（紫酔楼）という男性の作品であること（第三部で詳述）、また、『全集』には採られていない「霜夜」という露子作品を発見したことも述べた。

# 第二章　露子の詩歌の到達点「小板橋」

「小板橋」の旧蹟

## （一）露子の代表的作品「小板橋」

露子の作品でもっとも人口に膾炙しているものは何か。やはり『明星』未歳第一二号、明治四〇年一二月、彼女の意に染まない新生活（結婚）に入ったころに掲載された詩「小板橋」であろう。現在、この詩に曲をつけ、琴や洋楽器の曲として、また合唱曲や吟詩曲などに作曲、演奏されているほど、露子といえば、「小板橋」といわれる名作である。『明星』の新体詩特集の体をなす号の、訳詩四を含め四一編もの長詩のうちの一編である。ちなみにこの号では短詩（短歌）や小説がそれぞれ三編、伝記一編。露子の詩は、扱いとしては、内海信之の作品の次に載る。

小板橋

ゆきずりのわが小板橋《こいたばし》
しらしらとひと枝のうばら
いづこより流れか寄りし。
君まつと踏みし夕に
いひしらず沁みて匂ひき。

今はとて思ひ痛みて

君が名も夢も捨てむと
なげきつつ夕わたれば、
あゝうばら、あともとどめず、
小板橋ひとりゆらめく。

長谷川時雨が大正二年（一九一三）七月三日号『読売新聞』に「明治美人伝」の一編に取り上げて以来、一般に広く知られるところとなった。長谷川時雨は、直接露子に会ったことはなく、露子の琴の師、鈴木鼓村の語る露子のイメージで、この小伝を書いた(1)。鼓村は「露子が美人である」と時雨に伝えたようであるが、新聞紙上では露子の写真は掲載されていなかった。大正七年に『美人伝』を刊行した折にはあでやかな露子本人の写真が掲載されている。生田春月や佐藤春夫、島田謹二による「小板橋」鑑賞には、その流れるような黒髪の、平安朝の美人を思わせる写真が与えた影響もうかがえる。彼ら男性論者による、訪れない恋人を待ち、心痛める、やさしくも哀れな女性像は、古典世界の伝統的な「待つ女」のイメージとも相まって、男性だけでなく女性読者をも魅了するものとなった。そして、近年明かされた、露子（杉山タカ）と恋人長田正平との関係がこの詩の背景にあることがよりいっそう読者の想像をかきたてるのである。

## （二）『明星』の露子短歌素描

露子が明治三六年（一九〇三）一〇月に『明星』にはじめて登場した時の短歌は次の三首である。

「君が門《かど》をわれとおそれに追はれきて姿さびしう野にまよふ日や」

「蝶ならば袂あげても撲たむもの幸《さち》なう消えし恋の花夢」

「世にそひてつくれる媚のわびしさもよりて泣くべき母はいまさぬ」

最初の二つがはかない恋の想い、三首目が別れた母への慕情を詠んでいる。『明星』全八〇首の短歌のうち、恋を歌うものが三〇余りと多いが、早世した妹のことを詠んだ歌が九、漠とした孤独感を詠んだものも一六と多い。生別した母への思いは五首みられるが、『明星』最後の歌（明治四一年一月）が「かがるべき色絲《いろいと》しらず小手毬《こでまり》の白さに足れる春のままし児《ご》」（もうすぐ正月が来るというのに、色糸をかがって美しい模様の小手毬のつくり方を教えてくれる母はいない。そのため、白のままでよしとせねばならない悲しい継子である私。—宮本正章『石上露子百歌』口訳による）である。行きつくところはやはり母親であったというところは、『源氏物語』宇治十帖の女主人公浮舟を思わせる。(2)

明治三八年一一月以降は、松村緑も言うように、詠歌が俄然激情的になる。そして、結婚が近づいてからは、むしろ結婚を拒否するような感情の流露がみられるのである。

「目も盲《し》ひよ髪も落ち散れ何ばかり少女《をとめ》に広き春の光ぞ」（明治四一年一月掲載）

（目も潰れよ。髪も抜け落ちて散ってしまえ。この薄幸の少女に新春がどれほど光に満ち満ちた

ときだというのか。わたしにとっては希望などない新春なのだ―宮本正章訳）

「この刹那あ、さは云へど目とづればかへりみせよと片心《かたごころ》泣く」

（父のことばに従って心ならずも結婚を承諾したものの、ある一瞬、目を閉じるとふと気になって、私の心は思い返せよと泣いている―同）

「わが涙玉とし貫《ぬ》きて裳《も》にかざりさかしき道へ咀《のろ》はれて行く」

（私の涙を真珠の玉として緒に貫いて結婚衣裳に飾り、大地主の跡取娘にふさわしい結婚生活に、呪われているような暗澹たる気持で入って行く―同）


これらを含む五首を最後に彼女は『明星』から消えた。自分の運命を呪い激情に身をまかせたような心境が歌われている。しかし、露子の真骨頂は、そのような激越よりは、諦念である。もちろん恋の歌が多いのであるが、その恋は恋情と孤独感・寂寥感が一体となったものが目につく。

「夜啼《よな》く音のわれを泣かするはぐれ鳥ねざめし夢の痛み似けるや」（明治三七年二月）
「ひと年はひかりにうとき野の宮に朽ちて栄《はえ》なき魂なりしわれ」（同）
「うつし身をいづら帰さむ夕ぐるま花野路たえぬ月はかすみて」（同年四月）
「いつの世かはぐれし人の魂と似てひとり立つ野の胸による影」（同年七月）
「いくつまで涙にぬれし袖かづきみいかりつよき天《あめ》と泣かむ身」（同年九月）
「ほのあかき山のさくらに額よせて露に髪ぬれ今日も泣かまし」（明治三八年三月）
「君おもふとのみに流るる涙してひとりに慣れし秋かぜの家」（同年一一月）など、

失われた恋を思い、孤独感にさいなまれながら、嘆くというものである。そしてその孤独にしだいに慣れ、あきらめに殉じていく。そのような自分をかえりみたとき、「小板橋」は生まれた。

## （三）「小板橋」における露子の真実

膨大な『石上露子研究』や『評伝石上露子』の著者である松本和男は、伊藤整が『若い詩人の肖像』で露子の一編の詩が、いかに自分に文学への希望を与えたかと記したことにもふれ、「文学者の評価は平均点でするものではなく、その最高作品ですべきだとすれば、露子はその採点法に最も恵まれた作家」（『評伝石上露子』）といい、この『小板橋』を例に挙げている。

自らの恋情が、あとかたもなく流れ去ってしまったうばら（野ばら）に託される。「小板橋」は彼女の家の近くの石川の小流れにかかる橋であり、白くて可憐な野ばらも自生していた。抒情詩の佳品と評されるが、五七調ゆえか安易な抒情にながれてはいない。恋人を待ちながらもあきらめていく少女の心境が、きわめて抑制的にしかし哀切に語られる。絶唱といわれるゆえんであろう。「小板橋がゆらめく」のは、作者の涙があふれてでもいるのか。傷心のあまり体を支えきれないのでもあろうか。

島田謹二は、第一連を、恋人長田正平を富田林に迎えるときの恋の歓びの歌とし、第二連は、それから何年もたった後、いよいよ家をまもるため、婿養子を迎えなければならなくなった彼女が、もはや正平に逢うことがかなわなくなったと思い沈む、嘆きの歌だとされる。白い野ばらは恋のシンボルで、遂に永遠にあとかたもなく流れ去ってしまった。小板橋を渡り、君を迎えたあの日、目に留まった白いうばらの小枝、今の私は、もはや恋人を待ちとる事は出来ない、思い出の小板橋へ出てみるが、そこにはあの白い野ばらもみえないのである。繊細でしみじみとした味わい、諦念の悲しみの静かな漂い、などが、印象的であるという。(3)

東京で出会った長田正平が、初めて富田林を訪れた明治三三年には、妹や年下の叔母たちも一緒に紀州を旅した。二度目の富田林訪問は、翌明治三四年一月、しかし、何があったのか、それ以後正平は出入りを止められたようだ。そして仲を裂かれるように、彼は、明治三六年カナダへ移住、その二年後、彼から、もはや日本へは帰らぬというような手紙がきたのか、露子の短歌がにわかに悲痛な響きをもってくる。私は、むしろ、第一連は、待ってもおそらく来ないだろう恋人を思い、何度も小板橋にやってくる傷心の露子を思う。ふっとみると、そこにはひと枝のうばら（野ばら）が流れてきて橋にかかっているではないか。その香りが彼女の心に沁みとおり、いっそう切なさをかきたてる。恋人を迎える喜びの感情はうかがえないのであるが。第二連、いつまでこの橋にたたずんでいたのか、やはり、私はあの人の名も、夢も捨てるしかない。傷ついた心で、流れをみれば、あのうばらもどこへいったのか、小板橋だけがゆらいでいる。この詩は、明治四〇年ごろ、不本意な結婚が決まったころの心の哀感を詠んだと限定しなくとも、恋人と会えなくなった状況下で作られたのだろう。論者たちのいうような、何カ月とか何年とか実際の時間を想定する必要もないかもしれない。詩のなかの時間は、水平に流れる普通の時間ではなく、時折過去が噴出する特別な時間である。この詩の場合も、少なくとも『明星』登場以来、いやもっと以前からさまざまな夢をおいかけてきた過去の時間の総体が語られているのではないか。青春の恋への惜別を詠んではいるが、恋がおわったことをはかなむだけではない。「君が名も夢も捨てむ」は常套句ではあっても、正平を通して知った『明星』の新しい短歌、そして、『婦女新聞』や『婦人世界』にかかわってさまざまに考え、意見を述べてきた、大きな意味での「文学・思想」へ向かっての大切な夢をあきらめよう、という寂寥がそこにある。なぜあきらめるのか、結婚がその支障となるからなのか。それだけではなく、もっと彼女の根底のところでの人生に関する諦念を見てしまうのである。この第一連と第二連との距離は、詩の時間では、過去からさらに永遠につづく永い時間であるかのような錯覚をいだかせる。

　露子の「小板橋」が、夢二の「宵待草」（私たちが「宵待草」として知っているうたの原詩—明治四五年女子文壇社発行の『少女』中の詩）のもととなったという説がある。[4] 宮本正章は、内容面において、来ぬひとを待つ苦しい感情が歌われ、色濃い諦念や、ロマンチシズムが共通しているとする。夢二は晶子の「みだれ髪」によって『明星』に惹かれ、愛読するようになったこと、後の叙情的な詩歌や画風からみても、また、藤島武二を師と仰いだことも『明星』に関心があり、露子の詩も見ていたのではと推測する。また、「落葉のくに」にある、夢二に女扇子に絵を描いてもらったという記述から、夢二と露子が会っていたと仮定する。それは明治三八年一一月に露子が日本赤十字社の大会で上京した折であり、二人は旧知の仲であったのではないかと述べている。彼らが直接出会ったという点は推測の域を出ない。ただ、夢二は『明星』を読んだであろうし、露子は又夢二が多くのコマ絵を描いた社会主義関係の新聞を見ていたことは事実である。宮本説に対して、木村勲は、夢二が広く知られるようになるのは明治四二年末の『夢二画集　春の巻』からであり、露子が後年の出来事と混同したと指摘、また、「露子の倫理的ともいえる緊張感を伴う世界に対して、夢二の甘美な抒情の作風はかなり違う」とした。(5)竹久夢二と石上露子の関係については、さらに考察が必要であろう。夢二の原詩をあげ、この二つの詩を比較してみよう。夢二の場合は、明らかに来ない恋人を待つ女のやるせなさを歌っている。後に三行詩に改訂されたことからも、より、通俗的一般的な「恋人を待つ女」のイメージで覆われる。

　　宵待草（『少女』明治四五年）

遣る瀬ない
釣鐘草の夕の歌が
あれあれ風に吹かれくる。
まてどくらせど来ぬ人を
宵待草の心もとなき
今宵は月も出ぬさうな。

　　宵待草（『どんたく』大正二年）

まてどくらせど来ぬひとを
宵待草のやるせなさ
今宵は月も出ぬさうな

　果たして露子の場合はどうか。私がいう「恋」だけではない「夢」、それを示唆する別の作品がある。露子二五歳の作「山より」（明治三九年七月一五日『婦人世界』第六二号）である。読解が困難な作の一つである。

「詩を作るよりも田を作れ」で始まるこの小品は、かつて文才をうたわれ、詩集を編み、女流詩人と自負していた女性が、恋にやぶれ、他の男と結婚し、山に暮らし、今は「幸ある身」、「世にうれしきは我がこの頃の境遇」と悟ったことを手紙に記すものである。かつての詩への憧れはいまわしい虚栄だとも、山から都会の君にあてた手紙に書くのである。しかし注意すべきは「天と夫とに感謝の人の願ひ足らへるけふの世」であるにもかかわらず、「かくてなほ胸琴の悲調とは！」というところ。若い時に気づかなかったもの、牧場や谷川に囲まれた自然のなかの毎日、「神秘なる天の宮居のいと嵩き絶美の影にふと相ふれて、刹那にうちゆらぐ感激の泪」があふれる。このような山中であるからこそ詩興が湧いてくるのであり、これこそ若き日の文芸への夢ではないのか。今気づくその夢のありか。いわゆる「悪思想」とよばれた思想に自らもただよっていた自分が、目覚め、恋も文芸をも捨て、今の境遇を幸福としながらも、その心中深くでは、恋も文学もあきらめきれないぎりぎりの状況であると語っているのではないかと思わせる作品である。文学気分が「さめての後」、昔約束した詩集を出すことも断念し、君に「とひたまはざれ」といいながら、すべては反語と聞こえる。詩も恋も（ここでは詩が思い出）あきらめようとしてあきらめきれない切羽詰まった感情は、「小板橋」の諦念を先取りしたものである。昔の文芸にあこがれた思い出もいまわしい虚栄の名、という自省はおそらく、夢をあきらめられないことを逆説的に述べているのである。露子の本心が隠されていると思われることのような語りからも、彼女にとっての文学への夢は大きかったと推測されるのである。

長田正平への恋情、そして地主の長女としての立場からその恋が成就しなかった、という極めて直截的・個人的事情から、文芸への開眼、さらに社会問題・人生への想いへとすすんでゆく露子の精神のありかたが、「待つ女」の悲しみにのみ収斂してしまうかに見える「小板橋」の詩の背後に伺えるのである。第二連の捨て去ろうとする「君の名」ともう一つの「夢」は、君によって芽生えさせられ、はぐくまれた文芸への「夢」・希望であって、それを捨て去ろうとして捨てきれない自己の葛藤や苦悩、過去から未来へ続く「想い」である。単なる乙女の恋の夢ではないのである。私が露子の詩歌の極致、到達点であるというのは、その謂いである。もちろん、この詩一編で露子を語りつくせるものではないが。

さて、以下、時間をもどして、露子が、メジャーな媒体へ登場する前から、彼女の文章について考えていくことにしよう。

注1　長谷川時雨は、『新編近代美人伝』（一九八五年　岩波文庫所収、初出は『婦人公論』一九三八年掲載）の「朱絃舎浜子」のなかで、石上露子のことに言及し、鼓村が「あれは美人じゃからなあ」といったと記している。鼓村という同じ琴の師匠を持つ朱絃舎浜子（萩原浜子）は、露子と同じく初期には浪華婦人会の会員でもあった。

注2　『源氏物語』の浮舟は入水決行の前、助けられ出家を決意した時、出家後も、折につけ母親のことを思い出している。露子は『冬柏』では「浮舟」と題した歌群のなかで次のように詠んでいる。「思ふかな宇治の巻なるかの君に似たる宿世とのこる命を」

注3　島田謹二の石上露子への注目は、当時旧制台北高等学校教授であった彼が、一九四二年八月に台湾で出された台湾愛書会による『愛書』において言及したのが最初である。島田謹二は、西田囧夫によれば、その二年前にすでに私家版の「石上露子集」をものしていたらしい（松本和男個人編輯『石上露子研究』第9輯）そして以後繰り返し島田は「小板橋」および石上露子を語っている。

注4　宮本正章「石上露子作「小板橋」と竹久夢二作「宵待草」の成立とその相関について」（四天王寺国際仏教大学紀要二〇〇一年三月）

注5　木村勲「朝日新聞」二〇〇〇年九月六日、朝刊文化欄「夢二の「宵待草」に本歌あり？・宮本正章教授が新説」。

# 第三章　文学少女・露子

学生時代の長田正平
（松本和男『石上露子文学アルバム』より）

## (一) 習作時代

露子は、江戸期以来の富田林の文化的伝統を背景に、祖父・父・母の教養を受け継ぎ、またおびただしい和本類に囲まれて育った。『二十一代集』や『源氏物語』も活字本でなく木版本で親しんだらしい。

『石上露子全集』には、

君が代の春に先おつうめか香は袖にあまりて匂ひこぼるゝ　(明治二七年)

八十経てかしらに積る白雪をあふきて祝ふ杉の木の本　(明治二八年)

大父もこよひの月を只ひとりなかめたまはん苔の下より　(同)

といった少女のころの短歌が紹介されている。

露子には一五歳ごろ(明治三〇年)に書いた「もしほぐさ」という絵画と文章・和歌をものした習作が残っている(松本和男氏所蔵)。以下に記す。

「もしほぐさ」

明治卅年の正月御国の民の皆かなしみにしつみて家々の軒に黒き巾のみ御旗のみ光りにさびしげにひるがへる朝ともし火の本に火桶かきいだきて思ふどち語らひかはせしが、今しもしせば象子のきみの分家に行き給ひ己も又昔学びの為にしばしの程世にそむくべき思ひ出て今一度かくうちつれ語らふ事もたのまれじされバ後の年に過にしまゝうちすてられむ折しのぶ草の一にもなりぬべき業なし置きたしと千々に思ひまどひしか筆のすさびばかり昔しなつかしき者は有るまじうつしみは兼て好ませ給ふはざなればとて人々にも者終りて別るる迄になし上様云かはしぬそれよりひたすら心をよせてあまりならぬ者おと思へど筆とる事の拙き身にハかひも無きまゝ過し年よりよみためし歌にたよりて書き始めたれどあまり拙き者から昔の人の者せられしおも取り出し拙き者の才にいみじき言の葉のまじりて我身ながらいとおかしされど之も又笑ひぐさの種にもとてやう〳〵かきあつめ人々の者せられしもかしき我と者と共にとどめおくになむ

やよひ二六日　一四年九つ月ばかり　杉山孝子

君が代は千代に八千代にさざれ石のいはほとなりてこけのむすまで

1、きのふ迄蕾《つぼ》める梅もとし明ていとうるはしく咲きそめにけり

2、朝戸出の庭の芝生にきのふまでしらぬすみれの花咲にけり

3、山さとにいかなる人か家居して山ほとときすたへずきくらむ

4、袖のみか心の露もいとしげしかきくらし降るさみだれの宿

5、おり出す錦のいろぞなつかしき学びの庭の大和なでしこ

6、かがりふねさしてぞ下る夏川の底のもくずもかくれなき迄

7、おちたぎつ岩瀬の水にあらそひて山下どよみせみぞ鳴なる

8、妻琴のしらべにかよふ松虫のこゑうらさびし秋の夕ぐれ
9、賤の女が砧の音にまぎれけり門田におつる雁のひと声
10、朝ごとにならす硯のすみやかに手のうら寒き冬は来にけり
11、世のさがもしらで春待すみかにはくれやすき日ものどかなりけり

の和歌が、絵とともに記されている。

（注記）明治三〇年の国民の悲しみをあらわす弔旗とは、明治天皇の嫡母英照皇太后の薨去による喪のことであろう。また、象子の君とは、祖父長一郎が再婚して生まれた露子より一歳上の叔母キサのことである。明治三〇年四月に一七歳で八尾の西尾家に嫁いでいる。分家に行き給ひ、というのはそのことか。とすると西尾家は分家筋にあたるのだろうか。己も又昔学びのために云々は、大阪に出て学校（市立大阪高等女学校・梅花女学校）に少し学んだことをいうのか。この前書きでは、拙い自分の歌と人の歌とを合わせ記したといっている。なお、この「もしほぐさ」の読解は青柳栄子氏のご教示を得た。

露子は、「落葉のくに」で「落合先生の文章を美しいとおもふ」と述べている。「もしほくさ」の前文は、落合直文の文章「しくれ、みそれ、霰、さむきは冬のそらなるかな。ことに昨夜より雪ふりぬ。貧しき人はねもやらてあかしたるなるへし。少女はとく起きて朝戸あく。まかきのあたりみなうつもれはて、山茶花、寒梅なとその梢もみえわかす」（「甲斐絹　かみ」明治二三年一月「しがらみ草紙」）の典雅な文体などを模倣したような文語文である。

和歌も、明治二七、二八年の『全集』所収和歌や『こころの花』所収和歌と似通ったものである。当時の女子のたしなみとしての和歌の作法にかなったものであろう。碓田のぼるが発掘した、『女学世界』投稿の次の歌はどうか。明治三四年（一九〇一）彼女は、『女学世界』で、河内たか子の名で短歌を投稿している。（七月五日・第一巻九号「才媛詩藻」）

「父《ママ》にやせてかへりし人を妹とむかへまつりぬ稲青き門」で、秀逸とされる。が、秀逸は甲乙丙の次であり、最高点ではない。

翌年、『新声』明治三五年五月号に夕千鳥の名で、

うたゝた寝の夢よりさめて窓越にうなづく如き雨の菖蒲見る

同六月

ゆく春を鍬あらふ子に道とひて乳母が軒端に藤の花見る

同じく三五年五月『こころの花』の二首（『全集』所収）

都人になにまゐらせん裏庭に生ひし筍にてまゐらせん

胡蝶一つ犬のゆききて童子ゆきて十里の堤たゞ春の風

十代半ばよりは進歩しているものの、教養のある少女の歌という段階で、短詩型では、自分の心情を表現するにはまだ無理があったようだ。

木村勲は、朝日新聞に「思想史の風景」を連載した「続・関西文壇の形成」（二〇〇二年三月八日、夕刊）において、石上露子が『明星』に登場する前、関西青年文学会の「よしあし草」に作品を提供

していたのではないかと述べている。南河内から堺支部への加入者中の青谷幽香を露子と推定し、第一七号（明治三二年八月）の幽花と署名のある「空蝉物語」が彼女の作ではないかとした。世話をなにくれとしてくれる少女と懇ろになった警官の男が、彼女の妊娠が明らかになるのをおそれ、少女の従兄が彼女に横恋慕しているのを利用し、自分ではなく彼が妊娠させたとのうわさに乗じて、彼女を罵倒する。少女は身をはかなんで投身自殺をする、というものである。ただ、この幽花は、目次では金子幽花となっており、はたして露子のペンネームであるかは疑問である。私は、むしろ木村もいう、「空蝉物語」につづくＴＫＳの名で書かれた美文の方が露子らしいと思う。これは「若葉の雫」と題されており、以下のような美文である。

一　蟻

桃植ゑたる清き砂畑を蟻のむれをなせるが、人の足音に俄に散りみだれたる。白牡丹の花葩に山蟻の這ひ上りたる。蝉一つ羽破れて死したるを蟻一匹よろめきながらひきゆくさま。朝露まろぶ苔の上を蟻のゆきかへりする。いとおか《ママ》し。夕立のなごりなる水溜の夕日にかゞやけるが上に、如何にしけん。蟻一つ二つ溺れて、足動かしつゝ漂ふさま一しほおかしや。

二　蜻蛉

浅黄の軽羅つけたる美しき児の、玉のやうなる手にせ《ママ》られたる蜻蛉。夕日西の空を赤う焼く頃ほひ、あちこちする蜻蛉。青葉若葉残りて柘榴の花咲く庭に、人のけはひなきをり、蜻蛉の羽音かすかに飛びまよへる。夕風涼しく漣織るいさゝ小川の上を、一直線に蜻蛉の過ぎゆきたる。いづれも興ありや。

「枕草子」ばりの「をかし」の情景を蟻と蜻蛉の観察を通して美しく語っている。「青葉」や「若葉」「雫」などは露子の好みのイメージ性の強い言葉であった。問題提起として出しておこう。『明星』登場以前、短歌においては、御所調がぬけていないが、散文詩では見るべきものがあったといえようか。

## （二）文学開眼――長田正平との出逢い

『新声』明治三五年八月号には、詩「乙女心」が、たか子名で載る。

乙女心　　　　　　　　　たか子

幸なくばあゝ幸なくば
曲たかき歌もあらむに
なとかさはかよわき君の
さびしさを胸につたへむ
（第一連）

志ら鳩の眼いるとて
罪の子のねざしの弓に
ひと度はふれてもみよと
その思ひ今はたいかに
（第二連）

いたづらに花をし嘆けき
志らつゆのもろかる運命
とけばとていつの時にか
また君かうれひやたへむ
（第三連）

松かせの静けき音に
つま琴のしらべ通ひて
清くただ幽にきけど
乱れては思ふに絶えじ
（第五連）

暖かき胸にもよはき
悲みの涙ひそまば
せめてものやすき心に
人を恋ふゆふべ清かれ
（第七連）

星の如清けき瞳
ま白なるみ手をかざして
海原にしずみゆく日を
夕ぐれに君や仰きし
（第四連）

ふさやかにかくろき髪の
そは雨の夕にみしよ
ふりかゝる清き薫に
眉墨の細毛ゆかしき
（第六連）

たそがれの寂びし高どの
夕日かげまばゆくてりて
面ふせに君がよるとき
やがて世はやみに消えゆく
（第八連）

この「乙女心」は碓田のぼるの発掘による。(1)『明星』最後の詩「小板橋」と比べると詩情の深さはないが、『新声』の中心的詩人薄田泣菫や蒲原有明らの新体詩を勉強した跡がみえる。この三四、五年にいったい何があったのか。すでに、明治三四年には露子は、『婦女新聞』に投稿を始めており、その紙上には、短歌投稿欄があった。にもかかわらず、露子は、投稿していない。それはなぜか。短歌よりも、詩に心が向いていたのかもしれない。また、後に「新詩社」に加入するほどであるから、新派和歌に興味があり、『婦女新聞』の歌風にはなじまなかったのであろうか。もっとも、習作時代の露子の短歌は『婦女新聞』投稿歌と似たり寄ったりである。それでは、この進歩は何ゆえであろうか。

明確な証拠を持つわけではないが、露子の文芸志向には、恋人とされる長田正平が大きくかかわっているのではないだろうか。露子の年譜では、明治三二年に東北旅行の後東京に立ち寄った折に、東京高商学生の長田正平と相知り、翌三三年には皇太子成婚でにぎわう東京へ、家庭教師神山薫に連れられて旅行、そこで正平に再会、『明星』はこの年四月、『婦女新聞』は五月に創刊されている。正平からの情報提供があったかもしれない。同じ年の夏、今度は正平が富田林を訪問、同じ一行で紀州高野の旅をし、というように長田正平との出会いは頻繁であった。ただ、翌三四年正月に長田が再度杉山家をおとずれて以後は、露子の父によって彼の訪問は許されなかった。正平は、旅行中に、花を摘んでそれを押し花にし、露子たちに贈るような心根の持主である。商業よりも文芸を好む学生であった。カナダ移住後、田村商会社員から新聞記者に転じたことからもそういえよう。そして、何より、若き日に次のような文章を寄せているのである。

『少詩人』明治三五年二月一五日の創刊号に紀井長風による美文「その灯影」がある。碓田のぼるが、それは、明治三四年一月に正平が杉山家を訪問した事実を証明するものと述べている。(2) 私も、碓田と同様、紀井長風を長田正平と考えている。日本近代文学館蔵の『少詩人』により、全文を挙げておくと、

―あやなきうらみを人に負ふ夜いたく更けぬ。話止絶しをわれふりむきて、丸窓の小障子半ひらくに、風もあらぬ夜目のとどくところ霜白う、枝さしいでし梅、いまだ蕾なるが、黒き樹にこれのみは白う目立ちぬ。星寒う磨ぎ上し真玉《またま》のやう、女神の頸玉ともなすべしや。ひと色も動くものなきこの霜夜に、ばさと音して飛びしは何といふ鳥ならむ。琴にうかりしきみ、爪のま丶、琴の前に高島田の頸《うなじ》たれて、今のわが言身にしみてや、小ひさの胸を様々の想像に悩め玉ふ。こちたき黒髪漆のやうつや〳〵と水も垂なむけは〳〵しさ、白粉《おしろい》は嫌ひと塗たまはねど、おのづからなる真白き頸真珠《うなじしんじゅ》の透きとほるやらむと覚ゆ。紫に梅の白ぬき模様の襟、ことし十九のきみにいとふさひぬ。濃からぬはけ眉、長き睫《まつげ》、寒紅梅の唇かたくむすぼれて、深靨《ゑくぼ》の頬豊かに淡雪の今や今やとけべし。黒きつぶのやうなる瞳、涙のためにやいよ丶光をそへぬ。ふたつの袖琴の上に、ふぢ紫のきみ泣き伏したまひぬ。かすかに泣き玉ふ声は遠き琴の音のやう聞えて、千鳥の簪《かざし》島田にさ丶とふるひぬるもあはれや。霜いよよさえて、をりからの野寺の鐘凍るやうなるに、開きし窓を閉づれば、いつ出でし月とや空に高う、やがて障子にうつる梅は墨絵のやう。人泣かせ

まつりし罪はわれにあるなれ、慰めむ言も今は知らぬに、かたへの紙と筆とりあげて、古き世の
誰やらのうた、人の名など、筆のゆくまゝに。
寒かりき、つらかりき、その灯影の二人のひと夜。―

いくつかの点で、これが、露子と正平の最後の夜を描いたものであるとわかる。化粧を嫌ったという若い日の露子、琴の名手露子、千鳥の簪から連想される「夕ちどり」＝露子、露子が好んだ杉山家の庭の梅の木、我々が今も目にする露子の写真と、この少女の描写との酷似等々。正平の心に残った露子像が描かれている。そして、この美文を露子が読んだと思われるふしがある。それは、露子の自伝的随筆「落葉のくに」中の「つきくさ」の箇所である。

同居していた二歳年下の叔母のチカが大和の五条に嫁ぐ折、紀ノ川を渡し船で行ったという場面を描き、かつての正平との紀州高野の旅を思い出して、「おもひでの紀の川、妹の筆記のやうに一夏、師の君もろとも高野山から山駕籠をつらねての私たち、緋絽の袖のまつはる手をそと舟べりに、まさぐつた水のつめたさ、青さ、この川はと駕籠の人に問ふと、紀の川と並べられたおかごから教へられた其川。」

一艘の船に二つの駕籠しか乗れない、その一つにはおそらく正平が乗っていた。もうひとつの駕籠で同じ船に乗った露子は、自分の方がよく知っているはずなのに、わざわざ、「この川」の名前を正平に尋ねる。お互いの想いが重なり合うシーンである。この思い出がさらに、「石川の河原にさゞれをふんでちどりの声にほゝ笑んだあの夜」へと続き、

「やがてながいながい東都よりのたより、ついでふと手にした誌の中にみ名を見出でて、それともひあたる詩の心のさびしさ」

東京から正平の手紙が来る。同封された、『少詩人』を目にして、彼の文章に行き当たる。ああ、今となってはもう会うこともできないが、こんなふうに自分のことを想っていてくれた、という感慨、二人のはかない恋に心打たれるが、私の考えるのは、その先である。おそらく、正平は、露子に、自分が今、文学的にどのような関心を持っているかを伝えたのであろう。露子もまた、正平との仲を遠ざけられながらも、「文芸」への関心を、お互いに手紙で交換し合っていたのではないかと思われる。

## (三) 新詩社での長田正平

長田正平は、明治三四年一一月にはじめて『明星』に登場する。紀井長風の名で三首採られた。発信が大阪とあるのは、京都にいる実姉のところに来たのでもあろうか。歌にも「姉のなぐさめ」とあり、実姉に恋の悩みをうちあけたのだろうか。一二月二首、明治三五年の一月一日には二月一一日発刊予定の『少詩人』の広告が載る。与謝野鉄幹監督のもと少年記者の編集によるものとある。もっともこの少年とは若いという意味であり、主な執筆者は与謝野晶子、真下飛泉、新詩社同人などといった投稿者である。この『少詩人』に「その灯影」は出るわけだが、二月の『明星』には東京紀井正の名で短歌が八首載る。これらの歌からは鉄幹や真下飛泉、小島烏水らと師鉄幹を案内して奈良京都を旅したことが推測される。明治三五年の短歌を振り返って、鉄幹が「昨年の短歌壇」で述べている長風に関する評は、「社中で氏（中山梟庵）に似た作」という部分である。八月の「おほはれし袂の花の香になれておごるや蝶の夢かへりこぬ」「春にはぐれにほひは知らぬ名なし草みづから身をば低う生ひぬる」九月の「水涼し魂あこがるる琴の宵月はすだれをもれてうつつなき」一二月「わかき血のゆらぎささそふや春の潮くれなゐさして夢の岸による」「こよひ魂あらぬ一人にまぎるるな姉に帰りてぬる蝶の夢」を鉄幹は挙げている。また、三五年秋に亡くなった社友の秋遊本尾安次郎の一〇月一九日の追悼会では、紀井正として新詩社大阪支部の代表者を務めている。正月の文学同好会（大阪）や三六年四月の関西新詩社清話会などにも出席している。結局彼は、三六年四月の『明星』での二首を最後にこの雑誌からは消えるが、三五年八月からは大阪在住が定着しているので、このころに神戸の田村商会に入ったのであろう。三六年十月には正平は、カナダへ向け出立するが、今度は露子が入れ替わりに新詩社へ入る。碓田の指摘するような『明星』をめぐる正平と露子の歌の呼応関係を見るとき（碓田のぼる『不滅の愛の物語り』）、少なくとも、露子を『明星』の短歌へいざなったのは正平ではなかったかと思うのである。そして、単に『新声』『少詩人』や『明星』を紹介しただけでなく、「文芸詩歌」とはかくあるもの、といったことを折に触れ、教授もしくは話していたのではなかったろうか。明治三五年から三六年は、露子が、婿取りの問題で悩んでおり、その「やるせなさ」を文芸の途へ発露していくちょうどその過程にあたる。露子の「落葉のくに」の記述からは、露子の手に渡らなかったものも含め、二人が遠く海を隔ててからも手紙のやり取りはあったと想像される。露子の私的な恋情が、文学というおおきなうねりとなって花開いたのには、正平の存在は大きい。

『関西文壇の形成』を著し、明治期の大阪やその他地方の歌人や歌人グループについての詳細な研究成果をあげた明石利代が、露子に関して述べた箇所がいくつかあるが、その一つ、明治期の文芸雑誌『東紅』という雑誌に露子の名で投稿された歌が三首ある。これを石上露子ではないかとした。(3) それを受けて宮本正章が「石上露子『明星』掲載短歌評釈（その一）」の中で、露子の『明星』発表以前の短歌として取り上げ、確かに露子の作であるとした。(4)

現在、天理図書館の所蔵になる『東紅』二冊のうち三六年五月二〇日第二巻第四号に、露子署名の三首の和歌がある。同人六人による「乱れ藤」の中に配されている。

金屏に錦ぞ栄《は》ゆき宵衾朱《あけ》の蒔絵の小枕嫉たし
垂れ桜小雨になやむ夕戸深く恋に居籠る歌人若き
散る花に朧の神の影追はん有情たけ行く野路のたそがれ

『東紅』は、浪華芙蓉会という文学美術同好会の機関紙で、大阪市東区内平野町一丁目二六番地に本拠を置く「東紅社」の発行である。(5) 浪華芙蓉会は、青年たちの寄稿を盛んによびかけているが、明石利代は、『明星』に同調する傾向のあることから、『文庫』や『明星』などの投稿者で新詩社の大阪支部に属して短歌制作を積極的に行った者たちのかかわりを指摘している。短歌や新体詩の作者として夕浪（『明星』に水上夕波の名はある）、秋眠、春草、夕舟、汀柳といった人が見える。

露子の三首は、宮本のいうように、与謝野晶子の『みだれ髪』の影響がつよく、また、いかにも浪漫的で晶子の模倣といえようが、明治三五年、「こころの花」の歌や、先述した『女学世界』、『新声』の短歌からはかなり進歩し、御所風と決別、新風になってきている。それは、別の言い方をすれば、「明星調」を学び、獲得しつつあるということだ。そこに、私はどうしても紀井長風、つまり長田正平の影響をみたいわけである。『東紅』が『明星』大阪支部と濃厚な関係があるとの明石の言を受け、『東紅』に長田正平らしき人の作はないかと探したがみつからなかった。しかし、露子にとって、明治三五年から三六年前半にかけて、短歌、散文詩において、格段の進歩を遂げる、内的、外的な環境の変化があったということはいえよう。

注1　松本和夫編『論集石上露子』「石上露子と「婦女新聞」―「はがきよせ」にみる現実と非現実」（二〇〇二年　中央公論事業出版）、および碓田のぼる『不滅の愛の物語り』（二〇〇五年　ルック）
注2　碓田のぼる『不滅の愛の物語り』第五章「その灯影」碓田は『少詩人』が立命館蔵の物しかないように言われるが、私は日本近代文学館蔵のものを見た。
注3　明石利代『関西文壇の形成―明治大正期の歌誌を中心に』第五章「投書雑誌による文壇形成期」一九七五年　前田書店出版部
注4　宮本正章「石上露子「明星」掲載短歌評釈（その一）三「露子の「明星」発表以前の短歌」四天王寺国際仏教大学紀要二〇〇二年三月（松本和男『石上露子研究』第6輯　一九九九年初出）
注5　「浪華芙蓉会」と関係あるのかどうか、露子が会員になっていた「浪華婦人会」の機関紙『婦人世界』第

八号明治三五年一月号に「雑報」に「芙蓉会につきて」という欄がある。ただし、この会は明治三三年一〇月設立、大阪女子専門学校や女子慈善財団をつくり、新派和歌をつくるとして、落合直文や金子薫園、新体詩を河合酔茗や薄田泣菫が添削するなどとある。大阪市西区靭下浮舟通二丁目八六番地溝口糟美と代表者名があるので浪華芙蓉会とは全く無関係かもしれない。露子がこの『婦人世界』第八号から、正式に登場しているので、気になるところである。

# 第四章　文学少女から文学者へ
## ――『婦女新聞』への投稿

明治三十三年五月十日　第三種郵便物認可

婦女新聞　第壹號　（一）

婦女新聞

第一號　五月十日發行

発刊の辞

大内山の桜の梢に、鶺鴒ひとつ数そひて、君が代の千代は、また千代を加へたり。天下の民は、いかにしてその御歓びをのべんかと、数十日の前より赤心を凝して思ひはかり、或は紀念として美術館を建て、図書館をまうけ、或は物品を献り、祝詞をさゝぐるなど、北は千島の果より、南は台湾の新領土に至るまで、互に祝の心の上に遅らざらんことを恐るゝに似たり。

この時に當り、わが『婦女新聞』は、自ら全國二千万人の女子諸君のために、その祝日の活きたる紀念たらんとて生れ出でたり。

本紙若し幸に、下に掲ぐる目的を達し得て、今日の女子諸君の地位を高め、体格を強め、夫に仕へては良妻となり、子をあげては賢母とならしめ、以て乱れたる家庭を治め、以て頽れたる社會の風儀を正すことを得ば、いとなめげなる言葉にはあれど、美術館よりも、図書館よりも、物品献納よりも、祝詞奉呈よりも、本紙こそ遙にまさりたる奉祝の紀念たることを得め。されど、これ素より空中の楼閣なり、うれしき夢の想像なり。あはれ希はくは、この楼閣をして眞ならしめ、この夢をして現ならしむる時の来らんことを。

婦女新聞の目的

一、女子教育上の大方針、今日も尚一定せざるが如し。諭吉先生の女大学全く棄つべきか。蘇峰氏の新女大学全く今日に適するか。或は又別に適當なる女徳の標準あらざるか。本紙はまづ之を研究せんとす。

一、女子大學の設立につきても、全く反対を唱ふる人あり。尚早論をなすもあり。これ等に対しても、本紙はたゞ公平に先輩諸氏の説を紹介し、ひろく世人と共に眞正なる研究をなさんとす。

一、まづ善良なる家庭を作りて、然る後社會の風儀を矯正せんとす。

一、母体の健否は、たゞちに第二の國民の体格に影響す。故に女子の體育を奨励せんとす。

一、家事経済の智識に乏しきは、我國女子一般の欠点なり。ゆゑにこの學を普及せしめんとす。

一、慈善事業に男女の区別なしといへども、女子としてわけて此種の事に力を盡さしめんとす。

一、全國の各婦人會または各慈善団体をして互に氣脈を通ぜしめんとす。

一、歌文、音楽、生花、點茶、書画等、すべて高

本月中發行期日　第二號　廿一日月曜　第三號

『婦女新聞』創刊号

## （一）「「継母」について」

露子が、本格的に文章を投稿したのは『婦女新聞』「「継母」について（晴江女史としのぶの君に）」明治三四年七月二九日第六四号）が最初であった。[1]『婦女新聞』は、のちの大正天皇の皇太子時代、その婚儀が行われた明治三三年（一九〇〇）五月一日、福島四郎によって創刊された。彼は、「わが『婦女新聞』は、自ら全国二千万人の女子諸君のために、この祝日の活きたる紀年たらんとて生れ出たり」と宣言する。その目標は「今日の女子諸君の地位を高め、体格を強め、夫に仕へては良妻となり子をあげては賢母とならしめ、以て乱れたる家庭を、以て頽れたる社会の風儀を正すこと」すなわち、メディアによる女子教育にあった。『婦女新聞』がめざした女子教育は、その発行に賛成の意を表した人物からもわかるように、近代国家観にもとづいた、所謂新しい良妻賢母主義―江戸期の男尊女卑的風潮ではなく―、穏健で常識的、公平な思潮に棹さすものであった。

露子はちょうどこの新聞が創刊されたころ、家庭教師の神山薫に引率されて、東京見物に出かけていた。そのとき、神山の遠縁にあたる長田正平と親しく交流した。誰の紹介もしくは勧めで『婦女新聞』を購読するようになったかはわからない。神山薫が新聞記者の知己をもっており、いろんなところへ露子たちを連れて回ったらしく、神山の勧めであったかもしれない。また長田正平の導きによるものかとも思われる。二歳下の叔母チカの「東上日記」（この東京行きを記したもの）に、長田と神山と露子で巌谷氏方―巌谷小波の弟と長田は知己であった―に行くという記事が見える（『評伝石上露子』ｐ１４７）。ともかく、東京で大きな刺激をうけたであろうとは想像できる。

露子が、投稿を通じて『婦女新聞』を自分の文学の発表の場としていく過程は、新聞編者側が女子に投稿をよびかけ、女子の文学者を育成しようとする動きとちょうど一致する。『婦女新聞』の露子の作品「『継母』について（晴江女史としのぶの君に）」は、七月八日と一五日の、晴江や、しのぶの署名で出された「継母」に関する意見を目にした、彼女の反駁のようなものであった。世間では、「継母」が酷薄であるとの認識が一般的であった。すでに明治二〇年代『女学雑誌』で「継母と継子」問題は提起されていた。(2) これに繋がる論として、晴江女史やしのぶは、「継母」がたとえ至誠をもって継子に対しても世間がそう見ないのだと継母を擁護する。一方露子は、これらの意見に応えるかたちで、自らの経験をもとに、継母と継子の問題を小説仕立ての美文につづった。「つめたき浮世の風にもたのまぬ人の袖なくて、秋ならぬ夕ごとにも露に萎るゝ少さきなでしこの」継子の身の上を語る。露子自身、一三歳で実母が離縁され実家へもどり、新しい継母のもとで育ったわけであるが、この文章は、戦後七〇歳を過ぎて書いた露子の自伝「落葉のくに」の記述とは異なっている。「『継母』について」での主人公は、「五年前の秋の暮、汝には今宵母上おはすぞと」聞き、世の継母の物語を聞いていたので恐ろしく思っていたが、「やがて燭台の光りはなやかなる影に、黒の裾模様めしたるいと美しき人の御姿見上げては、幼心のたゞうれしう、あくる日よりは琴とるにも花つむにも、母様母様としたひまつりて、少さき胸のおくふかく、われらが中にはとこしへいまはしきうき世の風入れじとちかひはべりつ」というように、継母に親しもうとする子の、けなげな姿が描かれている。しかしそれはみごとに裏切られ「さても口惜しやわが世のさだめ」、父の事業の失敗とともに継母の「ありし愛の泉」「平和の影」は「いづこにか尋ぬべき」さまになったのである。一方、「落葉のくに」では「黒の紋服に白を重ね」裾を長くひいた見事な着こなしは「大和さん」であって、新しい母のことではなく、美貌と聞かされていた継母はそれよりも見劣りがするという冷ややかな見かたをしている。もちろん「落葉のくに」は後付けかもしれないが、継母との葛藤の記述を公然と発表することは当時の露子も躊躇したのであろう。ただ、私がこの「「継母」について」を取り上げるのは、この時点での、露子のメディアの要求への敏感な反応と、他の投稿者との差異化をはかろうとする露子のありかたに注目するからである。

この「継母」のテーマは、露子の文章の二週前の紙面に「民法婚姻編」という講義記事があり、民法第七百七十三条、継父母や嫡母が子の婚姻に同意しないとき、子は親族会の同意を得て結婚することができるという民法の解説が掲載された。また、この後も「継母と継子」というテーマは継続され、同紙の読者の関心を呼んだようだ。露子は、単なる読者ではなく、『婦女新聞』紙上で、何が今問題になっているのか、という的確な認識を持っていたのである。自身の、継母との確執からくるやるせなさを解消するものとしての文章修業であったであろうが、しのぶの署名になる「『継母』を読みて」が、「世の人の心の継母に対する、かえって残忍にしていかに至誠を以てするも至誠と信ぜざるぞはかなし」と世間一般の継母批難に対する継母擁護の意見の域を出なかったのに対し、露子の場合は、いささか饒舌で豊饒すぎるきらいはあるが、自己の経験をある程度客観化し文章化できる域にまで達していた。社会認識の鋭さとそれを表現するに美文をもってしたところが特徴である。意見発表の手段として、美文という方法をとり、他の投稿者と差異化をはかることで、新聞編集者をうならせたと思われる。後の露子の文章にもつながるすぐれて流麗な文章によって、編者や読者に自己を印象づけることに成功した。

『婦女新聞』翌明治三五年一月一三日号では、「継母と継子」と題する社説が載り、継母への同情と同時に憐れむべき継子という複眼的視線が示され、継子の立場からの言及が露子一人の手に成る文章であったから、かなり彼女の「継子の真意」が記者の目にとまったものといえよう。

## （二）『婦女新聞』で高まる評価

「「継母」について」の二週間後、夕ちどりのペンネームで『婦女新聞』上で、自分の町について語るという文章が載る（明治三四年八月一二日第六六号）[3]。「河内金剛山下の一小都（日記の一節）」である。これは、『婦女新聞』紙上の「地方女子風俗」寄稿募集に応えたものである。他の女性の寄稿文が「私たちの地方は云々」という平凡な記述に終始しているのに対し、露子の文章は、まず、河内地方の機織りに明け暮れる村の女と、絹ものをきておごっている町の女性を対比させる書き出しで始まる。その町の女学校の同窓生のなかでも、親の虚飾のために犠牲となって、それとも意識せずかちほこったようにたはれ男にとつぐ乙女、一方、露子自身の分身とみられる女性は「日毎の家のつとめをまなび」「男等があざけりの種と」ならない生き方をしようとする。明治三一年（一八九八）、柏原から富田林に延伸した河陽鉄道（のち河南鉄道）富田林駅周辺の猥雑さをもさりげなく描き、地方女子風俗記にかなう文章になっているものの、単なる地方風俗描写になっていないところが特徴である。つまり、駅にたむろするたわれ男たちに代表される男性等の女性蔑視と彼ら男たちの思うままにならない生き方をよしとする女性を登場させて、女権主義的姿勢がすでにこの時点でみられるのである。

『婦女新聞』は、露子にとって、自らの思想を鍛え、文学的修練を行っていく上での格好の場となったが、同年一一月ころからはさらに彼女の文学活動が盛んになってくる。夕ちどりの名で投稿した短文「柿」が天に選ばれている。

翌明治三五年になると、四月「母子草《おやこぐさ》」、五月、短文「雲雀」、さらに、六月の「わが昨今」という夕ちどりの文章は、自己の生活欄への寄稿であったが、「書きぶりのをかしさ文芸欄にふさはし」かったので、文芸欄へ載せるという記者の評言が付いている。大和田建樹が、その選者であった。同年九月「まぼろし日記」一一月「ひとり言」の欄「小川」、一二月「琴」と次々と投稿、各文芸ジャンルにおいて、夕ちどりの名は一定の評価を得つつあったのではないかと思われる。

## （三）「まぼろし日記」

露子は、『婦女新聞』という当時のメジャーな媒体《メディア》のなかで、主要な位置を占めつつあることに自信を得たであろう。この「まぼろし日記」という作品はやや難解であるが、多分に露子の内面の真実とでもいうものが述べられている。夕ちどり露子はいう。

―たゞひとりのみのと人《ひと》のいひ給《たま》ひけむ、げにそれなり、いまわが夢《ゆめ》のまぼろしかきとゞめんとするこの日記《にっき》の文字《もじ》よ、この世《よ》にして筆《ふで》とるすべしらぬ身《み》は、いみじうおもぐるしきかたはの文《ふみ》をつらぬるのみにして、この胸《むね》に人《ひと》しれぬもだえのきはみぞなか〳〵に言《い》ひしらぬ、さあれ、いづれははかなき人《ひと》の世《よ》のすさび、涙《なみだ》のいろ想《おもひ》のあや、こもせめてこの身心《みこゝろ》なぐさのかげなりける……―（明治三五年（一九〇二）九月八日第一二二号）

〔口語訳〕

―「人はわからないだろう、ただこの私だけに通じる思い」、とある人はいったとかいう、まさにそうなのだ、今私が自分の夢のようなまぼろしのようなことをかきとどめようとするこの日記の文字は。世間にむけてどう書いたらいいかもわからぬ私自身は、たいそう恥ずかしいかたわの文章をつらねるだけで、この胸の、人の知らない苦しさのつのる気持ちは簡単に表現することはできない。とはいえ、何であれ人の世のすさびこと、涙をもよおす想いの模様（をつづることは）、せめてもの私の身や心をなぐさめるものであるのだった。……―

私は、拙い口語訳をしていて、「たゞひとりのみのと人のいひ給ひけむ」のこの「人」はだれであろうか、と思いながら、ふと樋口一葉の「日記」を思い浮かべた。明治二四年四月の「若葉かげ」。

—花にあくがれ月にうかぶ折々《をりく》のこゝろをかしきもまれにはあり。おもふことといはざらむは腹ふくるゝてふたとへも侍れば《はべ》、おのが心にうれしともかなしともおもひあまりたるをもらすになん。さるはもとより世の人にみすべきものならねばふでに花なく文《ふみ》に艶《つや》なし、たゞその折々《をりく》をおのづからなるから、あるはあながちにひとりぼめして今更《いまさら》におもなきもあり、無下《むげ》にいやしうてものわらひなるも多かり。名のみことごとしう若葉かげなどいふものから行末《ゆくすゑ》しげれの祝《いは》ひ心《ごゝろ》には侍《はべ》らずかし。—

一葉の作品はすでに評判になっていたが、日記が公刊されるのは、明治四五年五月のことであり、露子が、当時一葉日記を見たとは考えられない。しかし、「人に見せるほどのものではないが、私の心の思いはどうしても吐き出さずにはおれない」という謙遜に隠された自負、それは、一葉の流れをくんでいるという点を抑えておきたい。

「まぼろし日記」の内容は、石川のほとり、数年間の都での学業を終えて帰郷した旧友との交流が語られる。つゆ草やなでしこの咲く、さざれ石の川べりを黙って通る二人の前に、美しい葛城山が絵のように立つ。「あの山にいってみたい」という私に、友は、「あの高い山にもまして高い世間の荒波をけ破ろうとは思わないか」と唐突に言い放ち、じっと私をみつめる。それはまるで私の長年の胸奥の憂いを見透かすようなまた憐れむような眼であった。わたしはその瞳をさけるようにしながら、続く友のことばを聞く。「十年前の希望にあふれた子供のころに帰ることはできないのか」、思わず二人は視線を交わし、美しい光を友の眼の中にみたというところで、夢は醒める。寂しい私の身の上に八月一日の朝は訪れる。

夢にたちあらわれた友と自分、なぜ世間の荒波と闘わないのかという友とあの山に登りたいというしかない自分とは、深層心理の中の懊悩する二つの自己であろう。この懊悩がどういう性質のものであるかは判然としない。明治三五年の作品であるから、長田正平から遠ざけられた、露子の恋と家制度との葛藤ととることも出来ようが、私は後年の「落葉のくに」の記述に注目する。それは、「羅綾の袖」と題する文章で、女中たちに「お嬢様のような身に一日でもなってみたいものだ」といわれる「幸福すぎる自分」を、「これでいいのか」と自省するくだりである。「胸の奥の奥で」きこえる「するどい声」それは、「七尺の屏風をどらば誰れか越えざらむ　羅綾の袂引かばなどか切れざらむ」という琴の組曲の一節である。露子は琴の曲として知っていたのであろうが、「平家物語」にも採られている、秦の始皇帝が刺客荊軻から、袖を引き放って遁れ屏風を飛び越えて危機を脱した話にもとづいている。(4) 露子がこれを引用した意味は、どうして自分は自分の限界を超えて広い世界へと跳躍し自分の生き方を貫かないのかという歯がゆさと自省である。そのあとには「革命の火はとほい遠い山のかなた」とつづく。もちろん文字どおりの意味での社会主義革命ではなく、自分を革命すること、自分の殻を打ち破ること、そのような気持ちが、この「まぼろし日記」ですでにあらわれていることに私は留意する。広く一般的に青春の悩みととってもいいだろうが、恋に限定することもあるまい。一

七、八歳の女性が、やや背伸びをするような物言いではあるが、読者の目を引いたことは想像できる。この文章に感激して文通をはじめたのが、当時広島にいた米谷照子であった。照子がこの文章のどういう点にひかれたのは定かではないが、二年後の明治三七年になって、照子のほうから露子に手紙を送ったことがきっかけとなって、文通がはじまったらしい(5)。

明治三五年から三七年にかけて、露子は、短文や美文、子供向けの話や俗謡にいたるまで、かなり自在に文章を投稿し、『婦女新聞』の要求に確実に応答していた様がうかがえる。そして、その書き方が、文芸的で、面白いという点において認められている。つまり自己の生活ぶりや、世間の話題、青春の名状しがたい感情等を、独特の優美な文体で記したことに注目があつまった。現時点で問題となっていることへの目配りと、それを優雅につづる文体を獲得しつつあること、問題認識の高さと表現力の巧みさの二点は最初の「「継母」について」にすでに芽生えていた。しかも自分をもう一人の自分を通してみる、自照性。この時期『婦女新聞』で頭角を現しつつあったからこそ、同じ紙上で活躍していた宮崎旭濤や下中芳岳の目にもとまり、以後、彼女の思想も進化していったのである。

注1　碓田のぼるの指摘にもあるが、「「継母」について」に先立つ七月一五日に露子は、「豆」という短文（署名多閑子）を載せている。

注2　『女学雑誌』明治二八年八月から九月にかけて、橙軒居士による女学評論「継母と継子」が載り、巌本善治が序をつけている。継母による継子殺しなどの例も挙げて継母の生きにくさを書いている。さらに明治

二九年三月には山下石翁（巌本のこと）の「継母の地位」が載り、継母も継子もそれ自体が悪因となっているのではないと述べる。巌本のペンネームに月の舎しのぶというのがある。『婦女新聞』の継母論を述べた、しのぶ、という人物はもしや巌本でもあろうか。

注3　露子は、作品発表時の署名に、本名杉山孝子以外に、石上露子、夕ちどり（ゆふちどり）、夕の女、野薔薇（野うばら）、しら露、末枯草、〇〇子、美代子など種々のペンネームを使っている。この他、私は「まぼろし人」を露子だと考えているが、『明星』では（石上）露子、夕千鳥のみ、『婦女新聞』では、夕千鳥、孝子のみ、あとの多彩なペンネームは浪華婦人会機関紙『婦人世界』でみられるものである。

注4　「平家物語」巻五、「咸陽宮の事」にみられる故事。もとは『燕丹子』による。

注5　米谷（古月・天野）照子、『婦女新聞』中の三千鳥の一人、磯千鳥として夕千鳥露子とともに紙上で活躍した。文通だけではなく、露子とは会ってもいる。米谷照子は、青春時代宮崎旭濤を狂死させた張本人ともいわれるが、晩年は下中弥三郎と生活をともにした。

# 第五章　苦悩のはじまりと社会的視点の獲得

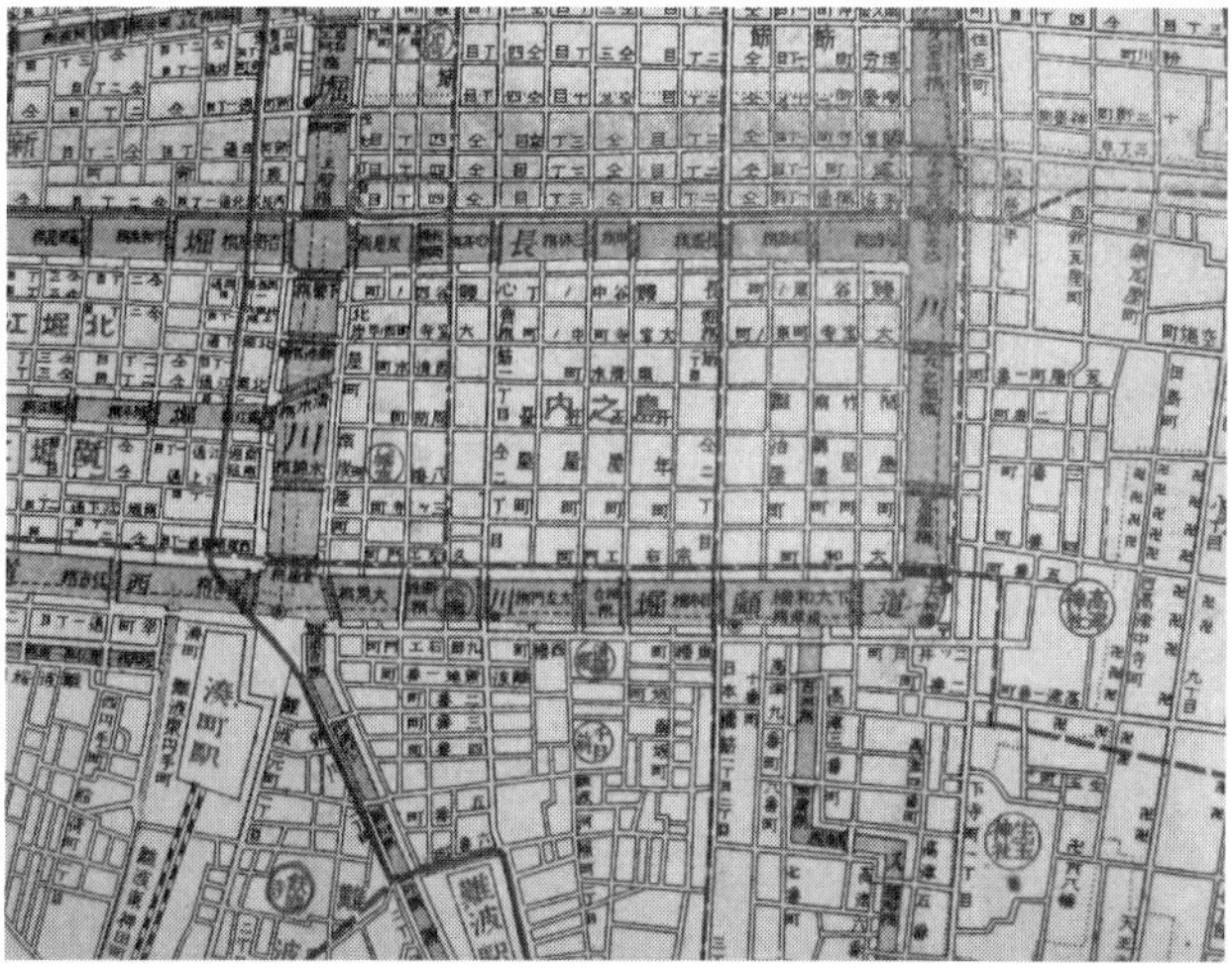


明治四〇年ごろの大阪市内地図、難波周辺（大阪市立図書館蔵）

## （一）父親からの圧力へのあらがい

明治三五年の「まぼろし日記」の苦悩とは、狭くは恋を成就させるために突き進んでいくかどうか、広くは常識的穏健な地主の娘として生きるか、それとも自分の意見を堂々と主張して自分で自分の人生を開いていくのか、という悩みであったかもしれない。新しく見つかった一年後の露子の妹宛書簡では、父親が自分の文通仲間との間を妨害し、手紙を処分されたショックを妹に訴えている。三六年すでに妹せいは瓜破の大谷家へ嫁いでいた。

「すみ子様さわ子様小羊の君松の葉の君さてはあゝさては年立ちてより手にせぬみ文のゆへよしすべてすべて父君が御業としりにしけふ」

（明治三六年二月一五日付大谷きよ子宛杉山孝子書簡）[1]

すみ子様以下の女性はおそらく『婦女新聞』紙上で知り合った仲間であろう。松の葉の君、小羊の君は確認でき、特に小羊は、同紙上で十回執筆している。『婦女新聞』が、新しい女性の生き方を奨励する方針であったため、父親団郎は、好もしくない思想に染まり、家を大事にしなくなる娘に極度の心配をしたのであろう。まして、『婦女新聞』紙上で「恋せよ愛せよ、一点の偽善なく天真に恋愛せよ」「いざ恋愛の児は賛美せよ、堕落の子は謳歌せよ」などと放言する宮崎旭濤などからの手紙は言語道断であった。

「かくてながらに（父は）この君（宮崎旭濤—引用者注）とは交り堪へよと願ひゐ候あはれに御座候はずやこの身このわれ早稲田のかの君（富田林出身の田中万逸—同）もまことにいかゞおはしますらん何も何も父上火に附し給ひしよしのその中にこもりゐしなるべく候」（同書簡）

ここに登場する早稲田の君とは、富田林で露子と小学校同期の、後の政治家田中万逸である。露子とはうまがあったようで、後年、議員になった田中万逸が帰郷するたび、露子宅を訪れていた。明治三八年一一月、露子が日本赤十字社の総会で上京した折にも、報知新聞の記者の特権を利用して、開園直後の「新宿御苑」などを案内している。木村勲によれば、彼は、若き日、泉鏡花に師事し、露子を念頭に、田中花郎の名で小品を、田岡嶺雲発行の『天鼓』に発表した。(2) また、学生時代、「足尾鉱毒事件」に関心をもち、「青年同志鉱毒調査会」を立ち上げ奔走していた。(3) 彼は露子の父親とも面識があったであろうに、旭濤のとばっちりを受け、手紙を燃やされたのであろうか。

妹に家督を譲り、自分は自由に生きたいと願った露子は、先に妹を嫁がされ、「家督相続」を前に追い詰められていた。

「例の命運のこの子…かつてのみ情けあつかりし日の父上を強ひて強ひて思ひいでゝせめて死の文字わすするべくつとめいるこの子に候」（同書簡）

暗に死にたいなどと姉から聞かされた新婚の妹の気持ちはどうであっただろう。

この間、大阪で行われた第五回内国勧業博覧会についても、

「朝のほど博覧会のそれ見るべくやなど君はやいらせ給ひてやよしとのたまふ君日本の恥なりと

けなし給ふ君……日ねもすをうつらうつらのわれまこと心とゞめて見るべき気おはさず教育館とやそれよりも自殺館?人生館?などわれにはほしく候」

（明治三六年三月一九日付大谷きよ子宛杉山孝子書簡）

などと言っている。そして、その間の気持ちを、前年入会し、投稿し始めた浪華婦人会の機関誌『婦人世界』でも「あかつき」という美文で、早く死ぬ運命の自分を強調している。

「お、ひとりの姉、……われ君を別れて世をはやう逝きぬべきうらかたの。お、さなり、ひとりの姉、われかくて世をはやう逝きぬべき命運のかげの、……」

「あかつき」（明治三六年七月一五日『婦人世界』第一二六号）

その一年後には『明星』に再投稿し、そこでは、「おもかげ」と改題され、「追懐」とともに「夢のひと」という題で登場している（『明星』明治三七年六月）。『明星』の方が、死にたいと思っていた一年前の自分を、より客観化できているようだ。

露子は父親について、「落葉のくに」でこう述べている。

「土地解放論や富の分配、主義者たちのあげつらふそんな書物を喜んでお読みになるお父様、あることにはむしろ共鳴さへして頂ける」ような、開明的進歩的な考えの持主であった。しかし、「たつた一つだけはどうしても時代の差とでも云ふのか、何事も世俗よりも進んでお出になるお考のお父様なのに、こんな時、まことの御母様もつ人のうらやましさ」

「たつた一つ」とは、露子の結婚問題である。露子の父は、祖母・母親と婿養子を取らざるをえなかったところに生まれた待望の跡取り息子であった。六十町あまりの土地を持ち、地価額三八六七五円八四銭、南河内郡で二番目、富田林では一位の地主が（松本和男『論集石上露子』ｐ１４９。同『石上露子研究』第六輯ｐ９４）、家を守るということに力を傾けていたことは想像できる。父親が、露子を後継者としてふさわしくあってほしい、と願うのは当然であった。露子の自伝では、父と娘の絆を強調するあまり、父よりは継母に露子の婿取り強要の責を負わせているが、当時の民法にてらしても、家父長団郎の権力は絶大であった。尊敬する父親が（社会）主義者たちの本を読むことは、俳句や能などの趣味の一つであったかもしれないのだ。若い露子が、結婚前の妹をつれて家出を決行するほどまでに、父との確執は相当なものであった。というより、そんな父に抵抗する彼女でもあったのだ。

さて、この時期大阪では、第五回内国勧業博覧会が開催されていた。明治三六年（一九〇三）三月一日から七月三一日まで、大阪市南区天王寺地区を中心に開催された。敷地面積、開催日数、出品数などにおいて過去最大であり、入場者数は四三五万六九三人にのぼった。農業館、林業館、水産館、工業館、機械館、教育館、美術館、通運館、動物館、水族館、台湾館、参考館、などがあったが、併設された不思議館やウヲーターシュートなどの娯楽施設に人気が集まった。露子は、教育館よりも自殺館・人生館などがほしいなどと述べたが、妹宛の手紙では、美術館に行ったことが話され、その中で、和田英作の「こだま」に感動したことを述べている。(4)「こだま（木霊）」は、森の中のニンフ・エコーの裸婦像である。露子は「いまだに〱眼とじてはすぐまぼろしにあらはれ候ほどにて」と絶賛している。ニンフ・エコーの大きな瞳、ややあいた口、豊かな髪など、エロティックで印象的である。ゼウスの妻ヘラのために、自分のことばを発することが出来なくなったニンフエコーは、恋人にも恋をうちあけられず、ついに肉体を失い、声だけになった。恋人とは遠ざけられ、妹とは手紙のやりとりのみ、文通仲間からは手紙を受け取ることも出すことも出来ない苦悩の中で、自身の心のやりばのなさ、悶えを、自らの想いを声に出せずオウムのようにこだまを返すだけの「こだま」（エコー）に重ねたというのは考えすぎだろうか。父親へ無言の抵抗を試みる露子であった。

## （二）娘を圧迫する「家の父」、女性を圧倒する「国家の男性」

父親には強力に主張できなかった露子は、雑誌においては、自分の言葉を自由に発することができた。恰好のその雑誌は、歌壇の寵児『明星』でも、多くの読者をもつ『婦女新聞』でもなく、露子が所属した大阪の浪華婦人会の機関誌『婦人世界』であった。(5) 浪華婦人会は、大阪の富裕な女性たち数名が裁縫・習字・美術・読書を貧家の女児のため愛染神社で教え始めたのをきっかけに、自分たちの和歌・文章・小説などを集め一冊子にし、その読み代を一カ月一〇銭ずつたくわえ、慈善事業に寄付したことから始まった。六〇名が賛同し、「慈善事業」と「雑誌発行」を事業の二本柱として出発した。明治三四年（一九〇一）六月一五日の創刊号では、婦人たちの意識向上のため交流をはかる一方、寄稿による雑誌を販売して得た利益で慈善を行うとの目的が掲げられている。露子は、おそらく九月ごろに入会したと考えられるが、いったいだれの紹介で入ったのかはわからない。[6] 露子の琴の師であり、知己であった鈴木鼓村と関係の深い、やはり琴の名手朱絃舎浜子（荻原浜子）が、同じ第五号の会員名簿に見え、その前号で浜子の友人である東京在住の浜節子―彼女は露子と同じ『婦人世界』の編集者として手紙のやり取りをしていたことが見える―がすでに入会していることから、その方面からの誘いかもしれない。また、露子が一時期籍をおいた市立大阪高等女学校（現大手前高等学校）の卒業生が浪華婦人会の中心となっていることから、その人たちからの誘いがあったのかもしれない。[7] 後の露子のありかたから考えると、この婦人会がこのころ一般的であった、貴顕を会長としておしいただくような婦人会とは異なり、「如何なる有名な婦人学者にても、慈善的事業なれば原稿料は出さず」、「同志の人」であれば「貴賤の別なく入会を歓迎」するグループであり、その、平等的姿勢に露子が魅かれたことは考えられる。

露子の妹宛明治三六年四月一一日付け書簡にこのような言葉がみえる。

「その月の会誌にすこしく心に思ひし事投じまうし候ひき」

時期的にみて、『婦人世界』明治三六年三月一五日第二二号の「ひらきふみ」（ゆふちどり）のことであろう。

―（前略）わらはかつての秋《あき》にて候ひき。師《し》なる人《ひと》とともに遠く東北の空《そら》に歌枕《うたまくら》さぐるべく旅《たび》ねせしことの候ひしが、秋雨《あきさめ》さびしきある夕《ゆうべ》、投《とう》じたりしその家《いへ》には、早くすでに御風姿いとあがれる紳士《しんし》の多くおはして、興酣《きやうたけなは》に酒《さけ》をよびたまふことしきりに候。（中略）その時《とき》、見《み》なれぬはしためありて何《なに》げなうこなたなるにもの云ふさまして、わらはらが室《しつ》の障子《しやうじ》をそと開《ひら》き候を、と見れば、あなや、そこには酒気《しうき》たかき蓄髯《ちくぜん》の君三人《きみみたり》ばかり、わざとらしうそのいやしげの眼《まなこ》そばだて、立《た》ち居《ゐ》たまふにて候ひき。まあ何《なん》といふことに候ぞ。無礼《ぶれい》！無礼！オヽ云《い》はん方《かた》なきこの無礼《ぶれい》。（中略）野《の》ねずみの人《ひと》にかくるゝ、それにもまして、より多《おほ》く多くわれらのこのかよわき胸《むね》には、かゝる侮辱《ぶぢよく》の手《て》のかげをいみ恐《おそ》るゝものにおはし候。オヽ文明《ぶんめい》の文字《もじ》なんら美《うつく》しき蓄髯《ちくぜん》の紳士《しんし》！（中略）たゞ時《とき》ありてはかの目《め》ばゆわき偽善《ぎぜん》の衣《ころも》をよそほひたまふにいとたくみなりときく御身《おんみ》の、こゝにもその妙じき天才《てんさい》のおもかげをほの見《み》せたまひて、せめてせめて、この野《の》ねずみの可憐《かれん》のこゝろもてる小《ちい》さきわれらに、御身《おんみ》がかねてあたへたまへる云ひしらぬ苦悩《くのう》のうちの、幾分《いくぶん》かをのみも寛《くわん》ならしめたまへとねがひまゐらすものに候。

わけてもいま、わが大《おほひ》なる大阪市《おほさかし》にしてのこの数月間よ。

われらかよわきものをして、ちとのおもひ恐《おそ》れなく、心《こゝろ》ゆくまでこの光栄《くわうえい》ある文明《ぶんめい》の幻《げん》華《くわ》にあこがらさしめたまはんもあらぬも、そはたゞ、ことは異性《いせい》なる君《きみ》がたによりてと存《ぞん》じ申し候。（後略）—

露子は、「例の口調のひとりがてんに終りし」というが、ここでは重要な主張がなされている。東北旅行の途中に立ち寄った水戸の旅館で受けた、いわゆるセクシュアルハラスメントについて憤っているのだ。しかも、それが蓄髯の紳士らによってなされたこと、女性が男性に侮辱されただけではなく、文明国としてこれから国家を率いていくべき彼らが、そのような恥ずべき行為をすること、時あたかも内国博を開催し、国内のみならず、外国にむけての威光を発信すべき―この博覧会は対ロシアを意識して行われたものであった―国家の裏面にこのような女性蔑視が存在することへの義憤である。これは大仰なことでもひとりがてんでもない。露子にとって、開明的であると見える父親が自分の結婚に関しては家父長として立ちはだかることと、文明国の紳士が女性を軽蔑の対象としてしかみないということがアナロジカルにとらえられている。単なるセクハラ事件として愚痴を述べたのではなく、露子の個人的経験が社会認識へと向かっていく様相がみられるのである。そして、「わけてもいま、わが大なる大阪市にしてのこの数月間よ」とは、恐らく第五回内国勧業博覧会開催にわく大阪のことを言っている。北沢紀味子は、『火中ゆく　石上露子　織田作之助』（二〇〇七年　私家版）のなかで、露子のこの文章に注目した最初―私の記憶では、男性論者でこの文章に注目した人はいない―の論者である。北沢が、この内国博で、後に大逆事件で刑死する管野須賀子が、「醜業婦舞踏禁止」キャンペーンを張っていたことを、露子も知っていたのではないかと推測している。管野須賀子が、「大阪朝報」で、芸妓たちの浪花踊りが天皇も臨席される場でおこなわれることを問題視し、「醜業婦舞踏禁止」運動を独自で起こしたことは有名である。(8) もっとも最初に「大阪朝報」に彼女の意見が載るのは明治三六年四月であり、露子の文章はその少し前に書かれているが、露子の所属した浪華婦人会と、後に須賀子が入る大阪婦人矯風会とは関係があり、管野須賀子の情報は露子にも届いていたのかもしれない。(9)

いずれにしても、官民一体となったお祭り騒ぎ的雰囲気と、それに反発する一部のキリスト教者・

社会主義者たちの動向は、露子の念頭にもあったと考えられる。管野須賀子もまた、文明国として恥ずべき醜業婦の存在をいい、露子も同じく、文明国として男性のあるまじき行為を糾弾し、共通点がみられるのである。

しかし、露子のいう「われらのこのかよわき胸」「この野ねずみの可憐のこゝろもてる小さきわれら」「われらかよわきもろきもの」は、すべて「われら女性《によしやう》たち」のことである。

露子は明治三六年前半から、個人的な体験をしだいに社会的な問題として普遍化していく。ただし、それは自身が「女であること」によって家制度から逃れられない苦悩から導かれたものであった。明治三六年の、友人との文通を父親に邪魔されたという個人的な怒りは、明治三六年後半の新詩社入社をへて、さらに三七年の時代把握へと進み、その思想を深化させていくのである。

注1　ここに挙げる露子の妹セイ宛の手紙は故芝昇一氏の所蔵物とその複写による。

注2　木村勲は、『鉄幹と文壇照魔鏡事件』（二〇一六年　国書刊行会）の中で石上露子に触れ、明治三八年四月一五日刊『天鼓』第三号に田中万逸が田中花浪の名で「生道心《なまどうしん》」を書き、その主人公園子のモデルは露子だとしている。

注3　注2と同じ。また、大阪大谷大学所蔵の露子の妹宛書簡でも、田中万逸が妹せいの婚家に足尾鉱毒事件に関して寄付を受けていたことがわかる。

注4　木霊（こだま）は、和田英作（一八七四～一九五九）の滞欧時の作品。仏留学時の師から高評価を受け

た。この内国博では二等を受賞。明治三六年、帰国後、東京美術学校教授となった。なお明治四一年一月からの『明星』表紙絵「メプサ（メドゥーサ）」は和田英作による。

注5　浪華婦人会機関誌『婦人世界』は実業之日本社刊の同じ名のものとは異なる。明治三四年（一九〇一）創刊、明治四〇年（一九〇七）まで続いた。現存のものは、東大、関大、静岡県立大、石川武美記念図書館、筆者蔵を入れて三五冊ある。詳しくは拙稿「明治期地方婦人会機関紙に見る社会活動―浪華婦人会『婦人世界』をめぐって―」（大阪大学大学院文学研究科日本学研究室『日本学報』第三五号）を参照されたい。

注6　明治三四年一〇月一五日第五号の会員名簿に初めて杉山孝子が登場する。翌月には従妹の杉山しん子（シン）の名もみえる。

注7　会員中、同校の出身者は、一九〇五年時点で三九五名中二〇名を占めている。また、事務所を提供し、主導的役割を果たした女性、荘保麻子は、明治三〇年同校の卒業。大阪府立大手前高等学校同窓会「金蘭会」事務局所蔵の卒業生名簿による。

注8　『婦人新報』記事によると、大阪婦人矯風会は、二月の大阪市民の総踊りの弊害が明白だとして「博覧会祝賀総踊り廃止」を訴えた。さらに五月、「博覧会舞踏禁止運動」として芸妓の舞踏反対の趣旨を述べ、これに尽力した人物として宇田川文海と管野すが―本文では菅野菅根となっている―の名を挙げている。

注9　『婦人世界』三十六号（明治三七年五月一五日）総集会の記事にすでに大阪婦人矯風会書記でもあり、浪華婦人会役員でもあった清水種子ら五名の辞任と他の会員に交じって管野須賀子が臨時役員となったとの記録がある。

# 第六章　思想の深化

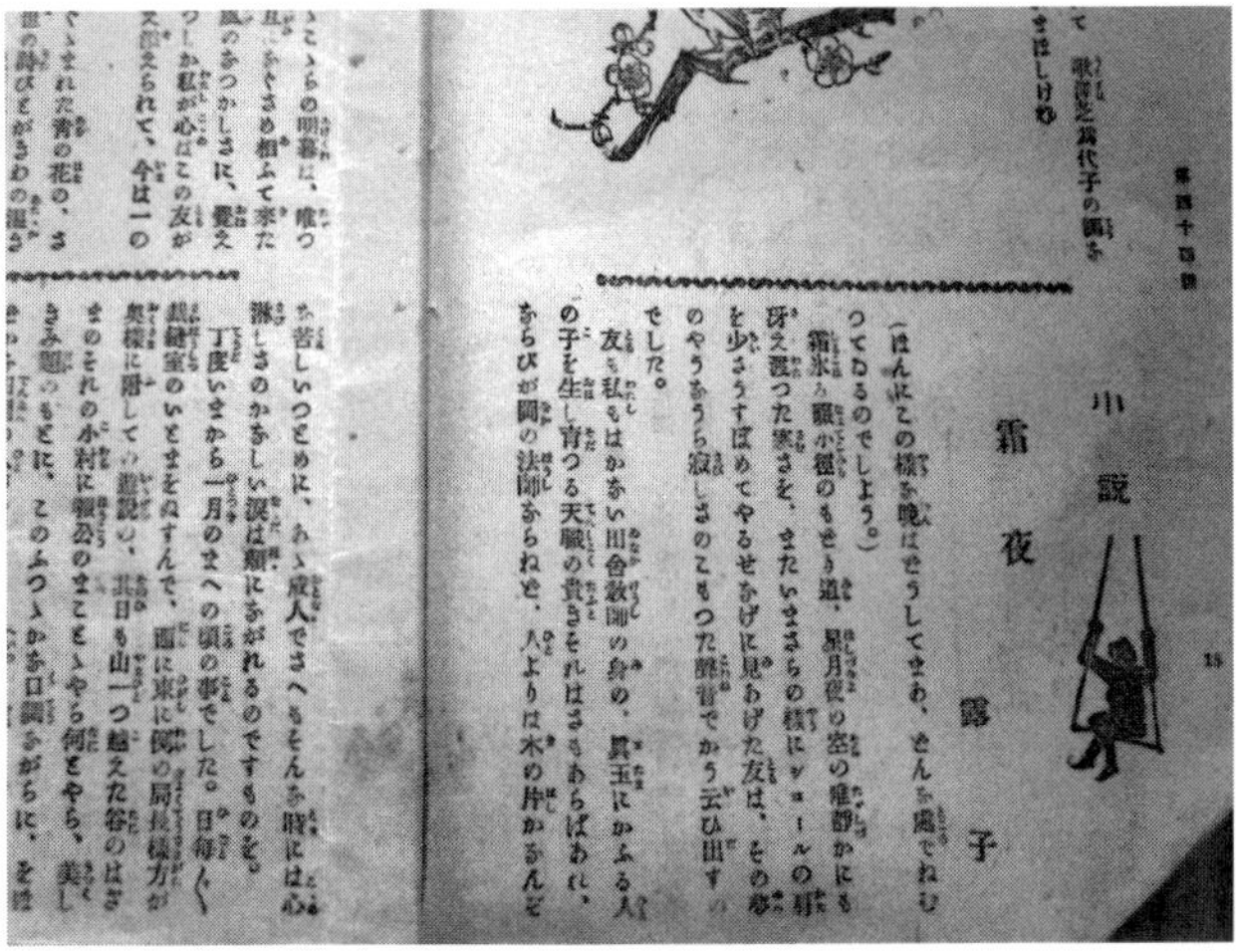
小説

霜夜

露子

第四十四號

15

『婦人世界』第 44 号　明治 38 年 1 月 15 日　露子の作品「霜夜」

## （一）日露戦争期、露子の厭戦・反戦作品

### 1、『明星』における露子の厭戦的作品

明治三七年二月、朝鮮半島と満州の権益をめぐって対立していた日本とロシアの間で戦争が始まった。積極的に戦争の必要を訴え報道する主戦論者と、それに反対する思想を語る反戦論者が、ともに世論形成に役割を果たしたのはこの戦争が最初であった。もっとも、「反戦」は、国家の「正しい戦争」宣伝や、メディアの戦争美化の前にはほとんど無力であった。この時、露子はどう行動したか。

『明星』辰歳第四号（明治三七年四月一日号）に石上つゆ子の名で（目次・本文とも）、美文「かげろふ」が掲載される。「緋桃の村のをとめたち、召されて立つ征露の人を駒とめ柳のかげに送りて、はや三十日を経たり」と始まるこの文章は、その応召されていった男が、戦場ではなく、大海上で病死したことを記す。闘うこともせず命尽きた男の、無念の胸中を察して、女たちが悲しむさまを描く。その中の「髪長うして露おく瞳のすぐれて美しき子」は、亡き男との思い出の野山路をさすらい「ひとりあくがれくら」す。その折しも、亡き兵士のかたみの品が送られてくるのである。「ありける人のかたみの品、近うやがても着かむと云ふなり」を二度繰り返すことによって、なお一層の「美しき子」の「秘め秘めし胸の人」をうしなった寂しさ、せつなさがうたわれる。美文による清澄な調べ、緋桃の花片・柳・白駒・水車・白藤・恋歌・袖おほひ・涙などといった語の羅列は、まるで、王朝の

美しい絵巻をみるようである。なるほど、この文章の左ページには、石井柏亭の版画とおぼしき鮮やかな小袖を着た髪の長い少女の挿絵がある。「召されて立つ征露の人」という記述がなければ、戦争とは無関係の、単なる若者の死を歎き悼む少女の話ということになろう。

『明星』の原稿締め切りが、だいたい前月の一八、九日であったので、明治三七年（一九〇四）二月一〇日、日露戦争開戦（宣戦布告）、から一カ月あまりの間には、この作品は完成していたと思われる。時事をとらまえて作品化するには、相当の自己内部での消化と燃焼が必要で、その訓練が彼女には出来ていたようだ。ただしかし、戦死ではなく、戦病死―実際の戦争でもかなり多いと伝えられているが―を扱ったところが、戦争のおぞましさが直接ひびくことはない。ここでは、戦争を厭うという側面よりは、恋人の死を嘆き悲しむ乙女の心情が全面的に描かれている。

この『明星』四月号誌上では、瀧澤秋暁の評論「文学に対する戦争の影響」、および浩々歌客による美文「無名樹」とが戦争関連では見るべきものであり、前者は、「文学を以て戦闘の祭壇に供する犠牲となす」ことを憂慮し、「文学の本体は、何者の為にも捕捉せらるることなきにも拘はらず」「軍神の廣前に供へ、其の威徳を媚び称へて、何等の利益を仰ぎ得んとする」ことを批判し、「我輩はかくの如き切り売を為さずして文学をして戦争を迎えしめむことを欲せざるべからず」との主張もみられた。戦争に利用される文学でなく、文学のほうが戦争から利益を享受すべきであるというものである。文学自律、文学の優位性を説くものであろう。後者の「無名樹」は、戦時下、世をあげて勝軍の報をよろこぶなか、友人が遠征するのを送っての帰途、車夫のような者でさえ戦いに馳せんと気負うのを聞きつつ、帰宅した作者が、自分が植えた名も無い樹が、春の芽を出したのに気付く。「国一つ得たる歓喜の情は、王候将相の上にあるべし、此無名樹の枯れたると思ふ今日、花も咲くべき希望多き春の芽の発たれたるはわが心の奥の深き龕に秘められたる、自然の生命の活動を歓び叫ぶ声の表彰《しるし》なるべし」。これは単に「人事の転変」と「自然の悠久」を対応させたのみではない。「名無き処に神の栄光あり、名無き人に天の恩恵あり、名無き犠牲に世の功勲あり、名無き樹に自然の生命あり。此日、得たるわが家の史は是なり」つまり、「無名樹」という題名の示すとおり、戦時における無名の兵士の犠牲にこそ、現時の勝軍があるのだという戦争観の披瀝でもある。

このような『明星』の、戦意高揚気分からは一歩退いた姿勢が、露子にも浸透していたのであろう。次に、反戦作品として採り上げられる「兵士」について考える。

## 2、「兵士《つはもの》」について

『明星』掲載の「かげろふ」と同じころ、明治三七年四月一一日『婦女新聞』に夕ちどりの名で投稿した「兵士」が載る。この作品が中山敦子によってはじめて紹介されて以来、露子の反戦意識を披歴した作として高く評価されている。(1)

兵士　　　　　夕ちどり

朝餉《あさげ》の卓《たく》にいつもわがすさびの夢《ゆめ》ものがたり、けふもいざとやなをば上《うへ》。
笑《わら》はせ給《たま》ふな、

いづらとしもなき魂《たま》のまよひの、よべわがあくがれの野《の》は西部亜細亜《アジア》。

ふりける世《よ》のおもかげなり。

カルデアの王の兵士《つはもの》ひとり、いまし、もの勇《いさま》しう惨憺《さんたん》たるいくさの場《には》に出《い》で立《た》ゝむとするさまのそれにて、
ひるのほど、心《こゝろ》大方ならず興来覚《きやうらいおぼ》えて読《よ》みたる古史《こし》のゆくりなくも、夜《よ》につかの間《ま》のわが夢《ゆめ》ぢに通《かよ》ひしもをかしや。

そはうち渡《わた》す目《め》ぢのかぎり、みどりはしげる山《やま》もあらず丘もあらざる大野の直中《たゞなか》、たゞ一《ひと》すじの小川静《しづ》かに流《なが》れてものむせびゆく調《しら》べの音《ね》は、わが村《むら》のそれにいとよう似《に》たり。

一隊《いつたい》の兵士《つはもの》、見《み》もなれざるあやしのもの、具《ぐ》取《と》りよろうてこの小川の水上《みなかみ》かち渡《わた》るとするに、いづくよりかいま、みめ美《うつく》しきひとりのをみなの、みどり子《ご》のいとほしげなるをかき抱《いだ》きもてあわたゞしう走《は》せよるなりき。

「またせたまへ、わが背《せ》よしばし」

泣《な》く音《ね》かぎりに打《う》さけぶあはれのなげき、あな堪《た》へずとて、わがおほひにし袖《そで》のひまだにあらせず、一隊の中《うち》にまじれるそが背《せ》を、をみなは狂乱《きやうらん》の目《まな》ざしはやうも見《み》いでつ。

「わが背《せ》よしばし、わが背《せ》は行《ゆ》きて残《のこ》るこのをさな児《ご》を抱《いだ》きつゝ飢《う》ゑに泣《な》くべきあすは思《おも》ふもつらし、わが背《せ》よ、とくこの児を取《と》りて給《たま》へ、身《み》はひとりもの、心安《こゝろやす》う父母《ちゝはゝ》が故里《ふるさと》にこそ帰《かへ》らめ、いざとくわが背《せ》よ」

唯《たゞ》みどり児を兵士《つはもの》のほことる手《て》に強《し》ひむとて、香《か》たかき髪《かみ》さへ長《なが》うふり乱《みだ》したる喪心《そうしん》のをみながさま、あゝ狂《くる》ひてはかくあさましき魔相《まそう》も現《げん》じぬるものかや、

このひとゝき
憤怒面《ふんぬおもて》に激《げき》してつとよりたる父《ちち》なる兵士《つはもの》の、そが手《て》にかなし児奪《うば》ふもはやう、高《たか》くさゝげてなげ入れけるは打《うち》よする大波《おおなみ》のたゞなか、

小川の水《みづ》たちまちにひろごりて怒号昇天《どがうしようてん》に起りつ、大野は強《つよ》く悲しきうれたみの風《かぜ》たゞ吹《ふ》きに吹き吹《ふ》く。

としも見て、かくてよべまた例《れい》のわが身《み》わびしきねざめをしつ。

あゝをば上。
こはわが夢《ゆめ》のまぼろし、たゞはかなき夜半《よは》のそれながら、こゝに世は戦国《せんごく》の春《はる》を示《しめ》して、われらまた醜《みにく》き魔障《ましよう》のそれのをみなの身《み》なるを思《おも》ひたまはずや、

あゝをば上。

（明治三七年四月一一日『婦女新聞』第二〇五号）

朝食の卓について、いつも夢ものがたり話している「私」は、をばに向かって、今日も、夕べ見た夢の物語を話そう—そう始まるこの文章は、反戦思想の披瀝とされ、大谷渡などによって高評価を得ている。戦争・軍隊を正当化して、女性あるいは人間そのものを完全に否定しようとする国家の論理、すなわち男の論理に対する激しい怒りがこめられていた、とするものである。一方、松本和男は、表現が稚拙で（反戦の）イデオロギーが全面に出すぎたとした。私自身は、反戦のイデオロギーはむし

ろ後景にあると思う。わが村に似た小川を兵士の一隊が渡ろうとする。そこに一人の女が狂乱の目で自分の夫を呼び止め、残される自分と我が子のみじめな行く末を訴え、子を夫に手渡そうとする。怒りに激した夫は子供を小川に投げ入れてしまう。戦下にあって父としての感情を失った男だけでなく、狂気に陥った女を描くことで、より一層劇的効果をあげている。この物語は、「夢」という設定、日本でなく、西アジアカルデア王国の戦いの場であること、この夢をおばに語るという設定、二重三重の括弧にくくられているので、作者露子は読む側に、間接的に戦争の場面を語りかけているにすぎない。夜半にみた夢物語りは、しかしながら、まさに現実の日本の「戦国の春」であり、私たち女はいつ狂うかもしれぬ「醜き魔障の女」であると結ばれる。現実からは遠い「夢の中の出来事」であると強調されるがゆえに、現実がクローズアップされる。そして、この文体が美文であることが、悲惨な現実を剔抉することに一役かったように思う。戦い→男の出征→取り残される女→狂ってしまう女。「魔障の女」の構図は、直線的に戦争を否とするのではなく、この矢印とは逆に、女の論理から男へ、戦いへと可逆的にさかのぼる。しかし、表現の間接性は、論理の間接性と受け取られる可能性もあった。この美文による方法は、はたして『婦女新聞』編集者や読者に反戦としてとらえられたのだろうか。

　下中芳岳は、夕ちどりの「兵士」を読んだ感想を、同紙上でこのように述べている。

　——文によりて君を知己となす…君の文は脱俗のものたり、紫式部の幽雅に学びて、西洋文学の趣味を加ふるもの、これ実に君が文なり。…一葉のすぐれたる処のものは、その文の優麗なる処にあらず、はたその着想の奇なるが故にもあらずして、…彼が文明の批評家たりし処にある也、…

而して君の文、又かの一葉の文のおもかげの存せるものあるを見るなり―

下中は、文によってその人（柄）を推測できるがゆえに、自分は夕ちどり（露子）を知己とすると述べ、紫式部の幽雅と西洋文学の趣味の両者をもっているとほめる。一葉の真価は、文体の優美さや着想の新奇ではなく、文明の批評家であることと述べ、その一葉のおもかげを露子にみつつ、将来を期待するというのである。それでは露子の文明批評＝社会性をどう評価したのだろうか。下中は続けてこう言う。

―今や、我国は永久の平和を克復せんが為め剣を掲げて立てり、我等の眼前には、多くの悲惨なるもの横たはれり、夫を亡ひし妻、父に別れたる子、あゝかれらを慰藉するものは誰ぞ。（中略）彼等に露の甘き泉を与ふるは、必ずや同情ある文学者の力によらざる也。されば男子の多くは戎野に従はざるべからざる今日、女流文学者の出でんこと、これ社会当然の要求たるなり。…起て筆を掲げて起てよ夕千鳥の君、君が細く、強く、高き胸の小琴をかきならして、多くのなやめるものを慰むる時は今ぞ―

下中は、露子の訴えている戦争の悲劇―男も女も巻き込んで悲惨に陥れるという本質を云々したのではなかった。男＝戦場、女＝銃後という枠組みを前提とし、そのうえで女性である露子が文学によって戦下の人々を慰撫するよう激励しているのである。

露子が、必死で訴えようとした「女の目からみた」戦争観は、その抒情性のゆえに、下中によって、その思想性の芽生えとして受け取られはしなかった。女流に期待されたものは、議論ではなく、議論をやさしく包み込む慰藉としての文学であった。

下中の「夕千鳥の君に」で、過分な褒め言葉と激励をもらった露子は、自分の真意を理解してもらえたと思ったのだろうか、

芳岳の君に　　　　　　　　　　恥にそみたる　　夕ちどり

いかにして、そも、われやたつ、
ふと目覚めしは、こゝ露に匂へるそうびの小径、見はてぬ夢のそのなごり追ふとて、朝あけさまよひて来しわれかの道の、
見よ、うつくしき理想の宮もかしこにと、
鶯ならねど、胡蝶ならねど、身は、こゝは、舞ふにふさはしきそうびの小径、
心地よし、たゞ心地よし、
さはいへども、あなさなり、
ひそかにかへり見すれば、われやなほもとの身にして、
さなり、われなほ元の身にして、
せんすべしらず、
わりなきかな、
あゝみちからの神はいづこ

（明治三七年四月二五日『婦女新聞』第二〇七号）

露子の、下中への返礼の文章である。

「起て」といわれても「いかにして、そもわれやたつ」、「心地よし」、だが、「われなほ元の身にして、せんすべしらず」と謙遜のことばを優雅な美文で返している。そして、以後、少なくとも『婦女新聞』においては、新聞紙上での評価どおり、これ等の優雅な美文のみで押し通すのである。つまり、下中芳岳や島中雄三（翠湖）など、進歩的編者の寄る『婦女新聞』において、彼女は社会性に目覚めながらも、美文のスタイルはくずさず、直接的な思想披瀝の方法をとらなかった。露子が、この戦争の悲惨を美文のかげに隠したことをどれだけの人が理解したであろうか。露子の心中には、たしかに反戦意識が芽生えていたと思う。その理由の一つは、露子自身がはっきり認めている、平民新聞の購読である。それが週刊『平民新聞』からなのかどうかが問題となっているが、（二）で述べるように、私も碓田のぼる同様、週刊『平民新聞』からの講読者であったと考えている。現在は散逸してしまった露子の蔵書の中に、明治四〇年四月刊の幸徳秋水著『平民主義』があったとの指摘も大谷渡によってなされている（『石上露子全集』解説）。「兵士」執筆の動機も、碓田のぼるがいうように、週刊『平民新聞』の記事を見たことではないかと思われる。[2] 日露開戦直後の週刊『平民新聞』には、予備兵召集の悲惨という記事があり、出征兵士が妻を突然失い、二人の子を預かってくれるところとてなく、わが子を殺して後召集に応じたという悲惨極まりない話が載っている（明治三七年二月二八日　週刊『平民新聞』第一六号）。彼女は週刊『平民新聞』を早くからみていたし、幸徳秋水ら社会主義者たちの動向をも注視していたのではなかろうか。露子の場合は、反戦思想を披歴するにあたって、戦争の悲惨をむしろ美文で装うことで血なまぐささを直接には表現しなかった。次に述べる「みいくさに」の短歌も同様である。しかし、この表現、後述するが、女性表現に隠された非戦・反戦の想いをどれだけの読者が理解したであろうかというとそれはまた別問題である。反戦に近い思想の持主であった下中ですら、女の側からの「反戦思想」について真に理解したとは言えまい。

## 3、反戦歌「みいくさに」の問題

日露戦争勃発後の『明星』明治三七年辰歳第七号（七月号）に掲載された、夕ちどりの「あこがれ」五首のうちの一首は、露子の反戦歌として現在も高く評価されている。「みいくさにこよひ誰が死ぬさびしみと髪ふく風の行方見まもる」の短歌は、富田林市の公園にその歌碑が建てられたり、楽曲も作られているほど人口に膾炙している。宮本正章の口語訳を示す。（日露の激しい戦いの報を聞くと、私の胸は痛む。今宵は誰が戦死するのだろうかと思うと、なんともいえず寂しいので、私の髪を乱して吹いて過ぐる風の彼方に瞳をこらすことだ）

この短歌掲載の一カ月前、六月二〇日付第二二五号の『婦女新聞』に夕ちどりの名で〈はがきよせ〉欄に、「夕ぐれ途上高田よりなる某様のみはがきを見つ、浪の子様、いよゝいまをマーチの曲想の剣ふりもたして光栄あるみ戦のそれへ御出立ちとぞ、此の里の可憐の子ひとり、南山のそれにけなげなる戦死せりしと人には泣きて語るなり、あゝいとゞも思ひ多かる日かな」と記している。(3) 南山の戦いは、日本軍四三八七名の死傷者を出した激戦であったが、知人の出征や、富田林からの出征兵士が戦死したというのを聞き、露子は戦争をより身近に感じたことであろう。「かげろふ」が、「秘めたる恋」に重点が置かれたのに対し、この歌は、身辺の出征した兵士の死が、より普遍的にとらえられ、内面化され、作者の悲しみが読者のそれと一体となって、心うつものがある。南山は、露子のいる南河内から見て西北に位置する。ここでは、西北の戦地へふく風という理解に加え、西北からの戦死のたよりに呼応するかのように自分の髪をたなびかせ、無力感を抱きながらその彼方をみやる作者の姿を見出したい。

私は特に、この歌の、「みいくさにこよひ誰が死ぬさびしみと」の助辞「と」の働きに注目する。「さびしみ」の「み」は、「さびしい」の語幹「さびし」につく原因理由をあらわす接尾辞「み」であり「さびしみ」は「さびしいので」であろう。「と」はいわゆる格助詞、上をうけるので、順序からいえば、「こよひ誰が死ぬ（か）と（思うと）さびしみ（さびしいので）」ということである。しかし、「誰が死ぬかと思うとさびしいので」は、理屈になる。つまり、この「と」は、「誰が死ぬと（思うと）さびしみ」と、「髪ふく風の行方見まもる」とを結ぶ「と」であるが、それは原因と結果ではなく、ひじょうに弱くゆるく、下二句へ、作者の物思う姿勢へつながる働きをもつ。観念や事理ではなく、作者のもの悲しい気持ちが歌全体を覆うのである。—今日も日露の激しい戦いの知らせが届く。今夜は誰が亡くなったのであろう。私はさびしい気持ちで、頰にかかる髪を風なびかせたまま、遠い西の戦地をじっとみやるしかないのだ—という、女の無力感が。

加藤貫一は、この歌を漢訳し、この風を「腥風」と訳した。[4] なるほど戦場には血みどろの生臭い風が吹いているだろう。現に、南山の戦いの当事者であった乃木大将は、「山川草木転荒涼　十里風腥新戦場云々」とうたっている。[5] 戦場の凄惨さを漢詩ではこう詠む。しかし、露子歌の風はそのような戦場の血生臭さを隠微に隠しながら、あくまでも悲しく美しく吹きわたる。反戦意識は抒情にとけこみ、露子の真骨頂を発揮している。その意味で、平出修が、以下のように激賞したのは的を射ている。

—辰歳第七号『あこがれ』の夕ちどり君の作、何れも完璧。戦争を謡うて斯の如く真摯に斯の如く悽愴なるもの他に其代を見ざる処、我はほこりかに世に示して文学の本質なるものを説明して見たい—（「最近の短歌」）。

『明星』誌上では、露子は、与謝野晶子や山川登美子より若く、遅い登場であったが、平出の賛辞はもちろん露子を励ましたであろう。

平出修は、既に明治三七年六月の『明星』で「所謂戦争文学を排す」という論説を書いていた。ロシアと開戦し、民心がこれに集注している今、所謂文芸の士と称するものが、筆をとって殉難の誠を尽くそうとして、文芸という仮面の下に、俗悪な述作、戦争文学なるものを公にしていることを批判し、文芸の主眼である「趣味」は本来戦争とは何ら通底するものではなく、時代精神そのものも「趣味」を充実させる必要以外は、文芸にとって不可欠なものではないという。戦争文学を排するのは、それが、悠久なる不滅性をもたない「際物文学」であるからである、と世間の戦争文学を一蹴している。何度も「文芸」を表明するように、『明星』派の一貫した、文芸至上主義の立場からの発言である。「此軽浮にして卑陋なる作物に多大の賞賛を与へ戦争を謳歌せざる文士に対しては、冷嘲悪罵、誣ふるに反逆を以ってせんとし、所説常則を欠き、言論殆ど狂せるに似たり」という言説にみられる、当時の文学状況への違和感が、文学を戦争の餌食にするのではなく、戦争を歌いなおかつ、文学を決然と守ろうとする露子の歌に共感させたのであろう。

それだけ、文学者にとっても、戦争という状況は深刻であった。日露戦争下での「反戦詩」としてまず思い浮かべる、与謝野晶子の「君死にたまふこと勿れ」は、大町桂月によって、「日本国民として許すべからざる」「毒舌」「不敬」「危険」と非難された。晶子は「ひらきぶみ」のなかで、「あれは歌に候」自分は、「まことのなさけ」「まことの道理」によって歌をよむ以外術を知らないのだ、と歌詠みの態度へと論点をずらし、危険思想でもなんでもないと主張した。(6) 桂月と鉄幹・平出修との論争では、文学と戦争とを切り離して考える『明星』派・晶子側が桂月の論の矛盾点を指摘し、有利に議論を展開している。しかし、一般的には、戦時下であったため、鉄幹・晶子に非難の声があがった。もともと、『明星』という雑誌の性格は、「文学美術専門雑誌」であり、政治思想を展開するのが目的ではなかった。鉄幹と修は、晶子の「君死にたまふこと勿れ」を擁護することを、明星派の文芸至上主義をアピールするチャンスととらえ、文芸の自律性、個人の自由な心情の発露としての詩歌観を訴えたのだ。それは、個が圧殺される戦時下という社会状況でこそ、希求され、発揮されるべきであった。露子の「みいくさに」の歌もまた、『明星』の範疇では、文芸至上の文脈にそうものであった。

露子の「みいくさに」の歌が、平出の絶賛とかならずセットになって語られるのは、その意味では正しい。ただ、大逆事件で平沼騏一郎検事に対抗して、強烈で明快な弁論を述べた平出を出発点として、露子の反戦・反国家観がクローズアップされるのはどうであろうか。大逆事件での平出の弁論には私自身感動を禁じ得ないが、この段階では、平出は、露子の反戦意識を評価したというよりは、戦争の悲惨を謳ってしかもこのように文学的芸術的であり得た点を評価し、「明星派」の目的に合ったものとしたのである。戦争を歌いながら、真摯で悽愴感を抱かせるところに、文学の本質を見ているのである。一方、露子の歌には「厭戦」や「反戦」の気分は大いにあったのである。

晶子の「君死にたまふこと勿れ」に比べ、「みいくさに」の歌が、おおっぴらな批判を受けなかったのは、晶子ほどメジャーでないせいもあるが、はっきりとした「反戦」ととらえられなかったからであろう。しかし、「みいくさに」の抒情歌は、日中戦争から太平洋戦争にかけての軍部の圧力下では、やはり「反戦歌」として問題視されたようだ。先述した島田謹二は、台北高等学校教授を務めていたが、昭和一七年八月、台湾愛書会発行の『愛書』第一五輯に「石上露子集」を発表した(7)。編年でなく、彼自身の考えによる順序で露子の歌や詩を配列した。ところが、この「みいくさにこよひ誰が死ぬさびしみと髪ふく風の行方見まもる」の発表段階で、上の句すべてが×××と伏字になっている。美文「かげろふ」に島田が添えた「みいくさに在るはかしこしさはいへど別れし君ぞわれの泣かるる」も同様に上の句はすべて×になっている。つまり、日中・太平洋戦争下では、この二首は官憲によって、厳しい扱いを受けた。この扱いはナンセンスなことだが、この時期にははっきりと「反戦思想」ととらえられたのだ。

もう一点、「みいくさに」の歌の、女の髪に注目しよう。古来女の黒髪は、男への挑発、武器としてあった。もちろんそこには女のセクシュアリティがまとわりついている。平安朝の和泉式部の「黒髪の乱れも知らずうち臥せばまづかきやりし人ぞ恋しき」しかり、与謝野晶子の「みだれ髪」という歌集名そのもの、がそれらを語っている。露子と同じ明星歌人山川登美子の日露戦争下の歌に次のようなものがある。

「みいくさの艦の帆綱に錨綱に召せや千すぢの魔も搦む髪」

私たち女の黒髪で戦に出るいくさ船の帆綱や錨綱にしてくださいませ、という意味であるが、そこには女も戦いに参加する用意があるとみせかけて「魔もからむ」には、戦いに男を盗られた女の嘆きや怒り・怨みが込められているのである。露子もまた、「髪吹く風」と詠むことで、女の悲しみをきわだたせていたのである。「髪長き女」が一人たたずんでいるというポーズは女性性にあふれ、男に訴えかける。そして、そういう歌を詠む露子の作歌「ポーズ」は、男を慰撫する現実のポーズを超えて、男の論理に対抗する女の論理を押し出すのである。

露子が常に言う「か弱き女」は、「兵士」におけるように、極限状況では「魔障（性）の女」にも変わりうるのであった。

## 4、『婦人世界』における露子の厭戦・反戦作品

「みいくさに」を『明星』に発表したと同じころ、露子は、所属していた浪華婦人会の機関紙『婦

人世界』に「草の戸」という文章を提供する。『婦人世界』とは、露子の所属していた浪華婦人会の機関紙で、明治三四年六月から明治四〇年末まで発行された。露子自身が日露戦争期、編輯役員として活躍した。「草の戸」もまた、日露戦争下の作品である。流麗な美文で描かれている。主人公は、おばで、継子の立場である三つ年上の女性を、山奥の水うつくしい静かな住まいに訪ねる。気高くあえかなこの女性が世間での幸からは遠い存在であるのを悲しいと思う主人公。雨の夕、人々は集い語り合う。この女性が管理する養蜂場を訪ねて帰るとき、夕月の光にてらされ絵に描いたような水の上をこぎのぼりながら、この美しい人の昔の夢物語りを耳にするのである。全編、百合の花や、むらさきの風、朝あけ、青葉にこもる幽かなる夢、あさとき髪、若きつがひの小鳥、に囲まれた夢のような世界。美しさ、やわらかさ、ほのかな味わいの「雰囲気」が主題であるような文章である。が、そこに突然「雨の夕を人々うち集ひてあえかなる人をなかに、ものがたりは戦ひの世のもの勇ましうかなしきよりはじまりて、さてはこの頃の人の、あまりに無意味なる涙多きをなどあげつろうに、思ひに激しては女どち多きこのまとゐに、ふさはしからぬまでなるわが言葉をしも、かのあえかなる人のみはいとよくうなづかしつ」という箇所が織り込まれる。

戦いとは現下の日露戦争、勇ましく出征していく者を見送るかなしさ、戦死した者を悼み流す涙もそれは無意味なものではないか、本質は別の所にある、というような、女同士の話にはふさわしくない言葉をつい口にする主人公にも、その人は共感してくれる。一見、優雅な文章の流れに、見落としてしまいそうな、しかしこれも戦争批判ではないか。『婦人世界』の読者、浪華婦人会の会員のうち何人がそう受け取ったであろうか。

　同年末、明治三七年一二月号『婦人世界』では、あきらかに戦争中ということがわかる作品が載る。浪華婦人会は、この年の一一月に出征家族への支援として幼児保管所（夫が出征して妻が働きに出る家庭の子を預かる保育所）を開設した。『婦女新聞』でも「浪華婦人会の美挙」として記事があがったそれである。[8] 大阪難波の鉄眼寺の一堂を借りて充実した保育所経営にあたった。保管所は三七年一一月から、日露戦後三九年二月まで開かれた。そこでの様子が描かれた作品が露子の「おきみちゃん」である。二歳の妹とともに預けられた六歳の女の子おきみちゃんは、露子の示す絵本の中の兵士の絵をみて、父を思い出す。露子の筆は「(ドゞン、ドーン、万歳ぁぃ) ともろ手高う勇ましげにやがて胸よりしぼり出でたるやうなるさけびの声はその父なる人が、いまかのみ戦の野にある俤を、夢のやうにもやさしきまぼろしにおもひやりてか」とつづる。父親の安否もわからない幼女が、周囲には無邪気にみせながらも、胸から声を絞り出すさけび声に、そのはげしいかなしみを見てとる露子。保管所での実体験を材料にした作品であるからか、「兵士」のやや観念的な戦争観よりは一歩進んだものがある。保管所の保母小中ひろ子の「保育所日誌」によればおきみちゃんは相当やんちゃな目立つ子だったようで、作品のアピール性が高く、会員読者に訴えたと想像される。

　そして、もう一つ重要な記録に、おきみちゃんと露子が遊んだ日の撮影写真がある。

　これは、翌年三八年一月第四四号に掲載された「浪華婦人会秋季茶話会」の集合写真である。[9] ここに集う会員らの中に、二三歳の露子はもちろん、その斜め下に、当時大阪婦人矯風会文書課長で、浪華婦人会会員でもあった管野須賀子が写っている。さらに浪華婦人会の賛成会員であった宇田川文海の顔も見える。露子の作品には記述がないが、矯風会と当婦人会との関係はあったようである。管野須賀子が明治三七年五月「浪華婦人会」の臨時役員して推薦され、少なくとも翌年一一月までは会員であったことが機関紙『婦人世界』によりわかる。私は、この『婦人世界』第四四号の写真に露子と須賀子が一緒に写っていることを発見した時の興奮を思い出す。同じ浪華婦人会の会員であった二人である。二人で写真に収まっている以上、何らかの接点があったであろうと期待されるがどうか。確かに、露子と須賀子は、女性の自立について表現を異にしながらもおなじような意見を述べていたのであった。(10)

新発見の写真には、露子が文中で二〇人の幼児と書いているように、たしかに二〇名の乳幼児が写っており、露子の描いた服装から、おきみちゃんは、最前列で腰掛け、撮影時に動いたのか斜めを向いてややブレて写っている。露子がこれを書いた本意は、やはり、戦争にとられた父を想うけなげな児を通しての厭戦・反戦意識であった。明治三七年、日露戦争下での露子の厭戦・反戦の作品は、戦争を描いて、真摯で、悽愴なるものであったといえよう。しかし、「おきみちゃん」という作品は、主人公が露子の造型になるものではなく、戦争下の幼児保育所での実写であった。厭戦・反戦の気分ではなく、読み物としての段階へ進化している。宮本正章は、露子の「みいくさに」の歌に「人道思想や反戦思想が芽生えかけている」とした。その厭戦・反戦の思想が「芽生えかけている」のであれば、それがどのように実を結んだのか。日露戦争下の露子の散文作品は、「芽生えかけてい」た厭戦・

反戦意識が、しだいに「思想化」されていく過程をしめすものであった。
露子の戦争批判は、進歩的な新聞や雑誌の講読により培われたものでもあるが、私は、この婦人会活動を通しての社会参加によるところも大きいと考えている。富田林の大きな屋敷にこもって文筆にのみ専念するという選択もあったなか、婦人会の事務所のある大阪市内まで出かけ、慈善事業などに尽力した、行動する女性としての露子の姿がみいだされるからである。

注1　中山敦子「石上露子の『兵士』について」（『歴史と神戸』一九七八年五月　所載）
注2　碓田のぼる『石川啄木と石上露子　その同時代性と位相』二〇〇六年　光陽出版社　p143、p145〜146
注3　明治三七年六月二〇日『婦女新聞』第二一五号の「はがきよせ」で、「此里の可憐の子ひとり、南山のそれにけなげなる戦死せりしと人には泣きて語るなり、あゝいとゞも思ひ多かる日かな」と投稿していて、それは、『富田林市史』により、歩兵一等卒瀧谷房吉が五月二六日に戦死し、七月六日に町葬があったこととの関連がわかる。
注4　「石上露子を語る集い」会報『小板橋』一八八号（二〇一七年二月）露子の「みいくさに」の歌に「戦場今宵幾人死　腥風凄凄吹我髪　寂然凝視風行方」と漢訳をつけた。
注5　「金州城下作」と題し、「山川草木転荒涼　十里風腥新戦場　征馬不前人不語　金州城外立斜陽」（詩誌「百花覧」第十九集明治三七年七月二五日）。長山靖生『日露戦争―もうひとつの「物語」』（二〇〇四年新潮社）によった。

注6　渡邊澄子は「与謝野晶子論ノートⅡ」（昭和女子短期大学紀要第一二号　昭和五二年三月）において、「君死にたまふこと勿れ」について、単純に天皇批判と評価することの陥穽を説いている。

注7　台湾愛書会発行の『愛書』第一五輯は、国立国会図書館デジタル資料で見ることができる。

注8　『婦女新聞』明治三七年一一月二一日「婦人界」欄で、「浪華婦人会の美挙」として、「大阪なる同会には会員三百余の小団体なれども皆熱心の人にて今般出征軍人幼児保管所を設けたる由」と紹介されている。

注9　口絵写真1－5参照。この写真は、保管所のあった難波の瑞龍寺（鉄眼寺）で撮られたものである。現住職の住谷師によって、当時の禅堂「宗鏡堂」（すぎょうどう）の前で撮ったものであることが分かった。なお、この鉄眼寺は、難民救済に尽力した鉄眼禅師にちなむ寺であり、近代以降も慈善事業と深いかかわりがあった。

注10　管野須賀子と石上露子の二人については、大谷渡の著作があるが、二人の直接の関係を延べたものではない。またこの写真についても記述はなかった。私自身は、フェミニズム思想に関して二人が同じような意見を述べている点を、今後検討したいと思っている。管野須賀子と露子との関係など、現代の私たちに有益な情報をもたらしてくれる『婦人世界』明治三八年一月一五日発行第四四号は、石川武美記念図書館および静岡県立大学図書館岡村文庫に所蔵されている。

## （二）「モノ思う女」から「モノ言う女」へ

### 1、日露戦争と女性

明治三七年に、「兵士」や「みいくさに」の歌で、彼女なりの反戦意識を披歴した日露戦争下の時期に、露子は、浪華婦人会で編集幹事を務めた。明治三八年一月第四四号の機関誌『婦人世界』に、その旨が記載されている。他の編集委員は、神戸や東京の居住者であり、実質的には露子が主に編集にあたっていたと思われる。読者間の交流をはかる「友信欄」の主宰者をも務めたことが、意見感想を「河内富田林本杉山方」へ郵送するようにと述べた記事からわかる。幹事として、原稿集めの責任上、自らが多く執筆する必要もあったであろう。事実、発表作品数は明治三八年からは、『婦人世界』が『婦女新聞』を逆転している。このことは、『婦人世界』の編集幹事を任されたことだけが理由だろうか。戦争という現実に直面して、出征していく男に対して「銃後の女」として内向きに徹するというだけではない「モノ言う女」の自覚が露子に芽生えてきたということではないだろうか。『婦女新聞』と『婦人世界』との相対的評価を考えると、『婦女新聞』で「モノを言う」ことは、露子にとっては、困難であったかもしれない。身近な機関紙が自分の意見を主張しやすかったのかもしれない。

戦争への対応については、『婦女新聞』の戦争観は、決して好戦的なものでなかった。基本的には平和主義であり、その平和は女性によって実現されるとの認識がみられる。日露戦争下においても、「軍国の婦人」（明治三七年二月一五日社説）では、軍国に処する婦人の覚悟として、戦時における明確な知識を持ち、万一の場合は婦人であっても国に殉ずる、としながらも、婦人に最も必要なのは深い同情であると結論する。それぞれが日常の業務にはげむことが重要で、女学生は将来の日本の母親たる準備の為に学業に精進すること、上流婦人は、特に、篤志看護婦や慰問使となったり、節倹して恤兵のために献金等してもらいたいという。戦局がすすむにつれて、男子の多くが外征にあり、内は婦人の手にゆだねられるとして、銃後の守りを女性に期待する。女性＝平和主義＝慰問する女性、という一連の女性観は、戦争下に於て、もっとも明確になった。戦争そのものを否定する意見はなく、仕掛けられた戦争はやむを得ないものであり、むしろ出征軍人家族の現実の状況へ視線が移っていき、献金だけでなく、婦人の就労支援へと呼びかけが変化していく。折井美耶子は『婦女新聞』中、「戦争賛美に塗り潰された感のある紙面にも夕ちどりのペンネームで石上露子が「兵士」という厭戦的な掌編小説を書いていることは特筆に値する」という。(1) しかし『婦女新聞』が戦争賛美に塗り潰されたというのはやや誇張で、戦争を賛美したというより、戦争下で婦人が果たす役割、意義をなんとか見出そうとする姿勢があったと思われる。『婦女新聞』には、『平民新聞』の広告も載り、下中芳岳や島中雄三は、平民社ともかかわりがあった。彼等には一定の反戦意識はあったであろう。しかし、かれらが、露子ら女性に期待するのは、あくまでも戦争によって悲惨な目にあう人々への慰撫の域をこえないものであった。したがって、『婦女新聞』は、露子が自分のなまの意見を述べられる舞台ではなかった。

一方で、「浪華婦人会」とも交流のあった「大阪婦人矯風会」のスタンスは、露国が平和を無視し、我国の存立を危うくせんとする以上自衛はやむを得ないという「義戦」を主張した。そして、軍部に巣くう風俗問題を重視し、禁酒や廃娼といった「矯風主義」を広める機会としてとらえた。ここでも戦争それ自体を云々する記事はほとんどなかった。戦地に送った慰問袋には、聖書や禁酒誓約書まで入れたようだ。林葉子は、婦人矯風会の廃娼などの運動は、戦争下で女性たちが、男性と同じく闘う軍人としての自己イメージをもってなされたと指摘した。[2] このことは、女性が周縁から中心に出ようとする涙ぐましい動きであろう。しかし、それは女性たちだけの意識であって、男性からはやはり「戦う女性」ではなく、「慰める女性」が求められたのではないだろうか。

## 2、浪華婦人会『婦人世界』の戦争観と露子の戦争観

露子は、浪華婦人会の機関誌『婦人世界』の編集にあたり、八面六臂の活躍をした。様々なペンネームを使っては、一誌に何度も登場した。その活動期と、日露戦争期がぴったり重なっているのも興味深い。露子は以前から多方面にアンテナを張り巡らせて、知識や見聞をひろめていた。郷土の富田林は故郷ではあったが、やはり田舎であるという気持ちがあったのか、大阪での短かった少女時代を忘れられず、都会にあこがれた。その意味では、浪華婦人会の幹事としてたびたび大阪中心部へ出かけることは、苦痛ではなく楽しみでもあったろう。明治三一年四月には河陽鉄道が柏原から富田林

まで開通し、露子が大阪へ頻繁に行くようになったころは、富田林から河南鉄道（この時は河南鉄道と名が変わっている）で柏原まで出、柏原から関西線で湊町へ出て、末吉橋の会事務所や、保育所のある難波鉄眼寺へと出向いた。大阪市は、明治三六年の内国勧業博覧会以降、発展の一途をたどり、この時期は、次第に鉄道が完備していく時代でもあった。(3)

浪華婦人会の機関誌『婦人世界』で、日露戦争下に発行されたもののうち、現在みることのできるのは、第三四号（明治三七年三月）、三五号（同四月）、三六号（同五月）、三八号（同七月）、四四号（明治三八年一月）、四八号（同五月）、五〇号（同七月）、五一号（同八月）である。

三四号は、明治三七年二月日露が開戦した一カ月後に出た。魚虎生の「日露開戦に就て」という文章では、貴賤を問わず国民が協力一致して節倹し、出征するものに遺憾ないよう遺家族の救助をする、具体的には恤兵に義金を出せというものであった。これに呼応して、「会告」では、軍資金として五十円、国庫債券に二百円を出したこと、また遺族救済恤兵のため会員に貯金を呼びかけている。また、「詞藻」欄に「征露の歌」特集が編まれ、海軍大勝利の喜びや、戦死した中尉の妻の身になって詠んだ歌などがみられる。大阪婦人矯風会における「軍夫家族保護会」設立の趣意書も掲載されており、大阪婦人矯風会の動向を参考にしていくかと思われる。第三五号では、目玉であった春季茶話会は中止、戦争に協力するため、紙数を減じて、出版費用の一部を恤兵部に献納するとのことが示される。ただ、この出征軍人家族への慈善事業をおこなう方法を相談するとして、四月一四日の総集会を呼びかけた。戦時短歌としては男性からの寄稿「雄々しいいくさ」を謳いあげるものもみられた。しかし幹事の代表格である荘保麻子の意見は、この会が経済的に不如意なことから、寄附金よりも、遺族妻女に職業を与え賃銭をあたえてはどうか、雑誌も女性のみによる特別なものであり、全廃するのは惜しいというものであった。そして、総集会の記事が次号三六号（五月）に載る。そこでは、結論として、荘保の言ったように、出征家族や貧しい婦人に手芸の職を与えること、和洋料理・裁縫の教授所を家政塾として拡張する、などが決められる。一方では、「詞藻」欄の和歌には日露戦争関係のものが多くみられ、すでに『婦女新聞』ではその戦死をたたえ歌われた広瀬中佐の死が取り上げられたりもしている。ちなみに付け加えておくと、この号では、浪華婦人会発会当初からの会員で、大阪婦人矯風会書記でもあった清水種子ら五人の役員辞任を受けて、矯風会の文書課長であった管野須賀子が、浪華婦人会の臨時役員に選出されたとの記事が載っている。管野須賀子は明治三八年一一月第五四号でも露子と同じ会員として名が上がっている。三八号には、具体的に、裁縫教授所の生徒募集記事が載り、学費のないもの、軍人遺族の妻女は無月謝、製品の賃金を与えられるとある。戦争関連としては、「あゝ勇ましき八連隊旗」などの作品があり、日露戦争関連の歌、あの多くの死者を出した金州南山の戦いで負傷した兵士の実戦談（講話会広告として金州南山の役で負傷せられし河田恵長治を招聘し金州南山の実践談を聞く）を聞いたとの記事もある。

このように、主戦論をぶつわけでもないが、一方で、戦争を受けいれつつ、女性会員たちが協力して、出征家族を支えるという素朴なありかたがみられ、その慈善事業も婦人矯風会のように宗教的背景をもった組織的なものではなく、どちらかというと自然発生的なものであったようだ。つまり、『婦女新聞』にみられる、女性を、軍人家族をも含め兵士を慰安するジェンダーとしての規定にも、矯風会の『婦人新報』にみられる矯風をかかげた戦闘的女性の呼びかけにも徹しない程度の微温的な戦争観であったようだ。そこでは多くの一般メディアの「主戦」「義戦」論はもちろんなく、かといって「非戦」が謳われたわけでもなかった。

家永三郎は、露子の許から借りた『婦人世界』の中に、「小羊」の署名になる「遇語」に「家も家庭も個人相互の愛が基本」という考えがのべられているとし、機関紙『婦人世界』そのものが進歩的性格を持っているとの印象をもたれているようだ。小羊は露子の文通相手と思われる『婦女新聞』の仲間でもあった。(4) しかし、『婦人世界』が全体として、反戦・非戦を旗頭にしているとはいえない。確固とした戦争観よりは、雑多な意見の寄せ集めの観がある。しかも、露子が編集にあたった日露戦争下での雑誌の傾向は、むしろ、戦争色はなく、文芸中心の編集であった。そのようななかで、露子は明確に非戦や反戦を露子独特の文体で主張していくのである。(5) 開戦直後、会員たちがまだ戸惑っている時期の第三八号に、露子は、先述した「草の戸」を発表して、非戦の立場を明確にしている。また、この号で設けられた読者投稿欄「友信欄」で、「友信欄の御もうけ遊ばし給はり候には、本誌における或る進歩をも意味し」と喜び、広島予備病院にこの雑誌を送ったことを評価している。(6) 婦人矯風会が戦争を自家の宣伝に利用したと同じ発想、つまり、会を戦時下でいかに意味のあるものにしていくかを、露子は一会員として以上に深慮していたように思う。同時に自己の意見を発表する場として、この雑誌が小さくはあっても、逆に小さい世界であるからこそ、明確な主張の場として利用したとも考えられる。この時期では会長もおかず、民主的に運営できる会であったため、愛国婦人会や矯風会のような大所帯でできないきめ細かな慈善事業も可能であった。明治三七年一一月から三九年二月まで幼児保管所が置かれ、家政塾と幼児保管所の二大事業が展開されたことは、浪華婦人会の特色であった。そして、機関誌『婦人世界』は戦時下でも途絶えることなく、明治四〇年末まで続いた。偶然か否か、浪華婦人会が幕を閉じ、機関紙も消える明治四〇年一二月には、露子その人が婿を取り、いったんは文筆活動からも遠のいていくのである。日露戦争期、機関誌を意見発表の場とし、多くの作品を発表した露子は、なぜ非戦や反戦にたどりついたのであろうか。

週刊『平民新聞』明治三七年二月二一日第一五号「予備兵召集の悲惨」の「兵士の母」では、兵士の母が、国家の為とか名誉とかいうのは、有難迷惑である、残された嫁と孫と自分の行く末は、息子が帰還したとしても、餓死しているだろう、息子が死ぬことが忠義だとは自分は思わない、というのを聞いた内山愚童は「兵士の母は皆同様であろう」と感想を述べている。ここには、一般民衆の戦争の現実がある。おそらく平民新聞をくまなく読んでいたであろう露子もまた、戦争の悲惨を現実問題としてとらえていたのではないだろうか。

## 3、「霜夜」にみる反戦意識

明治三八年一月一日、大きな犠牲をだした旅順攻囲戦の決着がつき、旅順は日本軍の手に落ちた。新年は二重の喜びに包まれたというのがメディア一般の認識であった。『婦人世界』でも、戦勝の祝いと新年の祝いが重なったとし、このよろこびは同胞の血と肉とであがなったものだとの自覚をうながす文章が載っている。しかし、この誌上では、戦時下の緊迫感も勝利の高揚感も伝わってこない。その中で、もっとも注目すべきは、露子の「霜夜」という作品である。これは、国家の戦争に振り回される庶民とそれに寄り添い呻吟する一女教師の声を描いて光を放っている。私が新しく発見したこの作品についてはすでに述べたことがあるが、『石上露子全集』にも採られておらず、私は露子反戦作品の筆頭に挙げたい気がするので、再度掲載する。『婦人世界』明治三八年一月一五日、第四四号「小説」欄に、露子の署名で掲載されたものである。

霜夜　　　　露子

（ほんにこの様《やう》な晩《ばん》はどうしてまあ、どんな処《ところ》でねむつてゐるのでしよう。）

霜氷《しもこほ》る畷《なはて》小径《こみち》のもどり道《みち》、星月夜《ほしづきよ》の空《そら》の唯静《たゞしづ》かにも冴《さ》え渡《わた》つた寒《さむ》さを、またいまさらの様《やう》にショールの肩《かた》を少《ちい》さうすぼめてやるせなげに見《み》あげた友《とも》は、その夢《ゆめ》のやうなうら寂《さび》しさのこもつた声音《こわね》でかう云《い》ひ出《だ》すのでした。

友《とも》も私《わたし》もはかない田舎教師《ゐなかけうし》の身《み》の、真玉《またま》にかふる人《ひと》の子《こ》を生《おほ》し育《そだ》つる天職《てんしよく》の貴《たふと》きそれはさもあらばあれ、ならびが岡《をか》の法師《ほうし》ならねど、人よりは木《き》の片《はし》かなんぞの様《やう》にさげすまされあざけらるゝこゝらの明暮《あけくれ》は、唯《たゞ》つらいはかない宿世《すぐせ》とばかりに互《たがひ》になぐさめ相《あ》ふて来《き》た月花《つきはな》の幾《いく》かへり、遠《とほ》い故里《ふるさと》の風《かぜ》のなつかしさに、覚《おぼ》えずおとす涙《なみだ》のをり〳〵を、いつしか私《わたし》が心《こころ》はこの友《とも》が優《やさ》しい清《きよ》い胸《むね》の根《ね》ざしに深《ふか》う植《う》え添《そ》えられて、今《いま》は一の姉《あね》とも慕《した》いよるまでに。

まこと友《とも》は彼《か》の月《つき》の夜《よ》にはぐゝまれた青《あを》の花《はな》の、さびしく悲《かなし》きおもかげによする世《よ》の詩《うた》びとがきわの温《あたゝか》き情《なさけ》の、それにも露《つゆ》おとらぬがある涙《なみだ》の性《せい》の美《うつく》しい人《ひと》なのでした。

名《な》も知《し》らず歳《とし》も知らず、たゞとある夕《ゆふべ》の可憐《かれん》な児《こ》とばかりに、ふかく胸《むね》に沁《し》み入《い》つたその姿《すがた》を、けふなほかう忘《わす》られぬ思《おも》ひを、人《ひと》はさだめてものずきもと笑《わら》ふのでしようけれど、雪《ゆき》の日《ひ》やあれもひとの子樽《こたる》ひろい。外山《とやま》の峯《みね》にいざよふ雲《くも》の姿《すがた》は、いまにも吹雪《ふゞき》のそれと落《お》ち来《き》そうなとほ里小野《ざとをの》のたそがれどき、牛馬《うしうま》の様《やう》な苦《くる》しいつとめに、あゝ成人《おとな》でさへもそんな時《とき》には心淋《こゝろさび》しさのかなしい涙《なみだ》は頬《ほゝ》にながれるのですものを。

丁度《てうど》いまから一月《ひとつき》のまへの頃《ころ》の事《こと》でした。日毎《ひごと》〱裁縫室《さいほうしつ》のいとまをぬすんで、西《にし》に東《ひがし》に例《れい》の局長様方《きよくてうさまがた》が奥様《おくさま》に附《ふ》しての遊説《いうぜつ》の、其日《そのひ》も山一《やまひと》つ越《こ》えた谷《たに》のはざまのそれの小村《こむら》に奉公《ほうこう》のまことゝやら何《なに》とやら、美《うつく》しきみ題《だい》のもとに、このふつゝかな口調《くてう》ながらに、をほどかな田園《でんゑん》の人《ひと》がやはらかき平和《へいわ》の胸《むね》に、大和《やまと》ぶりとやさかまく波《なみ》の血《ち》しほをかぎりもなうわきだゝしめての帰《かへ》るさ。

道《みち》は冬木立《ふゆこだち》さびしき夕山《ゆふやま》もとを縫《ぬ》ひ出《い》でゝ、広野《ひろの》のはての狗《いぬ》の子《こ》の影《かげ》それすらもあらぬに、唯《ただ》〱々無意識《むいしき》に砂塵《しやじん》を巻《ま》きて進《すゝ》みゆく私達《わたしたち》が車《くるま》の車輪《しやりん》のひゞきばかりが、何《なに》ものか恐《おそろ》しき物《もの》の気《け》はいのやうに聞《き》ゝなさるゝを、人《ひと》の世《よ》、夜《よる》のつとめにうつり行《ゆ》くこゝつかのまの聖《せい》なる静《しづか》さをねたむとかきみだす魔《ま》が雄《を》たけびのそれかあらぬかとなど、ひとりかう思《おも》ふとては胸《むね》にしみじみと添《そ》ふ痛《いた》みを二《ふた》つの袂《たもと》につゝみて過《す》ぎゆく時《とき》しも、見《み》たのはその児《こ》。

いたいけな少《ちい》さな肩《かた》に、ものさへ重《おも》う満《みち》た畚《ふご》を荷《に》のふてとぼ〱とひとり心細《こころぼそ》げに其《そ》の児《こ》は来《き》かゝつたのでした。

光《ひか》るもの照《て》るもの、美《うつく》しきかぎりを貴《たふと》き値《あたひ》の毛皮衣《けがはごろも》にこと〴〵くをおもひつくされたはてのとは云《い》へ、なほきらびやかさは眼《め》も眩《げん》ずるほどの、富《とみ》のおどりの奥様方《おくさまがた》が手車《てぐるま》のそれに、大方《おほかた》ならず心《こゝろ》みだれておぢたのか恐《おそ》れたのか、われかのやうにつと一足《ひとあし》、すさると見《み》えた哀《あは》れなまづしき児《こ》はあなや、あやにくの道《みち》の片《かた》そば、石《いし》につまづくと小肩《をがた》ゆれて畚《ふご》は畔《あぜ》の小流《こながれ》に覆《くつがへ》らんとするのでした。

糠《ぬか》なのです。畚《ふご》の中《なか》のは風《かぜ》に散《ち》りてはあともとゞめぬはかなのそれ、半分《なかば》は道《みち》になかばゝ小《こ》ながれの水《みづ》の面《おもて》にあやふく皆《みな》がらもこぼれむの刹那《せつな》、あと叫《さけ》びしその児《こ》が一声《ひとこゑ》を冷《ひや》ゝかなるよこ眼《め》に、かへり見《み》もなさらぬそのまゝの奥様方《おくさまがた》に添《そ》ひて………

(あゝまこと私《わたし》とは、この私《わたし》とはまあどこまで、不甲斐《ふがい》なき心《こゝろ》を持《も》つた身《み》なのでしたのでしよう………)

と、ばかり美《うつく》しき手《て》に面《おもて》おほひて、堪《た》えかねてはむせび音《ね》ひくうも優《やさし》き人《ひと》は今日《けふ》をおもひでの憂《うれ》ひに唯泣《たゞな》くのでしたが。

(生《うま》れてまだ十歳《とう》にも足《た》らぬに、通常《つね》ならばよしや世《よ》の風《かぜ》おほふぞの袂《たもと》は薄《うす》くも、慈愛《じあい》にみちた温《あたゝか》き母《はゝ》がなさけにはぐゝまれて貧《まづ》しきに泣《な》く世《よ》ごろもしるまじきいたいけ盛《ざか》りを、少《ちい》さな肩《かた》に雇《やと》ひぬしが呵責《かしやく》の重荷《おもに》を早《はや》う負《お》ひて行《ゆ》く子、人生《じんせい》の悲惨《ひさん》の中《なか》の悲惨《ひさん》とは、これより外《ほか》にまあ何《なに》ばかりのを云《い》ふのでしよう。

富《とみ》の鎖《くさり》を解《と》きすてゝ、

自由《じいう》の国《くに》に入《い》るは今《いま》。
正《ただ》しき、清《きよ》き、美《うつく》しき、
友《とも》よ手《て》を取《と》り立《た》つは今《いま》。
山《やま》をもい抜《ぬ》く大力《だいりき》に、
天地《てんち》もどよむ声《こゑ》あげて……

あゝかの人々《ひとびと》に聞《き》く理想《りさう》の郷《けう》の、それがはたして何日《いつ》をまちてか、わが世《よ》の幸《さち》に見《み》るよろこびの日《ひ》と来《く》るのでしようか。）

いまゝでにためしもなう、富《とみ》にけがれし世《よ》のいきどほろしさを声《こゑ》にさへもらして、心《こゝろ》やりに幽《かすか》に友《とも》がかう誦《ず》しかけた歌《うた》の、富《とみ》の鎖《くさり》！自由《じいう》の国《くに》！それよこは、今日《けふ》もけふとて校長様《かうてうさま》より一同《どう》へ恐《おそ》ろしき思潮《してう》ぞ夢《ゆめ》にも沁《し》むなといましめられたそれのと、ふとさる事《こと》に思《おも》ひあたつた私《わたし》は、何《なに》かしらたゞまうたとしへもなう、疑《うたが》ひと恐怖《おそれ》のかげのわなゝきが相《あ》ひ並《なら》びゆく自分《じぶん》の胸《むね》にかなしう悲《かな》しう痛《いた》まるゝのでした。

〔口語訳〕

（ほんとうにこのような晩は、あの子はどのようにして、どんなところで眠っているのでしょう）

霜が氷る田んぼのあぜ道をもどりながら、星が月のように明るい夜、空が静かにさえ渡り寒い中を、いまさらのようにショールでおおった肩を小さくすぼめてやるせなさそうに空を見上げた友は、その夢のようなこころ寂しさがこもった声でこういいだすのでした。

友も私も、はかない田舎教師の身の上で、玉のように大切な人の子供を教育する天職が貴いこと、それはそうであるが、ならびが岡の法師ではないけれど、人からは、木の端かなどのようにさげすまれ、あざけられる長い日々は、ただつらくはかない宿世とばかりにおたがいに慰め合って来た何年かであった。遠い故里をなつかしく思うとおもわず落す涙のおりおりに、いつまにか、私の心はこの友の優しい清らかな胸の底に深く植えつけられて、今は一人の姉とも慕いよるまでになりました。

本当に友は、あの月の夜に育てられた青い花の、さびしく悲しい姿に寄せて詩を詠む詩人の温かい真情と全く劣らないくらいの涙をもった美しい人なのでした。

名前も、歳もわからない、ただある夕べにみた可憐な子どもというだけで、深く胸にしみいったその姿を、今日もなおこのように忘れられない思いを、人はきっとものずきなと笑うのでしょうけれど、「雪の日にあれもひとの子樽ひろい」といった態で。

外山の峯にたゆたう雲の姿は、今にもふぶいて雪が落ちてきそうなとお里小野のたそがれどき、牛馬のような苦しい労働に、ああ大人でさえそんな時は心淋しさに悲しみの涙が頬にながれるものですのに。

ちょうど今から一月まえのころのことでした。毎日の裁縫教室に通う暇をみては、東奔西走、いつものように、局長の奥様について遊説にでかけたおり、その日も、山一つ越えた谷間の小さな村に、（戦時下の国へ）奉公の誠をつくすようにとかなんとか、さも美しい演題のもとに、このつたない話ぶりながら、おっとりした村人の柔和な平和な心に、大和ぶりという激しく巻きかえす血潮の波をわきだたせるような話をしての帰り道。

道は冬木立がさびしい夕べの山のあたりの道を縫うように出て、広い野のはて犬の子一匹も見当たらないところを、ただわけもなく砂塵を撒き散らして進んで行く私たちの車の車輪の響きだけが、何ものか恐ろしいものの気配のように聞こえるような気がするのを、人々が夜のつとめにうつっていくつかのまの汚れのない静寂をねたむようにそれをかきみだす悪魔の雄たけびかと、ひとりこう思っては胸にしみじみと湧く痛みを、二つのたもとにつつみかくして過ぎていくちょうどその時に見たのがその子でした。

いたいけな小さな肩に、かててくわえて重くいっぱいになったふごを担ってとぼとぼとひとり心細い様子でその子は来かかったのでした。

光るものや照り映えるもの、美しくこのうえない高価な毛皮にすべてつくせるものはつくせるだけ、それでもなおきらびやかさは眼もくらむほど、富におごっている奥様たちの車に、びっくり仰天してひるんだのかこわがったのか、自分をうしなってつっと一足、しりぞいたと見えた、あわれな貧しい子はああ、運悪く道の片端の石につまずくと、小さな肩がゆれて、ふごはあぜ道の小さな流れに今まさにひっくりかえろうとするのでした。

（中身は）糠なのです。ふごの中のは風に散ってしまいはかなくあともとどめず、半分は道に、半分は流れの水面にあやうくすべてこぼれようとしたその瞬間、あ、と叫んだその子の一声を、冷淡に横目で見てふりかえりもなさらない、その奥様たちと一緒に……

（ああ、本当に私というものは、この私はまあどこまで、不甲斐無い心をもった身だったことでしょう……）

とばかりに、美しい手で顔をおおって堪えられず低くむせび泣く優しい人は、思い出すつらさにただ泣くのでしたが。

（生れてまだ十歳にも足りないのに、ふつうであれば、たとえ世間の風をおおうには十分ではないほど袂が薄くても、慈愛に満ちた温かい母の情にはぐくまれて、貧しさに苦しみ泣く世間のことなど知ることもないいたいけな盛りを、早くも小さな肩に雇い主の責めさいなむ重荷を負っていく子、人生の悲惨の中の悲惨とは、これ以外にまあ何だというのでしょう。

富の鎖を解きすてて、自由の国に入るのは今だ。

正しい、清い、美しい（世界を目指して）、友よ手を取り合って立つのは今だ。山をも射とおす大力に、天地もとどろきわたる声をあげて……

ああ、あの人たちから聞く理想郷の、それがはたしていつまで待てば、私たちが幸福になる歓びの日が来るのでしょうか。）

いままでになかったほど、富にけがれた世間へのいきどおりを声にまで出して、気の向くまま、歌いかけた詩の、「富の鎖！自由の国！」そう、これは、今日も今日、校長先生から教員一同へ、恐ろしい思潮に決して染まるなと訓戒されたまさにそのことと、ふとそんなことに思い当たった私は、何かしら、ただもういいようもなく、疑いと恐怖のかげの戦慄が自分の胸に同時にわき、かなしく悲しく痛みを感じるのでした。

教師仲間の女性の口をかりて、貧しい村の子どもが背負わされている運命の悲惨さを描く。富めるものたちは、さかんに戦争参加を鼓舞する一方で、貧農の苛酷な状況を見てみぬふりをする。それをどうにもできない自己の不甲斐無さをなげく若い女性教師が、低い声で歌う社会主義の歌。それが、校長のいう「恐ろしい思潮」につながるものであることを主人公は知る。そして、ただいいようもない戦慄と疑問と悲しみを感じるのである。富や権力に抵抗することなどゆめにも考えられない村の民を象徴するものとして、ふごを担い、転んでだいなしにしてしまう子どもを登場させた。しかし、主人公や仲間の教師は、富や権力による横暴をいきどおりながらも無力である。おそらく村の民は、露子の「落葉のくに」にでてくる、夫や息子を戦争で亡くしても、村の有力者たちが葬儀に出向くだけでそれをありがたいとおもうような素朴で従順なひとたちである。彼らをないがしろにする悪魔のような力とは何か。それは、戦争を起こし、弱者に犠牲を強いる国家という存在なのではないか、との疑問を提起したのである。ここに登場する社会主義の歌、「富の鎖」は、週刊『平民新聞』明治三七年一二月四日号に無名氏の作として紹介されている。(7) またその一週間後の同紙には楽譜も同時に掲載されている。神崎清『革命伝説』では、作詞が呉服屋の岡沢某ということになっている。日露戦争前後では、平民社で盛んに歌われたらしい。(8) 社会主義の歌を、露子は、週刊『平民新聞』掲載後、即座に自作に取り入れたとみえる。しかし、「ああ、あの人たちから聞く理想郷の、それがはたしていつまで待てば、私たちが幸福になる歓びの日が来るのでしょうか」という。つまり、手放しで理想郷―社会主義の世の中?が来るとは信じられない、じれったさとたゆたいの気持ちが書かれている。一般に、当時の社会主義者たちは、原始社会から説き起こして、最終的には、社会主義がすべて人類を救うと訴えていたが、露子にはこの主義を相対化する言辞がみられるのである。ここは注目してよい。「富の鎖」の歌が、歌われたのは、日露戦争のころであったという。しかし、その歌が主義者たちにとっては、おとなしすぎて物足りなく感じられていた。その後、「革命の歌」にとってかわられる。(9) それは、社会主義者が議会派と直接行動派に分かれたのちのことであった。露子の結婚直後のことである。明治四〇年代以降の社会主義者たちの過激な思想に、結婚後の露子自身はおそらくついてはいけなかったであろう。ただ日露戦争下での少なくとも『婦人世界』の他の作品群からみると、露子の反戦意識は突出している。イデオロギーが前面に出すぎているとの批判を受けるかもしれないが、「霜夜」はイデオロギーが前景化しつつも、抒情性との均衡が保たれ、佳作となっている。この抒情性については第二部で述べたいと思う。

## 4、露子作品にみる反戦とヒューマニズム

私は、「まぼろし人」が、露子のもう一つのペンネームであると考えておりそのことについてはすでに述べたことがある。(10) 日露戦争がすでに終結した明治三八年一一月の『婦人世界』に、「姉の文」

というまぼろし人による作品がある。

姉の文　　　　　　　　　　　　　　　　　　　　まほろしびと

十月二日―昨夜九時の汽車にてとし子、婆や、帰り候、雨もやひ勝の此の秋をいとゞ案ぜし音楽会の、お前様たちの美しのすさびの天に通ひしその栄えか、この日のみは晴れてさしも広き振武館に立錐の余地なかりしとは、盛会のほどもおしはかられてほゝえまれ申し候。

さてもその日の司会者と云ふ務め帯び被成しお前様の羽織袴の着振、来賓への応接ぶり、さては演台の上高くたち被成しその様の、まことなき父君が面影見るやうにて、かう男らしう生ひ立ち被成しを父君の健にて見給はゞさぞな喜ばせ給ふべきにと、婆やの話しにしばし涙にくれ申し候。

常より弱きお前様、慊れは出でざりしかとそれのみ案じ居り候。くれぐ〵も身の上大切に祈り入り候。

十月八日―一昨日お出でなさるべき筈のお前様、影見せ成被ぬは又例の病のためにかと案じ居り候処、他にさし支のありてとの御文にようく〵胸なで下し候。

栗少し遣し候、この栗、お前様七ッ八ッの時、お寺にて貰ひ来しを裏の垣根にまきおき被成しが、丈も丈余にのびて昨年よりかやうな実を宿し居り候。書見に深し被成る夜を傍の火鉢にくべおき被成ばとて。

十月十二日―又しても泣き被成候。＝栗の実につきて＝神様の恵は我等にはなきかと、幼うて父君を失ひ早くより世にはぐれしお前様なれば無理なき申し條なれど、兼々申し、お前様も御承知の通り、神様は正しき人、誠ある子に幸あらせらるべきにさやうのこと申し被成候は信の足らぬ心よりからかと存じ候、いつかは笑ふ日の候べければ、その様な事夢にもおもひ給はで男らしう、そこの主義に向かつて進み被成候やう祈り入り候。

十月十九日—おとゝひはとし子参りいろ〳〵の御心添へうれしく、殊に美しきカードとし子のよろこび一方ならずおのが室に飾りつけて楽しみ居り候。

昨日は清吉様の村葬有之、私も会葬仕り候。知事様の代理郡長様を初め千にも上るべき参会者の口より名誉の戦死、あゝ名誉の戦死、てふ言葉洩れざるなくたゞ厳なる式に—いとしきは涙ながらに入り被成し清吉様の老母よ、その中に一人軍服いかめしう列席の君のありしを、『清吉よう帰つて呉れた、今日はお前の帰るので多くのこのお迎人、留守した甲斐があつた』と気や狂ひし、その君の手しかと握りて、カラ〳〵と笑ひ被成しを群衆の人に介抱せられて退かれ候。

陰の方にかゞまりてありし私、おもはずあつき涙流れ申し候、あゝ名誉とはかゝる恐ろしきものに候哉と。先日はお前様に涙禁ぜじ《ママ》私の今日はこゝより……お許し下されたく候。

（明治三八年一一月一五日『婦人世界』第五四号）

露子は、「草の戸」（明治三七年七月第三八号）において「戦いの世」に「女どち多きこのまとゐにふさはしからぬ言葉」—つまり戦争反対と想像されるような—を主人公に語らせていた。この「姉の文」では、戦死した男の村葬にでかけた姉が、参会者たちが口々にたたえる「名誉の戦死」ということばに強い反発を覚える。心労から脳を患ってしまったのであろう老母が、軍服姿の男を息子と思いこみ、「よう帰ってくれた」と喜ぶ様を描いている。息子の戦死の報に驚き悲しみ、緊張の糸がきれて狂ってしまった老母にとっては、国家が保証する名誉などどれほどのものであろうか。弱い民と大きな国家権力への鋭い視線、「霜夜」と同様の反権力の認識がある。日露戦争戦没者の村葬については、露子の自伝「落葉のくに」の記述がある。露子は愛国婦人会や日赤の徽章を胸に、毎日のように村々の戦死者の葬儀に出かける。「ある寒村、よゝと泣き入る母親に戦死すればこそおまへ達一生見ることも出来ない地主のお嬢様にかうして葬式を送つていただけるのだ、とものものしげなる説得を、女も男もおとなしうなづく素朴さ。私の胸はたゞ暗う重い」。「姉の文」の清吉の葬儀で涙する場面は、露子自身の経験と重なる。戦死者の葬式に愛国婦人会の代表として出た露子自身の経験や、富田林で明治三八年一〇月一一日に行われた輜重兵用木富三郎の村葬が、下敷きになっていると考えられる―（「杉本藤兵衛日誌」による）―ことからも「姉の文」は露子本人の作であろうと考えられる。

そして、現下の日露戦争にこだわり、戦争終結直後に反戦観を述べざるを得なかった作者の気持ちを重視したい。週刊『平民新聞』の兵士の母のいう「名誉とかは有難迷惑」の記事を目にし、息子の戦死の報を聞いて正気を失った老母を造型することで、戦争の悲惨を文学的に展開し、国家の残虐性を告発した露子の際立った反戦意識が見られる。そして、この反戦・厭戦は、露子の一貫したテーマとなった。

『婦女新聞』の「兵士」や、『明星』の「みいくさに」の歌が、反戦意識が文学的関心の裏面に隠されたものであったとすれば、「霜夜」では、政治社会的関心が文芸よりは前面に出ている。露子が自分の意見を堂々と披歴することが出来たのは、『婦人世界』というたかだか四、五百人の読者を対象とした狭い範囲であった。しかし、編集者としての責務と裁量によって、このように大胆に国家批判や反戦意識を表明できた。大きなメディア『婦女新聞』や『明星』では、自在に意見を述べることはしなかった。自伝といわれる、七〇代で書いた「落葉のくに」で彼女が語るのは、「新詩社（明星）」や晶子様や「婦女新聞」であって、『婦人世界』ではなかった。これは彼女が、身近な『婦人世界』よりは『明星』や『婦女新聞』に優位性をみていたからであろう。しかし、だからといって、『婦人世界』における作品が他の二つの雑誌のそれよりもおとっているということではない。むしろ彼女の本音を聞こうとすれば、露子の身近な媒体『婦人世界』をひもとくのが良いであろう。

先述したように、『婦人世界』全体を見ると、厭戦や反戦意識を反映した作品は、ほとんどみられない。それらの中に「霜夜」をおいてみるだけでも、露子のその当時の思索の方向性がわかる。自分の身近に起きた戦争の暗黒面を描くことによって、自分の恋から家制度へ眼を向けたと同じく、社会や国家のありかたに視線を向けることになった。

まさに〈個人的なことは政治的なことなのである〉

露子が社会へ目を開くことになったのは、外部的刺激としては、『婦女新聞』から始まって、社会主義関係の出版物まで広く渡っている。露子は「平民新聞が配達されると云ふだけでそのすぢの眼が光る」とはっきり述べている。家永三郎が「平民新聞」購読の経緯について露子に問い合わせたとき、彼女は、ただ、「何かの広告にしりましたもの」としか言っていない。『婦女新聞』には、明治三七年合計一二回も『平民新聞』の広告が載り、露子がそれを手がかりに購読したことは十分に考えられる。また、知己である『婦女新聞』の編者下中芳岳が『平民新聞』に執筆していることからも、何らかの誘いがあったかもしれない。

さらに露子が週刊『平民新聞』の後継誌『直言』を叔母チカの嫁ぎ先に送るよう、米谷照子に手紙で頼んでいたことから、『直言』をも読んでいたことは確実である。[11]しかし、社会主義雑誌を読んだとしてもそれを自己の思想として構築することはたやすいことではない。読者であることと、それを内面でとらえることはまた別問題であろう。自分の見たもの、聞いたものを、もうひとめぐりさせて、相対化してみる資質は露子のすぐれた点であった。

たとえば、自伝「落葉のくに」の記述。幼児期から大人の「嘘」―それは彼女を思いやってのことだが―を見抜いて素知らぬふりをしてわざと騙されてみる、といったような鋭さ。そして、人力車を引く汚らしい老人をこばむ、わがままとヒューマニズムのないまぜになった気持ち。そして、「あめゆやのおぢいさん」、―「おまつり（天神祭―引用者注）も見ないで」「たつた一人」「橋のたもとであめゆを売つてる」おじいさんを詠んだ幼い詩、「お家がないの」「お家の人がゐませんの　気の毒なあめゆのおぢいさん」露子の祖父にどこか似ている老人を気に掛ける弱者への視線。自己と他者を客観的に見つめる目は幼いころからはぐくまれていたようだ。幼い露子が自分を愛する優しい祖父と、貧しい老人の境遇との矛盾を感じ幼いなりに考えあぐねたことは、ヒューマニズムの芽生えではないだろうか。

このように、露子を社会的発言へと向かわせた要因としては、露子の複雑な家庭環境からくる自己省察、新聞や書物からの影響にくわえ、さらに露子本来の資質があった。そしてもう一つ重要なことは、彼女が自己の思索をはぐくむ場所を手に入れたことであった。

## 5、「恵日庵《えにちあん》」という〈私ひとりの部屋〉

彼女が、一人思索を深める場所、それは、本宅から近い石川畔に建てられた小さな別宅であった。名を「恵日庵」という風流な建物であった。ヴァージニア・ウルフは、〈女性が小説を書こうと思うなら、お金と自分一人の部屋を持たねばならない〉といった。露子はウルフがそう言う二〇年も前に、若くして、「（お金と）自分一人の部屋」を手に入れていた。早くから「家人とはなれて日ねもすのこもりゐ」、何ものにもじゃまされない空間を切望していた露子にとって念願の居所であった。この庵がいつできたかについては、論者によりわかれる。地元富田林の露子研究家芝昇一は、明治三六年秋ごろとしている。露子の「落葉のくに」では「在来のなしの木の外、羽曳野から移しうゑた赤松三本、庭石のすゑ様など妹が嫁した大谷の父上、その道の達人なのでおさしづをうけて」とあることから、妹セイが大谷家へ嫁いだ後、つまり明治三六年以降であることは間違いない。奥村和子は、露子のセイ宛書簡、大阪大谷大学蔵の明治三七年五月一三日の文面に、「みふしんの事おんはかとらせ給ひて　や　こゝもこの頃一月にもなるべし　大工や左官やひらしきのあたり唯一面のちりと土とにて　時節がらと人は云へれ　積極的のこれも愛国心よりそと誰やらは笑ひしもおかしう　げにそれよ　しまつよしまつよの声のみ高くあはれや妻子を養ふ業の立たでうえになくべき人さへあるこの頃」とある箇所が、恵日庵の建築の場面であると指摘している。(12) 日露戦争で質素倹約をうたうお上に対して仕事がなくなる大工や左官の愚痴を書き記し、まるでお上の命に逆らうかのように、四月ごろから家を改築ないしは増築していることがわかるとした。おおがかりの普請であり、別墅の建築ということは十分に考えられる。彼女はそこを「香をたき文をよみ人を思ふによい山荘」といった。そして、その小さな円まどから、金剛山をあおぎみつつ、短歌や文章をつづった。明治三七年から結婚する四〇年までの彼女の文学的豊穣はある意味、「恵日庵」によってもたらされたといっても過言ではない。

この「恵日庵」は、「ケイジツアン」と読むのか「えにちあん」と読むのか、と議論になっている。露子の「落葉のくに」に、「恵日庵とは平野屋の旅舎の天王寺の別荘の茶席の軒にかゝげられをりし恵日煌乾坤の板がく、がんぶつのをこの軒にあげていたゞきしよりわれ人の云ひ習した名」とある。つまり、露子の言によれば、「恵日煌乾坤」という額を掲げたことがさきにあって、それが離れの庵の名になったということになる。漢文読みか、和読みか。

『茶席の禅語大辞典』（有馬頼底監修　二〇〇二年　淡交社）では、いくつか参考になる語句がある。「恵日破諸闇」（恵《え》日《にち》諸闇《しょあん》を破《は》す）、や「乾坤輝」（乾坤輝く）、「日出乾坤輝　雲収山岳青」などがみられ、太陽は如来の智慧と慈悲の光、すなわち仏光であり、これらに照らされて全世界が輝くと、煩悩という雲が消え去り真実の自己があらわれる、という仏教の原理を説くものである。

また、『おんな表現者事典』（柴桂子監修　二〇一五　現代書館）に、大阪河内森河内村の尼に、恵《え》日尼《にちに》という女性の項がある。

彼女は文化三年六七歳で没した南河内郡河南町の神光院第二世で、一一歳で慈雲尊者のもとで剃髪し、尊者の説法を筆記した。また慈雲尊者の発願袈裟千衣裁製にも積極的にかかわり、常に尊者の説法を聴聞したという。この慈雲尊者は、露子と善郎・好彦三人の墓がある高貴寺の中興の祖でもあり、露子の祖父、母の出た日下の河澄家とも関係がある。河澄家の奥座敷には、慈雲尊者が命名し自ら書いた「棲鶴楼」の額がかかっている。露子の庵室の名づけは江戸後期の女性仏教者と関係あるのではと、想像してみたくなる。いずれにしても、漢籍との関連よりは、仏教との関連で「えにち」と読むのが妥当か思われる。

それでは、「恵日庵」はどこに建てられたのであろうか。露子の父団郎の異父姉ヒロは、松尾家から養子順作を迎えて南杉山家として分家した。露子が自伝で好きでなかったと告白しているこの順作おじさんは池で水死した。ヒロは、杉山家文書の研究者山中浩之によれば、女性ではあるが、杉山家当主として表に現れることが多かったとのことである。(13) ヒロが、息子の米治を露子の夫にと考えていた節があるが、父団郎とこの異父姉との良好でない関係から露子がヒロを嫌っても、ヒロにはまた当主扱いをうける立場と自負があったのかもしれない。ヒロの息子米治も娘のシンも、露子の記憶の中ではあまり良い扱いを受けていない。ただ、従妹のシンは、露子が浪華婦人会に入会後すぐに、自分も入っており、婦人会行事茶話会の写真にも露子の隣に写っている。また、新聞小説の好きな露子に新聞を回したりもしていて、若いころはそれなりの付き合いがあったと思われる。さて、その南杉山家も今はない。勝間家に売却したあと、現在は古家を利用したしゃれたイタリア料理店になっている。恵日庵は昭和四五年ごろの復元地図によると勝間家（旧南杉山家）の東隣にあったようだが、二度の火災で焼失してしまったらしい。

露子は恵日庵について、「ご他界のあと（露子の父団郎の死―引用者注）夫の暴虐の手は真先にこゝへ（恵日庵―同）のびて、心ない人の手にうり渡されし日のかなしさは、さびしさは」と暗に夫の所業と書いている。

芝昇一の考証によれば、恵日庵は火事により焼失し、その土地は昭和二二年露子の次男杉山好彦によって譲渡されたようである。露子が勝間氏に語った「あそこは大変私の気に入りの所で（南杉山の家―引用者注）、お庭も、また、見晴らしもよく、貴方（勝間家―引用者注）の東の蔵の、東の下に私の小さな庵があった。」という言葉からも、彼女のお気に入りの場所であったことだけは確実である。[14]分家した南杉山の家、それに続く露子の小家、今はうっそうとした木々に覆われ、下に続く道もさだかでないが、当時はその小径を下って石川から流れる小川にかかる、例の詩によまれた一枚の小板橋に出るのであった。昭和三、四年ころまでは、その光景は変わっていなかったようだ。

露子は、「恵日庵」について、「落葉のくに」では、

南にみがき竹の竹縁、北に黒木の伝ひ縁をもつた八畳と、三畳の茶室には明り取りの円まど、二畳の玄関と水屋、八畳には金砂子の白木の戸ぶすま、茶室とのしきりは鹿皮の手総を付けた有職仕立ての襖があり、「ふすまはお父様の、建ものは私の好み。石川のさゞれをふんでそのまゝの小道を庭ま

でつゞら折のやうにつけて、在来の梨の木の外、羽曳野から移しうゑた赤松三本、庭石のすゑ様など妹が嫁した大谷の父上、その道の達人なのでおさしづをうけて」作った風情のある建物であった。そして、「うら若い白衣の君を招じて虫の音のよひを横笛のしらべにおもはず更した秋、老いたる絵師の御宿に人生のおもかげ語り合うた春などのみに、ちどりの声も月見草のにほひもまだこゝろ足るまでと、のはざりしを、鼓村さまあゝした境地もつ人々との集ひにもと仰しやつたそれもゆめ、」と語っている。

露子が筆を折ったといわれる結婚後、出産を機に、緒方産婦人科医院の院長緒方正清の勧めで彼が主宰した『助産之栞』という助産婦向けの教育雑誌に、彼女は文章を提供している。[15] 彼女は自らのお産の経験や、その他を美文にして残した。その中に、大正五年九月一五日（第二四四号）につゆ子の署名で「〇〇庵日記」がある。これは恵日庵のことであろう。そして〈十八夜〉と題する文章では、庵で客を待つ母と子が描かれ、やがてやってきた客は、「虫の音のいろ〳〵に、露ふかうふけまさりゆく庵の南のはし近う、法衣もめさぬおんやつれ姿、君はしづかにわが強いまつる笙の歌口しめしたまふに、あはれ岡の上のこの一つ家、もの、音は。松風の琴緒とあひて、いたづらなりよ夢のおもかげのまたしも淡うわれをめぐる」

まるで王朝期の優雅な貴族ででもあるかのような客人を迎える露子。風流好みの人との出会いを心おきなく楽しむ場所。その一人、鈴木鼓村は、露子の琴の師匠でもあり、明治三九年二月ごろから一〇月ころまで交流をもった。露子が浪華婦人会読書慈善会を立ち上げ、東北三県の飢饉に義捐音楽会を主催した三九年三月にも、箏曲奏者として出演している。杉山家をも訪れ、ともに石川畔に遊んだ客人である。薄田泣菫と一緒に京の葵祭を見ましょうと約束したが、それも果たさないまま、露子が息子二人と京都に居を構えた昭和六年四月直前の三月に彼は亡くなった。露子は「皐月きぬ葵祭を見に来よと云ひつる人もなき京にして」と詠んだ。

恵日庵が明治三九年には存在していたことがわかると同時に、この庵は、絵師や、笛・琴の名人、といった芸術愛好家を招く小サロンのようなものであったと考えられる。そのような場所にしたいという露子の夢があった一方で、彼女は、「それは庵室と云ふよりは香をたき文をよみ人を思ふによい山荘とこそよびたい」といっている。あくまでも、自分の趣味に合った、にぎにぎしくない、心通わせられる人との時間を共有できる静かな場所、そして自らをかえりみ、思索することのできる空間。それを壊したのは、夫であったのか、放火犯であったのか、いずれにしても、自分の芸術への夢を無残に打ち砕くものと感じたからこそ、それがだれであろうと、あのように激しく「暴虐の手」とののしったのであろう。

おそらく恵日庵は、明治三七年ごろに建設されたのであろうと私は思う。それは、ちょうど、父親から家を継ぐようにと圧力をかけられ、それへのあらがいに終始している時期であった。露子を苦悩させた長田正平が明治三六年晩秋、日本の地をはなれ、父親は安堵したにちがいない。当の露子は、まだ一縷の望みをかけていた。そして「新詩社」入社、いよいよ歌作に精をだすときである。父親と露子の間でどのような取引が交わされたのかはわからないが、父は露子が跡取りとして杉山家を守ってくれると信じ、小さな別宅を立てることを許可したのであろうと推測する。家の造りにおいて、父と露子の両方の好みを配するというところに、双方の思惑が見て取れる。とにかく、父親から自分一人の居所と結婚へのいくばくかの猶予を引き出した。そこで彼女は、いよいよ自己の思索を練り、誌上に発表する道を大きく広げるのである。「文をよみ」、自分の意見をまとめ、「人を思ふ」、それは現実の恋人長田正平への想いだけにかぎらない。文芸一般に想いを馳せる贅を尽くした「自分一人の部屋」を獲得したのである。さらにこの「自分一人の部屋」とは、単に物理的な庵室だけにとどまらず、ものを書くという行為そのものとしての「わたしだけの部屋」を生みだした。

しかし、譲歩や猶予はあくまでも期限がある。翌年にはさらなる婿取りの話が持ち込まれることになる。私が恵日庵にこだわるのは、その名前や場所以上に、彼女にとっての「恵日庵」の意味である。「落葉のくに」における、「恵日庵」と題する文章に注目しよう。そこでは、父親と趣味のあれこれを話し合うこともできずにしまった、父親の寿命が一〇年も三〇年も五〇年ものびていればと悔やむ「父恋」が語られる。そして最後に「たゞ恨めしいのは、この身みづから、旧い思想の、泥沼に根生ふ花藻の、もがいてももがいても浮び上ることのない、おろかしい弱いさだめをあきらめてもあきらめえず」と結ぶのである。この悔恨は自分自身に向けられている。旧い家制度へ反発をして、しかしあらがってもあらがっても愚かしい（女の）定めからぬけきれなかった自分、恋や文芸への夢を全うすることができなかった自らを、「もがいてももがいても浮び上れない弱いわが身」、というまで、執拗に、七〇歳を超えても歎かなければならなかったことに私は胸が痛む。恋や文学、親しんだ芸術への夢は恵日庵ではぐくまれ、そして、恵日庵崩壊とともに完全に潰えてしまったといいたかったのではないか。それほど彼女にとっても象徴的な「自分一人の部屋—恵日庵」であったと思うのである。

注1　「福島四郎の戦争観」（『婦女新聞』と女性の近代』所収　『婦女新聞』を読む会編　不二出版一九九七年）

注2　軍隊と婦人矯風会の関係については、林葉子『性を管理する帝国　公娼制度下の「衛生」問題と廃娼運動』（大阪大学出版会二〇一七年）に詳しい。

注3　松本弘『近鉄長野線とその付近の名所旧蹟について』（二〇一八年　私家版）によると、明治二九年以前は、南河内から大阪湊町までは、半日を要したが、河南鉄道が出来たころには、富田林から湊町までおよそ一時間半の汽車の旅となる。つまり、少女期露子が大阪に出たころは、半日もかかっていた大阪までの距離が、露子の青年期には一挙に縮まったことがわかる。

注4　家永三郎が露子について言及した最初の論文（『季刊　明治大正文学研究　第十五号社会主義文学研究』一九五五年）は、松本和男『石上露子をめぐる青春群像』で紹介されている。ここでは社会主義との関連が随所に論じられているが、それにもまして、家永の、地主の娘としての露子の生涯への深い理解と共感が読み取れる。また、小羊とは、露子が「幽思」を書いた日露戦争下の『婦女新聞』明治三七年六月六日号では、小羊も「水兵の母」という詩を載せている。戦場へやる息子が死んでも自分は嘆かない、自分が老いて残るのがつらいのだ、君のため国のため励めといいつつ、反語的に老いた母の悲しみを歌ったものである。明治四三年第二期国定国語教科書から登場する有名な「水兵の母」ではない。この小羊は、明治三七年四月第三五号に「哀悼記」という祖父の死を悼む文章を寄せているその人であろう。同じ号に「兄

さま」という出征する兄の事を書いたものもある。

注5　例外的に、露子の良き意味でのライバルであったとおぼしき「お高僧ずきん」という名の女性が、戦争を揶揄したようなコントを書いたり、『婦人世界』には何も戦地からの通信を載せる必要はないという意見を述べているのが注目される。

注6　「友信欄」とは、『婦女新聞』の「はがきよせ」という読者欄同様、浪華婦人会機関誌『婦人世界』第三七号から設けられた読者の投稿欄である。

注7　「富の鎖」全文は「富の鎖を解き棄てゝ、自由の国に入るは今、正しき、清き、美しき、友よ手を取り立つは今。山をもい抜く大力に、天地もどよむ声あげて、歌へや博き愛の歌、進めや直き人の道。迷信深く地に入りて、拓くに難き茨道、毒言辛く襲ふとも、毒手苦しく責むるとも。我身は常に大道の、ソシアリズムに捧げつゝ、励むは近き今日の業、望むは遠き世の光。砲よ、剣よ、いつまでも、国と国とはせめげども、我等は常に同胞の、四海友なる天の民。頼むは結ぶ手の力、かざすは高き義の心、富よ位よ地を占めて、よし今ひとり荒ぶるも。滴る汗に誠あり、打ちふる小手に命あり、行かで止まめや此歩み、成さで止まめや此叫び。」

注8　荒木傳『なにわ明治社会運動碑』下（一九八三年　柘植書房）には、森近運平らが、明治三八年正月に「富の鎖」を歌う場面が出てくる。

注9　『日本平民新聞』明治四一年一月一日第一五号）掲載の築比地仲助作詞の「あゝ革命は近づけり」、で始まるものである。

注10　拙著『石上露子と『婦人世界』—露子作品「宵暗」「王女ふおるちゆにあ」への疑義と新発見「霜夜」について』二〇一五年　私家版

注11　第八章の（一）参照

注12　奥村和子『明星派歌人「石上露子・富田林の人々と日露戦争」』改訂版　二〇一八年　私家版

注13　山中浩之　二〇一八年第七回「露子生誕祭」歴史講演会「江戸期富田林寺内町の生活と文化」での講演

注14　「恵日庵と小板橋」芝昇一遺稿集『ひたに生きて』石上露子を語る集い編　二〇〇八年

注15　奥村和子・楫野政子『みはてぬ夢のさめがたく―新資料でたどる石上露子』第三部

# 第七章　露子の恋愛観・結婚観

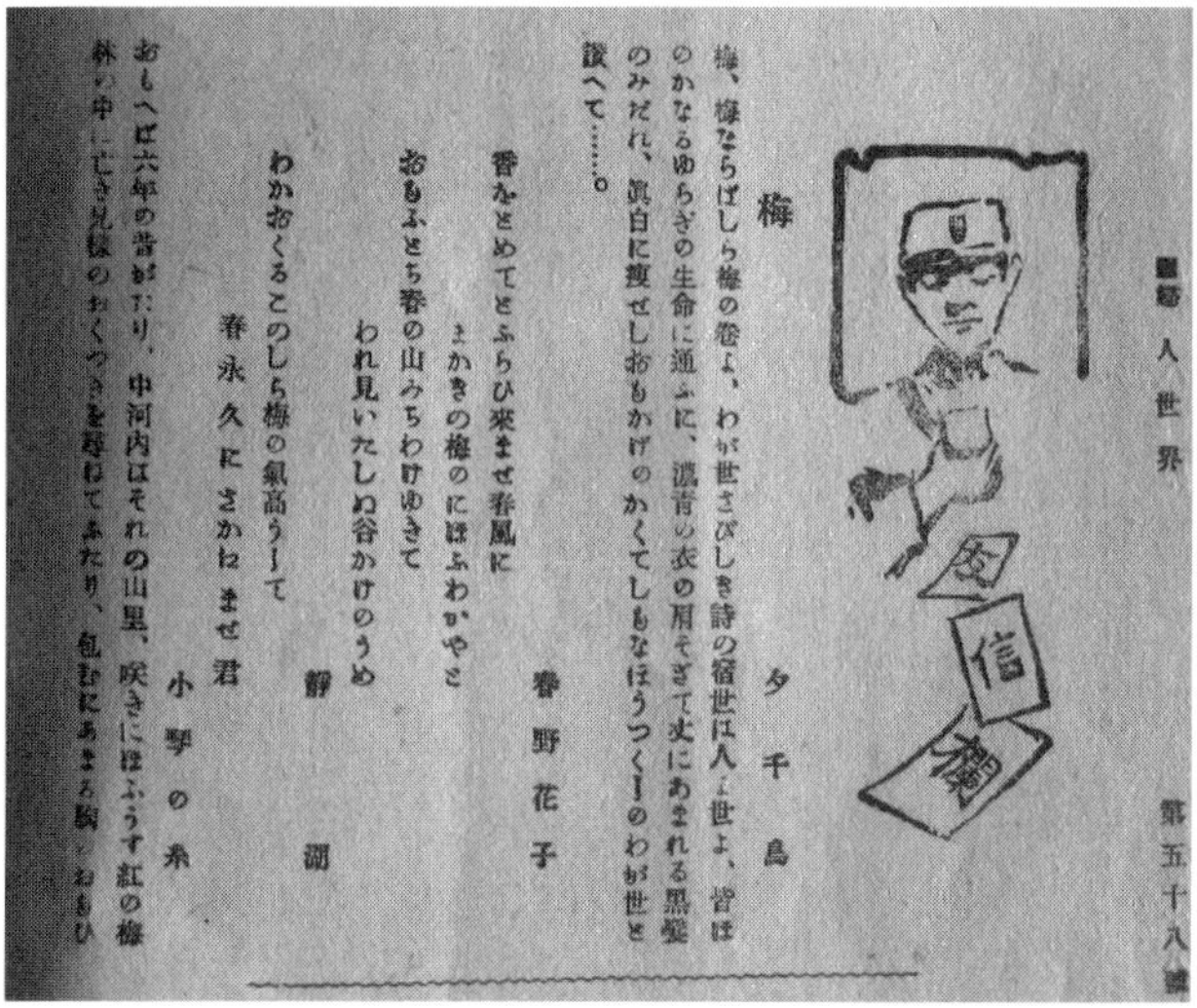

婦人世界　第五十八號

友信欄

梅　夕千鳥

梅、梅ならばしら梅の卷よ、わが世さびしき詩の宿世は人よ世よ、皆ほのかなるゆらぎの生命に通ふに、濃青の衣の用そぎて丈にあまれる黒髪のみだれ、眞白に痩せしおもかげのかくてしもなほうつくしのわが世と讃へて……。

香なとめてとふらひ來ませ春風に　春野花子
　まかきの梅のにほふわかやと

おもふとち春の山みちわけゆきて　靜湖
　われ見いたしぬ谷かけのうめ

わかおくるこのしら梅の氣高うして　小琴の糸
　春永久にさかねませ君

おもへば六年の昔がたり、中河内はそれの山里、咲きにほふうす紅の梅林の中に亡き兄様のおくつきを尋ねてふたり、包むにあまる胸をおもひ

『婦人世界』第58号明治39年3月15日　「友信欄」

## （一）結婚問題に悩む露子

明治三八年露子はすでに二四歳、結婚・婿取りの要請はますますはげしかったであろう。継母の親戚の男性を婿にという話が出たのか、露子は、前年六月から交流をもっていた米谷照子に悩みを打ち明けている。

「すみませんかつたわ。ゆるして頂戴よ。世にたゞひとりの妹てるさんこの一日から、大阪は中の嶋の水に近う、心にもない人の世ざまのそれがために。（引用者注―博物場にいっていたらしい）帰つてきたのは五日の夕方。…何か書けつて。どうしたのですか、ちつともこの頃かんがへる気も、書く気もないのですもの。そしてネ、この頃朝となく夕となく、耳に目にするのは父が吐息のうれはしさうな。そして早う家名つぐものをとの、くるしいのですのよ。てるさんが羨しい。母の身寄りのたれをこれをと。どうすればほんとにいゝのか、気でも狂つてしまえばなんて、ゆるしてくださいよ。まただぞろ御心配をかけるのネ。…

あの三日の日にねえ、博物場でお目に掛つた大日本女学会の理事者の山津俊夫様と仰る方、下中（引用者注―『婦女新聞』を通じて交流があった下中弥三郎・芳岳）様からのおことづてだとて、この露子によろしくつて。多数の人のまへでかがやかしくつてね。」

（明治三八年八月八日米谷照子宛石上露子書簡）(1)

妹の死後、急激に衰えた父親に代わって諸事をこなしていたのか、博物場まで出かけている。そこで下中芳岳からよろしくとのことづてをもらったことを喜びとしながらも自身の後継ぎとしての不自由さを訴えている。この結婚話はいったん取り下げられたらしく、同年八月二五日の米谷照子宛書簡では、

「…あの、さう、世つぎの事、てるさんに心配さして、あの事はね、しばらく中止、と、それは、あんまり私の狂はしいこの頃に父もすこしはたゆたひのそれがためだらうと。」

露子の精神的混乱が激しかったせいか、父親も躊躇したのであろう。

同じ手紙では、どうしてこんなにいくぢがないのか、といい、かつらぎの奥へ入りたい、つまり山にこもってしまいたいといったのであろう、それを照子にあなたには似合わないといわれ、なぜかと聞いている。「てるさんの不婚論とおなじではないか」と。母親には目の色が変わっているとまで言われ、自分でも気が変になってしまったという。父親はさすがに娘の事が心配なのであろう、「東京のてるさんとこへ一ぺん行ってお出で、気も晴れるだろう」といってくれる。このように、この時期の露子は相当精神的にまいっていたようだ。照子宛の手紙の文面もやや支離滅裂である。

松村緑は、露子の短歌が「明治三八年の秋に至って俄然激情的になり、沈痛の度を加えて、切迫した響きを帯びて来ている」と指摘した。カナダへ去ってしまった長田正平との関係がはっきりしないまま時間だけが経過したが、論者たちのいうように、おそらく、このころに、カナダの正平から、もう日本には帰らない、という決定的な別れの手紙がきたのではないかということだ。露子晩年に書い

た自伝的随筆「落葉のくに」では、自身の結婚を記す直前の記述に以下のようにある。

「遠き雲ぢをわけて何といふ鳥のどんな色の翅にかけてきたのか、一人ゐの机上におかれた白い角封筒。別れて六とせ七とせ、相見ぬ人の音づれ。一たび二たび三たび、はるかにもかき交すかなしい文字のかずかずは、月をへ年を越えてそのみたび目に遂に永遠の別れをつげて、静につめたい涙をも封じこめなむとする身。」

「遂に永遠の別れ」、といっていることから、想像はつくが、露子自身が、松村緑に直接語った、正平の手紙の内容は、〈父親も亡くなった、長男であったので家督を継ぎ早く家をもってという勧めがあるが、自分はやはり日本へは帰らない。『明星』はここカナダの地でもみているのであなたの歌にも接することができる、離れているのは寂しいが、同じ文学の道をえらんでいることをせめてものよろこびとして生きていく〉といったようなものであったらしい（『石上露子集』松村緑解説）。

「かくある心しりたまふべし」―故郷へは帰らない、しかしあなたの事は忘れないこの気持ちをどうか理解してほしい―とは、露子にとってとても残酷な言葉ではある。正平が帰国し、家督を弟に譲り、露子の婿として入る、という可能性もあったわけで、露子は一縷ののぞみを持ちつつ、他からの縁談を拒否し、待っていたのになんという仕打ち、と私などは思ってしまう。碓田のぼるのいう、「露子への愛をひそかに告げ、露子と共通する苦悩をともにわかちたいとする、呼びかけ」、とするにはあまりに勝手な男の論理でないか。結婚しないという選択のできるカナダの正平と、結婚問題を現実の問題として突きつけられている露子の立場との違いが歴然としている。私は正平をせめるつもりは毛頭ないのだが、ここに明治期の「家」における、男と女の位相の違いをみるのである。露子のいうように「われら弱きおみな」なのである。

遠いカナダで五〇歳を少し過ぎた働き盛りで孤独に亡くなった長田正平の机上に、一人の女性の写真が飾られていたという。そのように純情を通した正平に、男性たち（女性たち）も、この上ない哀切の情を禁じ得ないのであろう。そしてそれに対応するかのように、悲しい恋の相手としての露子にもまたロマンをかきたてられるのであろうが。確かに彼女の作品からは、そのような憂いにしずむ女性像が立ち上がってくるのではある。

## （二）正平との恋愛の痕跡

『明星』明治三八年一一月の露子の歌は以下のようなものである。

君おもふとのみに流るる涙してひとりに慣れし秋かぜの家
身はここに君ゆゑ死ぬと磯づたひ文せし空の雲に泣きつつ
あゝ思ふといかに伝てなむ見ける日も君にと物は言ひ怖ぢし人

明治三八年一一月、日本赤十字社の全国大会に参加のため、露子は上京し、父親の勧めもあったのだろう、照子にも会う機会を得た。『婦人世界』の一二月「友信欄」〈旅信〉で、その折の様子がわかる。(2)

これは「〇〇様御もとに……」ではじまる文字どおり旅からのたよりの体裁をとっている。帝都の「五年ぶりの大路小路、追憶の痛みかたらむに友なき袖に、せめて涙よ、もろからざれと祈るもさびしき宿世に候かな」。五年ぶりとは、明治三三年家庭教師の神山薫に引率されて妹や従妹たちと皇太子の結婚にわく東京へ出かけ、長田正平と親しくなった時から五年ということである。上野で開催された赤十字社の総会が目的ではあったが、この不忍池は、紫裾濃の着物姿でおとなしく、「人」、すなわち正平と連れ立って半日を過ごした思い出の池畔である。五年後の今の気持ちは「悲愁」としか形容できない。

「さびしさに桜落葉もひろふ子と入りにし都にまた泣きにけり」は、〈旅信〉に書き添えられた歌である。

照子との邂逅や、与謝野鉄幹夫妻の居宅を訪ねたこと、そして、幼なじみの田中万逸と出会い、新宿御苑を案内されたこと、照子の滞在先小原無絃宅で、『婦女新聞』の仲間たちの会合に参加したことなど、楽しく晴がましいこともあったなか、この文章に流れる悲哀感はなにゆえだろうか。その五〇年近く後、自伝「落葉のくに」につづられたこの同じ東京行きは、「東都を去る日の車窓に見たは萬逸氏とてる子さん、深みゆく秋はたゞかくて分けゆく鉄路のはて、いまさらに何のおもひを日記につゞらう。まれにきてふみし都、思ひ出の森かげにさびしうひろひしさくら落葉のいくひらをながき袂にそとたゞひめて、それもやがては朽ちむわが世」とある。後年の語りは、「思ひ出」「さくら落葉」に凝縮され、実感からは遠ざかっている。しかし、明治三八年晩秋の時点『婦人世界』での記述には、注目すべき箇所がある。「さらばけふこそ二十五日、こよひ六時をなごりにてこのなつかしき都をわれは立ち候べく、あはたゞしの七日の旅ね、得しは何？詩なき日記のおもひでに長かれとゝめし詩のみだれは何？百五十里を涙なき子は西にかへると、さらば、云はずかたらぬこの霜の夕別れ、五年まへの琴緒の悲調、またくりかへさなむこよひに候」

露子にとって語るに足る友人たち、そして彼らとの別れが、二年前の渡加する正平との別れに重ねられている。さらに五年前の琴緒の悲調といえば、あの正平の「その灯影」の場面、琴を弾きさして男の言葉に衝撃を受け、うち伏す乙女、露子と正平の杉山家での最後の夜となった明治三四年の正月の一夜である。それは、秋ではなく冬であった。そして「霜の夕別れ」とは？　正平は明治三四年に杉山家への出入りを禁じられ、三五年初秋、神戸の田村商会入社のため大阪へ来た。そして三六年一〇月末にカナダへ渡ったことは証明されている。おそらく、来阪後、露子とは手紙のやり取りもあっただろうし、いよいよ渡加の際には、彼女は見送ったか、少なくとも最後の出会いがあったのではないだろうか。露子作品には朧化や韜晦、はあるが、「嘘」はないというのが私の見るところである。

たとえば、『明星』（明治三八年一一月）の、「霜しろく菊におきけりその日より久に君見ず夕別れして」の歌。菊の花に霜のおりた晩秋のある夕べ、愛しい人と別れたまま、長い時間がたってしまった、この秋は何度目の秋であろう、というものである。発表時期も『婦人世界』「友信欄」〈旅信〉と同じで、明らかに「云はずかたらぬ　この霜の夕別れ」と同じ思いを語っている。東京へ行ったことで、また、思い出の上野を散策したことで、甦ってくる正平との思い出、それゆえ単なる旅行記ではなく、恋の別れが底流にある作品として読めるのである。

神戸で船出する正平と最後の別れをしたのは明治三六年である。明治三四年には、杉山家での別れがあった。その正月の夜は正平によって「その灯影」に描かれた。露子はそれを『明星』明治三七年一月、「朽ちて断れて壁に年ある二緒琴わがおもひでの秋ぞさびしき」（朽ちて十三本の弦も断ち切れ、二弦になってしまった古びたことが壁に立て掛けてある。私はその琴にまつわる様々な思い出をもっている。そういった追想に耽るだけの孤独な秋であることよ―宮本正章訳）と詠んだ。さらに、明治三八年八月の『婦人世界』「友信欄」では、つぎのように語っている。

「紘に見し去日十九は若かりき小琴くちはては老いにけるかな一たびは牡丹かざして待つと花の少さきを侘びし身ながら、二十さはれ情のほだし持たぬ人をしも若きとよぶや」

ただし、この署名は「まぼろしびと」となっている。「まぼろしびと」が露子のもう一つのペンネームであることをすでに述べたので繰り返さないが、一九の思い出、琴を介した想い、琴が朽ちて、恋しい人を待つこともなくなった私はすでに若いとはいえない、老残の身であるとの発想は、繰り返し出てくる露子の言説である。[3] 重ねて、『明星』午歳第五号、三九年五月号にある「われ君を思ふに疲れ痩せたれば夜の灯影にも堪へず消ぬべき」の歌には、正平との「その灯影」の思い出にすがる露子が垣間見えるのである。最後の一夜以来、好きな琴も弾かなくなってしまった私、この古くなった琴は私とあの人とのまさに遠くなってしまった恋である、と嘆く。このように、東京旅行での恋人との逢瀬、その後の一九の歳の別れ、そしてカナダへ去る恋人との別れ、そして、今回の手紙による決定的な別れが、露子の心中にはくり返し立ち現れる。明治三三年（東京上野）、三四年（杉山家）、三六年（神戸）、三七年、三八年（正平からの別れのたより）、三九年と、正平との思い出を何層にも重ねて述べることで、深刻で悲愴なものとなるのである。

　露子が、正平とのかなわぬ、それでも一縷の望みをかけての恋の成就への期待と、杉山家を守る使命から婿取りを強要する父親からの圧力との間で揺れ動いていたのが、明治三八年であり、いよいよ自分の希望が打ち砕かれることになるのがその年の後半、正平からの決定的なたよりであったのだ。

## （三）結婚観の披歴

　露子は、米谷照子に泣きごとをいい、『明星』や『婦女新聞』、『婦人世界』で、恋の嘆きを訴える一方で、孤独に甘んじることなく、現実の社会へ出ても生き、社会問題への提言も試みているのである。露子は「自分一人の部屋」で恋の思い出と同時に社会への発言をもつづったのであった。

　日露戦争勃発以来、戦争に関して非戦・反戦の考えを発表したことについてはすでに述べた。彼女の身近な問題は、やはり、自分の結婚問題であった。彼女の結婚観・恋愛観が端的にわかるのは、『婦人世界』明治三八年（一九〇五）一〇月一五日第五三号の「野菊の径」という小品である。

　自分の意志でなく親の強要で結婚した美佐野という女性に、友人である小早川樹雄なる農学園の園長が、女ゆえに仕方がなかったとはいえ、美佐野の強制結婚がおそらく彼女に恋していたであろう水上を死にいたらしめたことをにおわせながら、自分の結婚観をのべている。「僕は思ふのです、一体現今の社会制度のもとに於て人生の幸福なるものが幾らあるかと、結婚制度がすでに然うです、木像でも石塊でも無い以上、それぞれ本能的性情の活動ある男女を、義理の人情のと、虚名の美に眩惑させて、強ひて自己を偽り飾らしめてなほ昼笑ひ夜半泣くの愚を成さしめつゝ、有るのです」という部分である。近年、木村勲が、「農学園園長の小早川樹雄」のモデルは、露子の小学校時代の同級生でのちに政治家にもなった、田中万逸ではないかと指摘した。(4) 万逸は、明治三三年に大阪府立農学校（現大阪府立大学農学部の前身）を卒業、何冊もの農学関係の著作をものした。(5) ここでは小早川の言葉を借りて、作者露子が自身の結婚観・家制度への反発を示している。

家永三郎が露子の自伝とともに手にした浪華婦人会の機関紙『婦人世界』に注目し、露子に承諾を得て、『数奇なる思想家の生涯　田岡嶺雲の人と思想』に引用した作品がこの「野菊の径」である。明治三〇年代に、女性の目で結婚制度の矛盾がしかととらえられていることに家永は驚いたのであろう。私は、露子が、家制度に翻弄された女であるからこそ得た視点であると思う。

小早川樹雄のいう「本能的性情」とは、「幸福とは何ぞや、吾人の信ずる所を以て見れば本能の満足即ち是のみ。本能とは何ぞや、人生本然の要求是也」（高山樗牛「美的生活を論ず」明治三四年）を踏まえていよう。本能としての性欲を是認し、それこそが幸福をもたらすという意見である。露子の読書範囲の広さを語るものでもある。

また、「昼笑ひ夜半泣く」は、結婚した女が夫の不品行を嘆くことの謂いであろう。管野須賀子は、廃娼運動を推進した矯風会の指針に基づいて、廃娼を訴え、男性の不行跡を追及した。彼女は「結婚を急ぐ勿れ、売買結婚に甘んずる勿れ、而して己れの修養に勤めよ。斯くて始めて理想の家庭をつくるを得べし。奮起せよ婦人、磨け肘鉄砲を。―（幽月女　明治三九年四月一五日『牟婁新報』第五八〇号）などと、夫の不誠実を徹底的に糾弾、女性に檄を飛ばしている。

自分の意志で結婚相手を選べない、家制度にがんじがらめにされる脅迫結婚（強制結婚）に対抗して、個人の自由に基づいた「自由結婚」の主張が、この時期、社会主義者や啓蒙家の間で盛んになされていた。一夫一婦制や自由結婚は、すでに民権論者の間で議論されていたし、小説における自由結婚のテーマは、たとえば明治三六年の小杉天外の『魔風恋風』や明治三八年から三九年の小栗風葉の『青春』で大きくとりあげられていた。しかし小説では、ことごとく自由恋愛は失敗し、脅迫結婚がかえって女性に家庭生活の幸福をもたらすという、理想と現実との断絶があらわにされた。佐伯順子は、これらの小説には「社会の不寛容に抗して自由恋愛を実践しようとする女性は処罰されるべきであり、おとなしく「脅迫結婚」に従って家庭に入るのが女性のあらまほしき姿だとする、当時の日本社会の要請が反映している」と指摘した。(6) 露子の作品の内容は、小早川という男性が、相思相愛であった女性が自分とは違う相手と結婚してしまい人生の煩悶も加わって自殺した親友の水上に代わって、自分の生き方を貫かなかった美佐野を暗に批判している、と読める。もちろん、水上の自殺が失恋ゆえか、当時の青年たちに蔓延していた煩悶病ゆえかは定かではない。

「野菊の径」の美佐野の結婚を、露子自身に引き付けて言えばどうであったか。

小早川樹雄のモデルが露子の幼なじみである田中万逸であろうと示唆した木村勲が、万逸が明治三八年四月、『天鼓』（田岡嶺雲主宰）に田中花浪という名で発表した短編小説「生道心《なまどうしん》」を紹介したことは既に述べた。この「生道心」の内容は、主人公の女性、川島園子が軍人と結婚するが死別、結婚前、香川敬二という今は画学生として将来を嘱望されている同郷の青年に恋していた。たまたま彼が彼女を訪れた際、若い未亡人の園子は心揺れる。この作品では、女主人公の「こころの揺れ」がテーマとなっているようだ。万逸と露子は、小学校の同期であるが、同じく幼なじみに安江不空という、後に画家になる男がいた。(7) 不空が露子に恋ごころを抱いていたことを万逸は知っており、園子に露子、敬二に不空を重ねたわけである。『天鼓』を読んだ露子は、万逸のメッセージに気づき、『婦女新聞』同年五月号「はがきよせ」に「天鼓三号の小説の作者田中花浪様とは、とはもしや河内は富田林の……さにておはさずや御存じの方もおはさばお教えたまへもしさならば君にてあらば故ありてわざとのおとだえのしばらくに御進歩のあといと〳〵しげきけふのみ筆誰よりも〳〵うれしとよろこび見るもの御身の友のこゝにあり候とだに……（石川びと）」と投書している。そして、「生道心」に呼応する短い作品を露子は『婦人世界』（浪華婦人会の機関誌）同年一〇月の「野菊の径」として発表したのであろう。この美佐野は誰で、水上は誰かは万逸と露子のみ知るというところであろうか。「野菊の径」の美佐野は自殺した水上の俤を抱きながら鬱々とした生を送ることになるのか。夫にも裏切られ失意のうちにはかなく死ぬのか。脅迫結婚故に不幸であったのか、そうではなく結構幸せに暮らすのか、等々は語られないままである。本能主義や煩悶といった当時の流行語をまじえるよりは、脅迫結婚と自由結婚に引き裂かれる主人公たちの内面を描けば、露子の言う「わが志はむしろ文章に在った」ことが証明できたかもしれない。

注1　米谷（古月・天野）照子は、昭和三八年から、露子からの手紙を自ら主宰する雑誌『無派』に掲載した。松本和男が『石上露子をめぐる青春群像』（二〇〇三年私家版）でまとめて紹介した。以下、米谷照子宛露子の書簡はすべて松本和男の著書による。原本は神奈川近代文学館にあり一部は筆者も見ることができた。

注2　露子はこの時期、この「友信欄」をも主宰しており、ここではしら露というペンネームを使って、読者欄を盛り立てるとともに、自己の心情を文章に記してもいる。

注3　この歌の類歌として、明治三五年一二月の『明星』に山川登美子が、「弦きれて壁にはらはぬ琴三月二十歳の我に歌は無き暮」と詠んでいて、晶子がこの秋、鉄幹と結婚したことへの悲しみをつづった八首の一つである。これを露子は見ていたのだろうか。

注4　木村勲　二〇一七年六月一〇日　富田林市第七回「露子生誕祭」文学講演会での講話「甦る文学青年像、田中万逸と石川びと」

注5　田中万逸が大阪府立農学校（現大阪府立大学農学部）で学んでいたことは松本弘氏の発掘による。

注6　佐伯順子『「色」と「愛」の比較文化史』5、「ラブの挫折―二つの女学生小説」（一九九八年　岩波書店）

注7　安江不空（清廉、廉介）は、明治一三年生れ、露子の幼少期の大阪時代、不空の姉と親しく、露子が富田林に帰ってから同じく不空も富田林に転居した。後に根岸派の歌人となる。また画家でもあった。杉山家とも親しく、露子を詠んだ歌がある。耳が不自由であった。昭和三五年没。

# 第八章　啓蒙家・露子

『光』第 19 号明治 39 年 8 月 20 日　第一面

## （一）露子の本心

「浪華婦人会」での活動については、すでにふれたが、ちょうど、日露戦争下の明治三七年から三八年、そして三九年四月ごろまで、露子は機関誌『婦人世界』の編集を担当すると同時に読者欄「友信欄」をも主宰、『婦女新聞』では明治三九年一月以降作品は掲載されず、代わって、『婦人世界』での活躍が顕著になる。自身の境遇を超え、結婚制度や家制度への社会的言及が盛んになってくるのもこの時期である。この『婦人世界』での作品は特に、社会性・思想性が深まっている。つまり、自分が置かれた状況が、抜きさしならないものであるがゆえに、その状況を生み出している社会制度とはいったいどんなものなのかという認識へと目を開いていくのである。このことこそ私たちが露子から学ぶべきであろう。

「落葉のくに」では

―平民新聞が配達されると云ふだけでそのすぢの眼が光る。人の心を変にゆがめる。宮崎滔天氏（宮崎民蔵の誤り）の来訪をうけてよりは、ことにそれがいちゞるしい。もつとも平民社に集ふ人々より個人的な文通がしげくあるせゐもあらう。同志と云ふよりむしろ乙女の身の、と云ふのに興味をもち出した人もある。私はそんなものずきな、気まぐれものでは無い。もつともつとこの問題を得心のゆくまでほりさげて自分の物にして見たいからなのに。今日も警察署長が来訪、いたづらつ児の火なぶりの様に云はれる。この温厚な署長とお父様との二人を見て私はかへつてお気の毒でならない。(1)――

露子は、明治三六年一一月発刊の週刊『平民新聞』を、少なくとも明治三七年日露開戦直後に『婦女新聞』の広告を通じてすでに読んでいたであろうと思われる。

家永三郎は自身の学問的関心事である、社会主義者との交友関係に注目したが、松村緑は、『明星』の浪漫主義文学運動が社会主義思潮の既成道徳や社会制度に対する反抗的精神という点において共通性を持っていたこと、露子の社会主義的関心はその生来のヒューマニズムが基底にあるとみた。私は松村の見方に近いが、彼女の告白から、ヒューマニズム一般というよりも、そこにフェミニズム思想を見る。しかも、それらは、生来のヒューマニズムが、さらに社会主義者たちの言説を理解した上でのそれであったと考える。つまり、「この問題」、国家による個人抑圧―具体的には、家族制度・国家・戦争・貧富の問題と経済・政治・社会の様々な問題を、女である私も男性と同等に考えたいという欲求、それが、乙女であるというだけで枠外に置かれることの理不尽をなげいたのである。大地主の娘の気まぐれではなく、真摯に「この問題」を掘り下げたいという信念があったにちがいない。

代々の大地主の家系に生まれ、経済的に何不自由ない暮らしをするなかで、彼女は、納米日に列をなして自家に運ばれてくる米俵の数々の裏面に悲惨な小作人の生活を思う。露子は、社会主義関係の新聞や書物をよりどころにしつつ、想像力を駆使し、思考していった。

先述したように、田岡嶺雲主宰の『天鼓』も読んでいた。生殖を生物の大目的とし、その意味で女性を男性の上位に置く嶺雲の思想を露子はどう理解したのだろうか。

管野須賀子が明治四三年大逆事件の調書を取られたとき、田岡嶺雲との関係を問われ、「田岡ハ社会主義者デハアリマセヌガ只主義ヲ味ツテ居ルト云フ位ノ人デス」といっている。[2] 須賀子の言うように、露子もまた、社会主義を味わった程度であったかもしれない。しかし、須賀子とは違った形で、フェミニズム思想を披歴した。露子の恋愛観・結婚観をみると、「平民社」の人々への親炙、『平民新聞』やその後継誌の購読とその熟読の過程がよみとれる。

そのうち、『直言』については、明治三八年六月二五日米谷照子宛石上露子書簡に次のような箇所が見える。

「婦人世界、あれ昨秋のよりお送りするやう会の方へ言ふてやつておきましたれば、それから直言、あれをいつでもようござんすから　大和国宇智郡坂合部村大字中　山県ちか子[3]まで送つておいていただきたう…」

『直言』とは、週刊『平民新聞』廃刊（明治三八年一月）後刊行された「社会主義の中央機関」誌である。[4] 直接送付してもらうのは憚ったのか、四年前にすでに大和の山縣家へ嫁いでいた二歳下の叔母親子《ちか》宛に送るように要請、親子《ちか》経由で手に入れた。ここからわかることは、少なくとも、米谷照子、山縣親子の二人も『直言』に触れていたことになる。あれほど社会主義雑誌が官憲の手によって廃刊に追い込まれる時代、地方の若い女性が読んでいたかもしれないということは驚きである。確かに、『直言』第二巻第一二号明治三八年四月二三日「婦人号」第二面「日本の新聞」欄、「女学生と社会主義」において、文部省の女学校への介入や、学校での検閲、書籍の制限を批判し、女学生の中で社会主義者がいること、また、某々高等女学校で「直言」が回覧されているとの記事がある。若い女性たちが良妻賢母思想に取り囲まれるがゆえの逆反応であったのかもしれない。

## （二）社会主義者たちの恋愛・結婚観の影響とその展開

恋愛や結婚に関しては、すでに週刊『平民新聞』において「自由恋愛」についての議論がなされている。石川旭山（三四郎）の「自由恋愛私見」（明治三七年九月一八日第四五号）では、「すべての男女が好むにしたがって相愛し、好いた同志が同棲すること自由なる、即ち是を自由恋愛となすとする」英国人の説を紹介し、しかし男女の愛は不変ではないゆえ恋愛の自由は根本的に撞着していると述べる。しかしまた男女の離合が頻繁になり社会の秩序風習が紊乱するというのも杞憂だという。今の結婚がすべて虚偽に行われるのに比べればよりましだというのである。ここで強調されるのは、自由恋愛論が、財産を目的とする結婚や階級を目的とする結婚や勢力を目的とする結婚への反措定とされていることである。また、堺利彦は、「自由恋愛と社会主義」という評論（同三七年一〇月二日第四七号）で、「自由恋愛」とは、普通の夫婦制度と異なる男女関係であるとし、そのなかでも近世（近代の意であろう）自由恋愛とは、「ただ単に愛するがゆえに愛すること」しかし、この実現は、男女が経済上の独立を経たのちでなければならないとし、社会主義がすべてに経済上の自由をあたえてこそ実現できるという。自分は「自由恋愛」に賛成だと明言している。

「自由恋愛」や「自由結婚」というテーマは、『直言』でも引き継がれる。露子が『直言』を読んでいたことは明らかであるが、この『直言』では結婚や恋愛に関してどのような記事があったのであろうか。

「結婚とは何ぞや」で、白柳秀湖は、「家門」「私有財産」を守るための結婚では、女子は子を設けるための機械であって、愛は犠牲となる。共産的大社会が組織され私有財産のための家庭組織が消滅すれば、男女の愛は永遠になり、恋は結婚に終わらない、結婚すら不要となる（明治三八年二月一二日第二巻第二号）と述べている。木下尚江は「恋愛中心の社会問題」（明治三八年四月三〇日第二巻第一三号）で、文明批判と恋愛の生命謳歌をこと挙げしている。

第二巻第一二号（明治三八年四月二三日）は「婦人号」である。露子の照子宛手紙文にある「直言」は、おそらくこの婦人号ではないか。「婦人号」は特別に緑のインクで印刷され、「婦人問題」について特集を組んでいる。第一面に「醒めよ、婦人」という題で木下尚江の論説が載る。

> ―温良にして聡明なる我日本の婦人諸君、吾人は常に諸君の理想を聴きて喜び且つ悲しむもの也、諸君の理想に曰く、『我等の天職は家庭に在り、社会の事業は男子の当に負担すべき所、況んや粗暴陰険なる政治の事に於てをや』と、吾人は諸君をして諸君の理想を成就せしめんことを欲す、然れ共社会の大勢は時々刻々諸君の理想を破壊し行くを如何にせん、而して今や諸君自ら奮然躍起して、其の最も嫌悪する政治の大業に指を染むるに至れるを看よ（以下略）―。

そして、戦争が家庭を破壊したこと、戦争のために女性がやむなく政治的事業に参加することになったこと、たとえば愛国婦人会、家計からの献金寄付、傷病兵の看護、「義戦」「万歳」と叫ぶなどは、ある意味で戦争が、これまでの「われらの天職は家庭に在り、社会の事業は男子の負担」「政治は女子の事に非ず」といった婦人の信念を、まさに裏切るものとなったゆえ、むしろ戦争に感謝すると皮肉る。ただ、日本女性が戦争の何物かを理解していないと批判した。悪のロシアを善の日本がやっつけるという義戦というとらえ方に警告を発した。

—勿論吾人自身は金看板の非戦論者なり、然れ共吾人は他人をして厘毛だも我が信念を侵犯せしむることを容赦せざるが如く、又た諸君の自信に対して満腹の敬意を表す、然れ共諸君が余りに見易きの理を心着かざるを傍観しては、義として黙過すること能はざる也、少なくも諸君は覚悟せよ、戦争は決して偶然に破裂するものに非ず、而して戦争を爆発するの怪焔魔風は、平素不断に社会の表裏両面を支配して、百般の喜劇と悲劇との吾人の眼前に公演しつゝあることを（以下略）—

戦争とは決して偶然に起きるものではない、平素の社会の表裏両面を支配して百般の喜劇と悲劇をあらわすのだ、文明の発展とともにしだいに貧富の差があらわれ、生活の苛税が多くの犯罪者を生む結果となる。文明の発展によって、貧富の差が生じること、文明的罪悪と近世的戦争とは無関係ではないことを述べ、戦争のために破壊されていく貧民の家庭、それは読者婦人たちも同じ、人生一切が政治問題であるという。米・塩・絹の値段、放火・窃盗・流産・首吊り・殴打創傷も国際問題もすべて政治問題である。結婚・離婚もしかり、婦人の涙は「恋愛の屈辱」ゆえだろうが、人生社会の観察、評論、改革すべては婦人の敵、物質主義、個人主義である全人類の敵である。ここにおいて木下は自分と婦人とが手を結ぶことができるという。「社会党のごとき国賊奸物と握手するを恥づ」というならば、自分はどこまでもあなたたちを苦しめることになろう。とむすび、婦人の自覚を促している。

露子が、四月二三日の「婦人号」を読んでいたと私が推測するのは、野うばらの署名で『婦人世界』第五〇号（明治三八年七月一五日）に掲載された「しのび音」にその影響を見るからである。

しのび音　　野うばら

それはまうもとより、何も私だつて、厭世じみた悲観的なのを好いと申すのぢや御座いません、けれども、いまの社会にしてあまりに無意味な楽天的な、語を更えて申さば呑気らしい、その方々の多いのを見ると、唯まうはかなくなさけなく成つて、どうすれば慿うもと、いつそ其のお美しい笑顔をものろひたい様に私は成るので。人様はまるで気狂ひじみた児だと仰るのですが、あるいは左様でも御座いましょうか、境遇が生んだ人生観が、幸か不幸か涙多い性と一つに成つて、けふはまう、われと自らたとしへのない煩悶の子、花を見ても鳥を見ても、その美しいいとほしい色音のうちに、早や迫害の魔の手が人の世ぶりにせまつてるのが思はれるので、まう私は悲愁《かなしさ》が先きに立つので御座いまして。

もとより人の世なれば、おもひなげなる皆様が笑まひのかげにも、血に泣く涙の幾万々、おありあそばすとはよく存じては居りますが、けれども、それでも、たゞ人しれず泣いて〳〵、はては悲惨な最後の手に逝くまでも、そうあらしめた人生の、あらず、社会のそれを解き破ぶらうとはなさらず、たゞおとなしう、とこしへに醒めない死に行つておしまいあそばす方の多いのが、私はあまりにまた、はかないやうなくやしい様な思ひがいたしますので御座います。

なぜなれば、何故なれば社会はかうと、その源を一度お考へあそばしたら、自分はともかく、幾多のいとほしい同性が、同じ運命の手にさいなまれ行くをそれをまあどうして平気に見すごして居られましよう。

孤閨に泣く貞節な奥様、貧苦に泣つ破衣の少女《をとめ》、さては、浮世のきづなを佗ぶるやさしい愛人、月の夜も花の夜も、春にも秋にも自然はいつも美しい気高いなぐさめを逆つて居るそれにもかゝわらず、恷う世の中にこの恨みの絶えせぬのは、あはれ何も現代の、社会制度の然うあらしめる罪では御座いますまいか、

と申さば何をまあもの好きな、昔より女はかうと何も定まつてある世にして、しかもこの平和な、涙のうちにもまた云ふに云へないなぐさめのある社会にと、皆様はきつとお嗤ひあそばすで御座いましようが、さはれわれひとり、花はいつまで盛りで御座いましようぞ月いつまでまどかに匂ふて居りましようぞ、何事もあす知らぬ桜花の、夜半の嵐の一度み袖にふれもいたしましようなら、栄えも望みも同じう枯るゝ野べの小草の、いづれか秋の御座いませいで。

よしさならずもあれ、われにあらずも、由来愛をいのちと生ひ来つた私ども、笑みも涙もたゞともすればよう道草を遊ばす異性の方のおあとにのみ、従つて参るのがあながちの名誉だとも御座い

ますまいに、

何故皆様はけふにして、まことの女性とは醒めて下さらないので御座いましょう。御覧あそばせ御国は今戦勝国の、よろこびはわれも人も狂ふばかりなそれにつけても、あゝ思はれるでは御座いませぬか、歓喜の声のかげにかくれた痛苦のさけびの。

私は然う存じます、けふの御園の内に花とたゝへられた、彼の愛国婦人会や赤十字社の篤志看護婦のそれこれ、血ある涙ある、いかにも美しき会には相違御座いませぬけれども、そこに心より戦争なるものゝ真義をさとつて、堪へ得ぬ憂ひにそゝぐ同情のまことゝ、人道のためにつくしてお居であそばす方がはたして皆のそれで御座いましょうか、たゞわれも文明国の婦人と云ふ、軍国のためにつくすと云ふ、花の様な実のない空想のそれに引かれて、お胸にかゞやかし給ふあの星の様な美しい会章とは、あはれ虚栄を慕ふ私共女性が弱点をよく現《あらは》したそれでは御座いますまいか。

もとよりいまは平時とちがつて、これも私ども女性が取るべき業《わざ》の一つでは御座いますけれど、何故皆様は日々の新聞紙の報道以外、いよ〱はげしい社会の生存競争の裏にかくれたまことの涙の上に、その天職をはたそうとはあそばさないのでしょう。

一度《ひとたび》、この戦雲の納まつた後は、けふの同情ある皆様のおやさしい手はかならず、きつとふたゝび文学や美術や、貴族的な華やかな、その夢を交際場裏にお求めあそはして、おいたはしうも花や月や、そこはせめても御家庭のわづらひ、人生のなげきを、忘れやうとばかりあそばすのでは御座いますまいか。

あゝはたしてさらば、それが我世のための祝福だと申すので御座いましょうか、あゝこのやうにおとなしう煩悶に遠い皆様とは、はたしてそれが永久《とこしへ》にみ上に御幸福なるお名なので御座いましょうか?。――

（明治三八年七月一五日『婦人世界』第五〇号）

これが「しのび音」として、露子が戦争や国家について明確に意見を述べたものである。

読者は、先の木下尚江の檄文と、その内容において、ほとんど等しいと思われないだろうか。戦争というものの本質が、社会の表裏で百般の喜劇と悲劇をあらわすという社会主義者の言を受け「社会の生存競争の裏にかくれたまこと」にこそ目をむけよと露子はいう。「醒めよ婦人」そう、なぜ「まことの女性」として「醒めてくださらないの」かと、露子はいう。なぜ女性が本当の天職を果たさないのかと、表面上の文明国のわれわれ婦人の生き方へと展開させる。木下が女の天職を皮肉ったのに対し、露子は、実のない空想や虚栄を排して、日々の新聞報道からもっと深く生存競争社会の裏面にある矛盾に気づくことを天職とすべきと、真面目に女性に向けて叱咤しているのである。つまり、木下が「婦人号」で女性に向けて「恋愛」も政治問題だと抽象的に述べたのに対し、さらに身近にわかりやすく、女性の立場として、道草＝男の不行跡、に涙をかくしてつき従うだけが名誉ではない、と説く。女が、表層にあらわれた事象だけをうのみにすることなく、自分の頭で考え発言することの重要性を訴えて、露子の文章のほうがよほどかみくだいて述べている。露子は、『平民新聞』や『直言』をうわすべりに読んでいるのではなく、自分の思索を深めながら読み、書いた。女性の弱点に目をそらすことなく、本来の天職―社会問題に目を向け行動すること、それは、同じ慈善運動をするにしても、単に物品や金を寄付することに終わらず、明確な認識を持ってすることを訴える。これは後述する「あきらめ主義」で展開する露子の意見だ。木下の漢文口調ではない、美文調で、やさしくしかし、強く、戦勝として皆がよろこびに狂っているこの時期、「それにつけても、あゝ思はれるでは御座いませぬか、歓喜の声にかくれた痛苦のさけびの。」まさにそうだ、戦争下での裏面に隠された人々の苦しみを見ず、それを個人の家庭だけの幸不幸に一喜一憂しておわる女性のなんと多いことか。そこから抜け出して社会や国家や戦争に考えをいたすことを露子は訴える。

ここで「婦人号」を少し紹介してみよう。三面記事的ニュースでは、貧困の為、肉体さえ売らざるをえなかった女殺人者や、社会が恋愛の自由を束縛した結果の堕胎や情死の記事、貧困のために万引きをする女たちの記事もある。新聞雑誌の発行を妨害する「狂愚なる政府」。その他、世界の新聞覧では「英国婦人選挙権」で英国での婦人参政権運動の歴史を、またベルリンで催された婦人選挙権大会の記事、英国の消費組合をおこなう婦人、モスクワの女中の同盟罷業、などがみえる。「桃紅李白」では「下婢問題の解決」「女の土方」、「賤業者の子女排斥」では賤業者の子女を入学させることについて、三輪田女学校は歓迎し、女子大学は検討中、跡見女学校は禁止、女子職業学校では禁止、と述べ、良家の子女が影響されるとの意見の愚を指摘、勉学したい者に開かれるべきとある。第六面では「社会主義の婦人運動」―平民社で行われている婦人講演、普通選挙（男女）運動、女性が政治活動の自由を要求する請願、婦人伝道隊―平民新聞や直言を売る「一万八千の女教員」「探偵さんとお花見」など。

この第三面では、如何にして社会主義者となりし乎、の女性版があり、菅谷伊和子、延岡為子、松岡文子、神川松子らの回答が見える。社会主義者と自認している彼女たちは言説よりはむしろ行動の人々であった。(5) 彼女たち平民社の女性たちは、夫や恋人である社会主義者たちをじかに支えることで、自分たちの思想を鍛えていった。しかし、露子の場合は社会主義者の対極、大地主の娘の立場、周囲に何ら導いてくれる者のいない、徒手空拳のなかでの発言であった。彼女が、この時期、社会主義関係の書物をむさぼり読んだことが想像される。

第五面から六面にかけて堺利彦の「婦人問題概観」が掲載されている。堺は、結婚制度の歴史から説き進め、現在社会の男女関係は、私有財産制度が発達して経済的権利は男子の手に握られるようになり、女子は男子に依頼して衣食を得るようになった。ともに女子は夫の私有物となってしまった。社会主義が行われて女子が経済上の独立を得ることになれば、私有財産を中心とする今日の家庭制度は一変し、結婚制度も大きく変化すると述べる。婦人の地位を高めるためには女子教育を盛んにし、女子に職業を与え独立させることだと述べる。結論としては女子に自己の境遇を自覚し、社会主義に向かうべきとしている。

署名霞（原霞外か？）による、エンゲルスの『家族・私有財産・国家の起源』の第二章「家族」の一部分の邦訳まで掲載されている。

第八面では「さくら宗吾」（そろり）と詩「梭の音」。堺枯川による「平民社より」—堺が妻を亡くし娘を預けて平民社に住まうようになって、松岡文子や延岡為子が勝手方を担当、平民社社友の妻たちが出入りしており、それを堺は花にたとえている。女性を「花」とは、社会主義者にしての女性に対する本音が垣間見える。

第九面には「同志の運動」の紹介である。寒村の東北伝道行商日記、原子基・深尾韶の甲信越伝道行商日記、平民社や大阪平民社での社会主義研究会、その他、常陸、函館、信州神川村、下関、岐阜でも社会主義研究会や講演会朗読会、婦人会、運動会などが行われているようだ。そして、「恋ごろも」より転載の、与謝野晶子の「君死にたまふこと勿れ」がある。

社会主義者の男女平等は、私有財産を守る家制度ゆえに女性が自由に結婚できないのであるから、私有財産制度が消滅し、社会主義社会が実現すれば解決するとの見方である。一方、社会主義者とはいえない露子は、この点においては、必ずしも、楽観的ではない。たとえば、先述した「霜夜」において、「あゝかの人々に聞く理想の郷の、それがはたして何日をまちてか、わが世の幸に見るよろこびの日と来るのでしようか。」といい、「落葉のくに」では「革命の火はとほい遠い　山のかなた」といい、社会主義者たちの革命言説を手放しで期待しているわけではない。それは、自らの地主という境遇もさりながら、彼女の根本にあったのは弱い女性の自主独立であって、女性解放が社会主義社会の実現によって可能になるとまでは考えていなかったからである。

露子が週刊『平民新聞』や『直言』を読み、社会主義者たちによる恋愛観・結婚観を自分の問題としてとらえ、さらに思索を深めていったことには目をみはるものがある。たとえいくら読書量をふやしても、自分の頭で考えなければそれは生かされない。私は、露子の大地主としての家のありかたと、実母との別れ、妹の早世、恋のなりゆき、父親との確執、といった外的内的環境とともに、幼いころからの、自己省察、自己を対象してみる姿勢に注目する。

## (三) 露子のフェミニズム

「落葉のくに」は、老年になって追懐した自分の一生であるので、そのままうのみには出来ない。しかし、ところどころ、彼女の存在のあかしがある。

そこには、幼いころからの、男に支配されまいとする異常なまでの、結婚への忌避意識がみられる。

「落葉のくに」にある回想、

おおきくなつたら　およめさんにもらふ
あの子が云ふ　　この子も云ふ
それでも少しきまり悪るげに
そんな言葉をきくたび　ぷりぷりする私

四つ辻をまがる長い袂のふりから真白いゴムまりがころげ落ちた
それをゆきずりの見にくい男の子がひらつてゆく。

私はまりになりたくない。

幼少期のたわいもない思い出、しかもそれは老年になってからの脚色があるのだが、真白いゴムまりのようなけがれのない乙女が、見にくい男の所有になることへの嫌悪感、彼女のなかには、嫁に行き（婿を取り）、男の支配下におかれることへの拒否感が潜在的にある。常識的には、当時大家の娘でなくとも、二〇歳をすぎた女性が独り身でいることが異常であったため、両親からの結婚の要求は当然といえば当然であった。しかし、『婦人世界』「友信欄」ではこのように述べる。

―あゝ嫌や嫌や現世は嫌や家庭ですつて、名は美しいけれども、その名の通りにはたしてそれは美しいもので御座いましようか、物質界のけがれた分子はまぢつて無いとはたしてあなたは仰しやる事が出来るでしようか、うつくしいのはひとりゐの夢（とつがずゆかず天童の）―

（明治三九年四月一五日『婦人世界』第五九号）

「とつがずゆかず天童の」という語句は、薄田泣菫が「鉄幹君に酬ゆ」（『ゆく春』所収）で書いた「煩ひ多き世を避けて　いま詩の領に甦る　娶らず嫁かず天童の　潔きぞ法と思ふもの」を「とつがずゆかず」と女の立場からいったものである。蒲原有明はその警句を「めずらしい、面白い」、とし、芸術家かたぎの議論が出れば面白いと語っている。(6) この「とつがずゆかず天童の」の言葉は、結婚・出産後緒方産科婦人科病院院長緒方正清の著書「婦人家庭衛生学」の紹介文にもみられ、ずっと露子の頭の中にあったことである。そうならば、露子もまた、芸術に殉ずることを現実の結婚よりも上位に置いていたのであろうか。

「雨夜の品定め」ならぬ品定めの夜、叔母たちに「たかさんは『源氏物語』の明石の上に似ている、気位の高さもね」などといわれ、「さらばわたつみのそこに入るべきか」と小娘の露子は考える。明石の上の父親が願ったように、凡庸な男のものになるくらいなら海に入って死んでしまおうというほどの、誇り高い少女であったのか。それではますます結婚相手選びは困難になってくるであろう。彼女にふさわしい相手は、相当な知性と教養とを要求される。結果としては、長田正平が去った今、露子の気に入る相手はいなかった。というより長田正平と仮に一緒になったとしてもうまくいったかどうか。しかし、彼女が幸福でないという自己認識をもったからこそ、作品も生まれたのである。

露子は、恋人との決定的な別れ・結婚（婿取り）を急き立てられるという個人的な問題に苦悩し、短歌では激しい気持ちを詠み、一方で、社会主義者の結婚観・恋愛観（自由恋愛）に共鳴、主に『婦人世界』の記事で強烈な結婚制度批判をした。

## （四）あきらめる女たちへ

私は、露子は、心の奥深く、女として生きることの困難さに拘泥したのではないかと考える。社会主義者たちの恋愛観を自家薬籠中のものにしながらも、女性としての生き方から見ようとする方向を保ち続けていた。

露子は『直言』を読んでいた。さらにその継続誌『火鞭』も見たであろう。そして、明治三九年五月からの島中雄三・下中弥三郎・西川光次郎らのかかわった『ヒラメキ』九月号には「幽影」という作品を載せている。この作品は、非常に難解であるが、失われた恋、見果てぬ詩の夢が描かれている。明治三八年秋のものであり、先述した、長田正平との決定的な手紙ゆえの一連の衝撃が垣間見える。ただ、社会主義的言説はみられない。

平民社の解散の後、社会主義思想誌はキリスト教系の安部磯雄、石川三四郎、木下尚江らの『新紀元』、西川光次郎、山口孤剣らの『光』、堺利彦らの『社会主義研究』の三つに分かれた。このうち、『光』は、明治三八年一一月二〇日に第一巻第一号を発行、「平民新聞―直言―ひかり　日本社会主義中央機関」とあるように、週刊『平民新聞』の正当な直系との認識で発行された。「聖人君子の主義に反対する凡人主義」を標榜し、「友愛」「平等」「正義」を掲げた。そこにおいては、社会主義を評するもの、社会問題を論議するものは多いが、貧民や労働者の実態に通じるものが少ないとし、一切の労働者無産階級のための雑誌であると宣言する。この雑誌では、キリスト教への辛辣な批判が目立つ。明治三九年八月二〇日第一九号の「催眠術的キリスト教（弗箱乎、十字架乎）」（山口孤剣筆）では、日本の教会が軍部や富豪と結託し、労働者階級の人々に阿片中毒をおこさせるように魔術的に「あきらめ」の境地に陥れることを怒る。文士等に「汝清貧に安んぜよ」と「アキラメ的慰藉」を与えるのも（第九号）、宗教家と道徳家が「他人の生活をうらやまなければ平安に生活できる」と説くのも、単に社会主義に反対する論拠薄弱なものである。決して成功主義やアキラメ道徳、天才主義などに迷わされてはならないという（第二三号「社会主義に反対するの根拠」西川光次郎筆）。『光』では「アキラメ道徳」が頻出するが、第二三号から二五号、明治三九年一〇月五日から一〇月二五日に三回にわたって「小供の社会主義　あきらめ島」が掲載された。

内容を紹介してみると、美しい花々の咲く野原でつい眠ってしまった農夫也《のぶや》と露子の二人が、突然赤い衣を着た老翁に連れて行かれ目にしたのは、人間が、恐ろしい赤鬼たちに機械で膏や血を搾り取られていくところであった。農夫也もまた同じ目にあい、自分から搾り取られた汗や膏がすぐに金時計やダイヤモンドや美しい着物やおいしそうな食べ物になる。やせ細ってしまった農夫也がその食べ物に手を伸ばしても届かない。鬼は一番粗末な食べ物をくれるが、鬼にひざまづいて礼をいってしまうほどこれらが自分の膏からできていることを忘れていたのである。「面白や、面白や、あきらめ島は。面白や、面白や、あきらめるが一。長いものにはまかれてしまへ。…どうせ世間はかういふものと、思へば苦もないあきらめ島。…どうせかうなる我身の運といつまでもあきらめつけて行けば、あきらめ帝国万々歳。…」という歌が聞こえてくる。そのうち彼らをしめつけていた機械や鎖が消え、「あきらめ島小学校」に農夫也と露子はいた。虎の皮の褌をしめた先生が、やさしく、「あなたがたは柔順でなければならない。すなおでありさえすればおいしいものも食べられるしいい着物もきられる、こんな学校をこしらえてくださった赤鬼様のご恩をわすれてならない」と言って聞かせる。こんな島から逃れたい二人のまえに赤い着物の老翁が現れ、二人を連れて行く。二人は元の野原に横たわっていた。あきらめ島の恐ろしい経験は夢であったらしい。翌日学校へ行くと、修身の時間「忠義」と

「孝行」について先生は「人はなんでも目上の人に従わねばならぬ」と云った。二人は「これではまるであきらめ島みたいだ」と思う。近所の機織工場では大勢の工女が織ったものは美しい花のようなものであるのに、工女はみんな破けた着物をきている。機械に挟まれて死ぬ工女もいる。叔母さんにその話をすると、叔母さんは「お前たちも社会主義といふ学問をすると、こんなことがわかるようになるのだけれども」という。以前一番好きであった学校の先生は大嫌いになり、叔母さんの所で社会主義の話を聞くのが一番の楽しみとなる、というところで終わる。

深尾韶の書いたもので、荒唐無稽ではあるが、労働者を搾取する資本家、それをあきらめろという学校の教師や宗教家を批判したものである。

露子が、おそらく、『光』の記事や小話の「アヽキヽラメヽ」という語を念頭に書いたと思われる文章がある。彼女のいわゆる進歩思想の代表的なものとして、かならず取り上げられる明治四〇年一月一五日『婦人世界』第六八号掲載の「あきらめ主義」である。しかし、これら『光』に頻繁に出てくる「あきらめ的〇〇」との関連について述べたものは見当たらなかった。「あきらめ主義」は、松村緑の露子遺文として『比較文化』に紹介されたもので『全集』に採られている。全文は、

あきらめ主義

〇〇子

あきらめ主義！　おゝあきらめ主義、何と不思議な奇妙な主義では御座いませんか皆様、こんな不思議な変てこな名の主義なんぞこれまでちつとも聞いた事も御座いませんわ、ねえ皆様、それがね皆様、この美しい現社会にちあんとたしかに実際に存在してるからなほさら不思議、うそだと仰

しやるの？　いゝえほんとうなのですのよ、わかつては居ないけれども昔から然うなのですわ幾世紀の昔から、まう私等人類の上に、まして婦人のかよわい頭上にこのあきらめ主義が植えつけられて、いまでは婦人自らにも習ひ性となつてこの主義のみじめな哀れな、そしてあさましい特色にも気がつかないで居るばかり。そんな事は有りはしないつて？　いゝえほんとうなのですわ、それはまうね、誰しもあきらめ主義なんて、名を聞いたばかりでも腹立たしい、こんな主義にわれから好んで、これがあきらめ主義だから奉守すると、そんな酔狂な人は御座いませんから現に自分等の奉旨してるのがそれだとは気がつかないでゐたのですけれどね、よう〳〵お胸に手をあてゝ考て御覧あそばせ、この人世に於てわれら婦人をめぐれるすべてのおきては、みんなあきらめ主義の変化の影に外ならないので、

早い話がこゝにひとりの少女があつたといたしませうね、この少女、生れ得てうつくしい、得がたい天与の幸ちの才色があるにもかゝはらず、その日暮しの貧家の子なるばかしにその天才を開発すべきほど〳〵の教育も得うけず、富みて驕る隣家の娘が音楽会々場いさゝかの芸能にも、彼の権門に屈し富貴におもねる世人がやゝもすれば進んでさゝぐる嘆美の声に心酔ふ間を坦にかくれてむなしう悲運の涙に泣いじやくりするのを見ても、可愛さうながおあきらめよ、と誰れ一人敢てかへり見もしないでは御座いませんか、それにまた名を美しい慈善にかりて婦人のはかない虚栄ごゝろをともすれば満足さする具に外ならずあやまたるゝこの慈善音楽会と云ふもの、一たいまあ慈善と云ふものはどうしたところから出来て参つたものだとお思ひ遊ばします。薄幸な工女や工夫や、さ

てはいじらしい貧民の子弟等が見る目も苦しき労働より生じた幾多の血しほの、黄金と化して再びをまた、彼等が上に帰りゆくのに外ならない。取つたものをこゝに返す、何のそれが誇るに足るべき事で御座いませう、慈善事業の気高さのなんのと、何がさまでに讃嘆に価いたしませうぞ、それも最、取つたすべてを立派に彼れらに返すとならば当然ゆくべき正しい道の名にもかなひませうが、そうでは無い、富家の娘が学芸を学ぶのにはた春衣、粧ひ花やかに驕るのにと足る事知らず、したいざんまいふる舞ふたあげくのはての酔興業に、幾万分のたゞの一つを慈善事業と銘打つて、そして世人はうつくしいと讃へて居りますのでは御座いませんか、あきらめ主義に魅せられた貧者の子はそれでもよう〳〵あきらめて運命だからしかたが無いとね、が誰もおとなしとは讃へてくれはいたしません、しるされたる道の石ふみ、さ行くべきが人界ぞと、もし一歩でもふみたがへたならばまう最後、恐しい法律の手は道の罪人と、永久にのごへぬ汚名に囚はれるので御座いますわ、あゝしるされたる道の石ぶみ、いつの世に、誰が手づからしるしとゞめた道の石ぶみでせう、よう目をあけて御らん遊ばせ、あながちに貧しい人の子弟にのみ、つらきばかりの石ぶみでは御座いません、私どもかよわい女性、まして青春の夢あたゝかな、あこがるゝに天ぢへの旅、ともすれば自由の翅切切の幸に帰ろうとする若きもの、ためにと、みんな自分達の都合上、ほどよう割り出して強者がしるしとゞめておいた道の石ぶみ、良妻賢母の名があがなひたくばいかなる屈辱にも堪へ忍びあきらめてたゞこの道行けと、この様にして一生涯、辿つても〳〵淋しい非情な石ぶみの道には、家庭の苦悶も人生の悲哀もいづこに一ケ所に泣きよるところもないのに意志の弱いものはその内しらず

〳〵涙に枯れてあきらめて石ぶみに添ふ無意識な、ほまれある道の屈従者と成つて了ふので御座いますのですとね、ねえおわかり遊ばしまして、私が呪ふあきらめ主義とはこの様なもの、おわかり無くば又何時なりともお出で遊ばせお話を申しませう。

（明治四〇年一月一五日『婦人世界』第六八号）

露子は、「あきらめ主義」という新造語を紹介する。これは、『光』に出てくる「成功主義」「天才主義」そして「アキラメ的道徳」「アキラメ的慰藉」などからヒントを得たものではないか。その「あきらめ」を、女性が、旧来の女として生きる道徳を、知らず知らずのうちに植え付けられ、それが習性となってしまう哀れな状況を象徴するものとして挙げる。人生における女のおきては、すべてこの「あきらめ主義」によってさらに縛りとなる。そしてここから、貧困という問題へと移る。貧家の子は富者の子との差を嘆いても、「かわいそうだがあきらめなさい」と「アキラメ的道徳」をふりかざされる。これらは西川光次郎の論文や、「あきらめ島」で描出された、貧者を痛めつけながら我慢していれば救いがあるというような宗教者のありかたを剔抉したのと同じ論法である。もう一つ、重要なのが、慈善事業の本質を抉る意見である。薄幸な工女や工夫、という労働者への視線も露子は獲得しており、それら貧者の子弟の苦しい労働から生じた「幾多の血しほの、黄金と化して」―ここにもあの「あきらめ島」で揶揄的に描かれた、労働者の血と汗と膏とが黄金や宝石や美衣に化けるという箇所が下敷きにある。「取ったものを返す」ことが、なんの気高いことであろうという、慈善事業の裏に隠された富者のおごりを激しく非難している。かつて慈善事業を社会問題ととらえた安部磯雄は、明治二八年四月『六合雑誌』において、「富者が為す所の慈善は現社会に恵まれたる寵児が其受けたる恩沢の一部を社会に返却したるものに過ぎず、又之を受くる所のものは現今境遇のために其得べき所の恩沢をも受け得ざりしが為め遂に慈善てう（名ありて実なき）方法により己が得べきものを取り戻したるに外ならず」と喝破していた。露子がこれを読んだとはいえないが、社会主義者の慈善観は安部の認識を継ぐものであった。(7)

露子自身は、実は、慈善事業として、明治三九年三月には、東北飢饉の義捐として慈善音楽会を主催しているのである。私は、想像をたくましくしてみる。露子は決して、日露戦争下で、多く設立された、皇族などをおしいただく慈善会をよしとしていなかったであろう。しかし、明治三九年ごろのやや先鋭化してきた社会主義新聞にみる、キリスト教社会主義者たちをも非難の対象とする『光』の言説に、自らの心の底にあるブルジョア意識を衝かれたのではないだろうか。『光』では、慈善事業を行う者たちへかなりはげしい非難を浴びせている。明治三九年二月五日第六号「政府窮民を製造す」では、東北の凶作にふれ、名義のみの政府の窮民救済掛け声、役人の無責任をいい、慈善慈善とさわぐが、慈善の金は焼け石に小便くらいにしかならない、と、政府の大規模な救済の必要を説いている。また、労働者だけでなく、農民にも目をむけ、土地を国有として耕作地はすべて耕作者の手にあらしむべきとも述べる。（明治三九年一一月五日第二六号「社会主義と農民」西川生）

しかし、「あきらめ主義」で露子が訴えたかったのは、貧者の困難な状況についてもさることながら、貧者でなくても、「私どもかよわい女性」が「良妻賢母の名があがなひた」いばかりに、「強者がしるしとゞめておいた道の石ぶみ」を「堪へ忍び」行く間に、「意志の弱いものはその内知らずく涙に枯れてあきらめて石ぶみに添ふ無意識な、ほまれある道の屈従者と成つて了ふ」ことを憂えているのである。

『光』に頻繁に出てくる「アキラメ的道徳」を、「女性の生き方」へと敷衍し、他人が敷いた、「女の道徳」に従って進むうちに次第に、自分の意見をもつことすらできなくなって、あきらめの境地になる、と述べた。「あきらめ主義」という語が端的にあらわすように、無意識な屈従者になる女の、アキラメ的運命についての論を展開した。露子は、一貫して、「女が女として生きる」ことを問うてきた。「しのび音」しかり、「あきらめ主義」しかり、社会主義者たちの言説に共鳴しながらも、その思想を女の生き方指南へと特化したのだ。

『直言』や『光』の議論と露子の文章を合わせ見るとき、露子は、明らかに、社会主義者たちによる婦人への議論を取りいれ、自分のものとし、さらに、浪華婦人会機関紙『婦人世界』読者に向け、女性の生き方として展開している。一種の翻訳をしているわけだ。啓蒙家としての露子の側面をみることができる。

## （五）露子からのメッセージ

次の文も、彼女のフェミニズム思想としてよく取り上げられる文章、浪華婦人会家政塾の卒業生に向けたはなむけの言葉である。それは一般的な祝辞とは違った、露子独特の若い女性―露子も十分若いのだが―への希望と願いとが込められている。

開き文　君がゆく道（家政塾を卒業の君達に）　末枯草

―いまは春なり、粧《よそほ》ひ凝《こ》らしたる花うつくしきが中へ放たれて今ぞ出でたまふ君達が前途《ゆくて》は洋々たる春の海のごと希望に満ち候ふべし。若き胸の小琴《をごと》は理想の手に奏でられて妙《たへ》なる音《ね》をや放ち候ふべき、うれしき御卒業《おんそつげふ》を先《ま》づ祝しあげまゐらせ候ふ。さるにてもこれより選びたまふべき道はいづれの道にて候ふぞ賢妻良母たるべき素養は既に得たまひし君、こを活用するとせざるが、将来の幸不幸のわかるゝみちにて候ふべし。籠に育ちし雛鳥《ひなどり》は、只広き天地の自由をのみ望み候ふ、花咲き草匂ふ自由境はいかにうつくしく候はむ、されどそこには風も吹き候ふ、雨も降り候ふ、怖ろしき爪研ぎて捕へんとするものも候ふぞや。学び舎《や》は籠にて候ふ。学窓《がくそう》より見る世は楽しげに候ふ、平和にて候ふ、春にて候ふ。さはれこれより歩一歩《ほぼ》世の風に吹かれたまはゞ、そこに悲惨あり、そこに涙あるを認めたまふべし。この涙こそ君達を試むる神の業《わざ》にて候ふなれ。この試みに勝つも負くるもいづれは女性《によしやう》にて候ふ、あきらめてゆくも、あきらめでゆくも、何れは女性《によしやう》にて候ふ、世に呪はれたる弱きものに候ふ。されどあくまで自己を忘れず奮進したまふべきに候ふ、自己は生命なり、自己を没したる人は生存《せいそん》するも無意義也、人の妻となり、人の母となるのみが婦人の天職にても候ふまじくや、平和は欲すべきにて求むべきものにはあらずと存じ候ふ、求めたる平和は失ふ時あるべし。あゝ世に薄倖を泣く人いくたりぞ、泣きてその人は運命よとあきらめ居り候ふ、あきらめなるかな、あきらめは女をして道の美き名を得せしめ候ふ。さはれ幸福はその美名にて購ひうべきにあらず。

　君がゆく道に雲深きを望みたまふ時、かへりみの学生時代のいかになつかしく、いかにこひしかるらむ。あはれ学窓に望みたまひし春の影のいつまでも暖かう君つゝめかしと祈りあげ候ふ。

（明治四〇年四月一五日『婦人世界』第七一号）

　ここでも「あきらめ」という語がみえる。当時の日本女性は、三従—親、夫、我が子に屈従者となって生きること—が美徳とされた。そのなかにおいて、女の生きる道が、妻や母となることだけではない、自己を大切にせよ、女の美徳という言葉にまどわされず、あきらめず生きよ、とはずいぶん目覚めた女の発言ではないか。くりかえし露子はいう。「私どもかよわい女性」は、他からの強制や誘惑に負けない自己を確実なものにすることで、初めて女としての生を全うできるのだと。彼女の最後のメッセージかともとれる「開き文」の激は、自分が両親の希望を受け入れて、婿取りを決めた、つまりは自分がこれまで貫いてきた理想の生き方をあきらめざるをえなかったことへの自己凝視であり、自己反省ゆえではなかったか。それまでに彼女が感じてきたさまざまな女性ゆえの不当さ、女性の力のなさへの再認識である。

私は露子が「私たち女性」ということばを繰り返すたびに立ち止まらざるをえなかった。挙げてみれば、「女なる身のすぐせ」「われらかよわきもの」「幾多のいとほしい同性」「まことの女性」「私共女性が弱点」「女性なるほこり」「をみなとよばれて」「おとなしう婦女はたゞ泣くものぞ」「をんな児なればか弱くて」「あ、女性と云ふにかよわうして」「あ、何故にかくも女は弱きものと」「女はかくても黙すべき運命の弱きもの」「人と生れて弱き女が」など。

なぜ、こうも繰り返すのか。

露子の念頭には、おそらく、父親（男性）に守られることなく家を去った実母の無念さが、「弱い立場の女」として常にあったであろう。結婚後すぐに早世した妹の運命も「弱き女」の行く末として映っていたであろう。そして、自分は、と振り返った時、多くの縁談をかわしながら、一縷の希望を抱いて待つことに徹してきた結果が、結局は、自分の意志ではどうにもならぬ状況を招いてしまった。「あきらめるな」と他にはいいつつ、自分があきらめるより仕方ないのか「あきらめてゆくも、あきらめでゆくも、何れは女性にて候ふ、世に呪われたる弱きもの」なのである。かつて私は、女性を弱いものと規定してしまう露子の本音がよくわからなかった。しかし、今は、この言葉のなかに深い嘆きとあきらめ、無念、そしてそれに対する強烈な反意をみるのである。

与謝野晶子は、『青鞜』を発刊するにあたって、平塚らいてうが創刊号に寄稿をたのみに来たとき、女はまだまだめだと言ったそうだ。しかし、その創刊号では「山の動く日来る。」といい、「すべて眠りし女今ぞ目覚めて動くなる。」と言った。その昔、樋口一葉は、「しばし文机に頬づえつきておもへばわれは誠に女成けるものを、何事のおもひありとてそはなすべき事かは」「われは女なり、いかにおもへることありともそは世に行ふべき事かあらぬか」と苦悩した。らいてうは、結局のところ、一葉を「旧い日本の最後の女」といった。「新しい女」の側からの否定であろう。しかし私は、一葉も晶子もらいてうも、そして露子も、「女であること」の意味を問い続けたのだと思う。

晶子たちは明治から大正にかけての評論活動において、自分たちの「性」を自覚することで、男たちが占有してきた文化芸術空間の動きの中に参入していった。しかし、その参入の仕方が男性と同等であろうとすればするほど、実は男性の、近代の「自己」や「内面」、「真理」や「美」や「人生」という記号表現の中に女たち自身が埋没していった。露子はどうであったか。露子の最後のメッセージともうけとれる「開き文」においては、後半の「人の妻となり、人の母となるのみが婦人の天職にても候ふまじくや」という良妻賢母思想への明確な批判のみがしばしば取り上げられ評価され、「いづれは女性にて候ふ、何れはあきらめてゆくもあきらめでゆくも何れは女性にて候ふ、世に呪はれたる弱きものに候ふ」という部分は切り捨てられる。がしかし、「弱い女性」の強調は、高みから女性たちを叱咤激励しているのではなく、まさに「弱きものそれはわれ」という究極の認識にたってはなたれた言葉なのではないか。露子の結婚がいつきまったかは定かではないが、地主階級の結婚ともなれば、明治四〇年一二月の結婚の一年前には決まっていたのではないかと考えられる。つまり、彼女の檄文ともみえる「開き文」は、それまでかたくなに自由結婚を標榜し、家制度に批判の目を向けていた自己自身に刃をつきつけるものであったろう。自分がモットーとしてきた、主義・生き方をつらぬけなかった自責の念が根底にあるのだ。

露子の結婚が実質的に破綻していたことは「落葉のくに」でもわかり、それは器量の狭い夫ゆえのように受け取られがちである。しかし、果たして夫個人への不満であったろうか。結婚直前に詠んだ歌からは、この期に及んで結婚を厭う感情があらわである。歌はフィクションを詠むことが可能であるにしても、あまりにも激越であったことはすでに見た。それは、自分の恋が成就しなかった、長田正平への思いが強かったからだけなのだろうか。唾棄すべき、金銭や人情や世間体に縛られる結婚を、自らが選択してしまったことへの強烈な悔恨を読み取るべきなのでないだろうか。自分ほどには近代的の女の心の淋しさを知らないと一葉を批判したらいてうは、露子についてもおそらく「旧い日本の女」と切り捨てるだろう。

しかし、露子の「皆見はてぬゆめのさめがたと斗りに、筆も、硯もくだきはてたる」(『助産之栞』大正四年「産床日誌(二)」)ほどの激しい行為が、どうして旧い女の所業であろうか。

「何れは女性にて候ふ、世に呪はれたる弱きものに候ふ。されどあくまで自己を忘れず奮進したまふべきに候ふ」なのだ。この「されど」という逆接の語に託された露子の心情に注目したい。弱い女性であっても、あくまでも自己にこだわって生きよと。そう、結婚する私もせめて自我の砦は失うまいと。

「開き文」が掲載された明治四〇年四月一五日を最後に、露子は、現存の機関紙『婦人世界』から退場する。もっとも、『婦人世界』そのものは、露子が結婚する四〇年一二月まで続き、ひょっとしてぎりぎりまで執筆したかもしれない。そして、この結婚の年には、彼女は、かなり大それた行動をとるのである。『大阪平民新聞』発刊に際して森近運平に百円を寄付したり、宮崎民蔵の「土地復権同志会」に加盟したりしたのも、確実にこれら社会主義者たちの主張に動かされたからであろう。自己の地主階級としての立場があったからこそそれはよけいに心に痛みを伴うものであったろう。

「幸徳傳次郎・森近運平」大田黒英記（『幸徳秋水全集』別巻一所収）にはこのようにある。

「大阪平民新聞ハ斯ノ如クニシテ起リタルモノナレハ宮武外骨ヨリ月々四五十円ノ補助ヲ受クルノ外同志ノ寄附金ニ依テ漸ク之ヲ支持シタルモノニシテ河内国富田林村杉山孝子ハ金百円ヲ寄セ又大石誠之助ハ数度ニ金五十円を贈リタリト云フ」

「大阪平民新聞」は、明治四〇年六月一日創刊である。

また、「続現代史資料Ⅰ」社会主義者沿革Ⅰ（大阪市立図書館電子資料）所収の、宮崎民蔵（「土地均享　人類の大権」）の巡歴日誌によれば、宮崎が土地の平等を説いて回った明治四〇年五月二四日の条に、「富田林町杉山孝子女史加盟ス」とある。

彼女がこのような社会主義者への直接的支援に動いたのは、明治四〇年の五、六月ごろである。この年の一二月に結婚式をあげる露子は、この時点では、すでに婿取りを承諾していたのではないだろうか。

本来であれば、このような「リスト」に挙げられた者は事情聴取をされるはずである。父親が健在で、有力者であったがゆえに、おとがめは受けなかったのだろうか。

同じような例として、群馬の活動家築比地仲助も、明治四三年八月、（九月二六日）大逆事件の指揮官大田黒英記（幸徳を連行した人物）に、前橋署で取調べを受けたとき、皇室の将来について尋ねられ、何も答えられずにいると、大田黒が、「さきのことだから、わからないのだろう」ときいた。「まったく助け船だ」ったと回想している。[8] 彼の父親は村の有力者であり、消防の組頭をしていて警察署長とも懇意であった。同じように杉山家の場合も隣が警察署であり、ちょくちょく署長が露子の家を訪れていた。「今日も警察署長が来訪，いたづらつ児の火なぶりの様に云はれる。この温厚な署長とお父様との二人を見て私はかへつてお気の毒でならない」と露子はいうが、父親と署長の間では、結婚する直前の娘のわがままくらいにしか考えていなかったのかもしれない。

露子の場合もまた、群馬の築比地仲助同様の、名士の父親の威光があったかもしれない。

日露戦争以後、結婚直前まで、女性に覚醒を促したり、社会主義者を支援するなど、露子が思想的にもっとも高揚した時期であった。そこには、やはり、結婚によって自分もまた、「道の石ぶみ」「さかしき道」へと堕ちていくのではという焦燥感が見て取れる。私が、「露子は良妻賢母思想を否定した」といっただけではすまされないと思うのは、革新的であろうとすればするほど、自らの保守性に気づいてしまう、露子の自照の苦しみゆえである。しかし、あの「されど」という語が示すように、あきらめきれない露子がそこにいる。そしてその葛藤こそが、彼女の心性であり、だからこそ、個人から社会へと目を向けることもできたのである。露子は、結婚後はどう生きていくのだろうか。

注1　松村緑の解説では、西川光次郎、島中雄三の贈った写真が杉山家に残っていたとあるが私は未見である。
注2　明治四三年六月五日東京地方裁判所第二回調書（『管野須賀子全集』第三巻所収一九八四年）。
注3　露子の祖父杉山長一郎の娘で、露子より二歳年下の叔母にあたる。明治三四年に大和の山縣家へ嫁いでいた。
注4　ここで、週刊『平民新聞』以降、露子が読んだと思われる社会主義新聞の発刊年月をあげてみる。
・週刊『平民新聞』―明治三六年一一月～明治三八年一月
・『直言』―明治三八年二月～明治三八年九月
・『光』―明治三八年一一月～明治三九年一二月
・『日刊平民新聞』―明治四〇年一月～明治四〇年四月
・『大阪平民新聞』―明治四〇年六月（明治四〇年一一月『日本平民新聞』と改題、～明治四一年五月）
・『火鞭』―明治三八年九月～明治三九年五月
・『ヒラメキ』―明治三九年七月（『火鞭』と合併～明治三九年九月）
注5　平民社に集った女たち、その一人西川文子は、大正二年「新真婦人会」を結成、『青鞜』の女性たちとは違う実践的方法で、女性の解放を求めることになる。
注6　松村緑『蒲原有明論考』（一九六五年　明治書院）所収参考資料による。
注7　木下尚江の『火の柱』でも、「余ってるものが在るなら、無いものに融通するのは人間の義務で、他人が

困つてるのに自分ばかり栄耀してるのが、ほんとうに泥棒だとよ」という会話がみえる。『毎日新聞』連載は明治三七年一月から三月までだが、その後単行本として刊行、『婦女新聞』に宣伝広告が載る。

注8　築比地仲助「平民社回想録」―幸徳事件の生残りとして―（『労働運動史研究』第一六号一九五九年七月
鈴木裕子編『資料平民社の女たち』一九八六年　不二出版　所収）

# 第九章　結婚後の露子

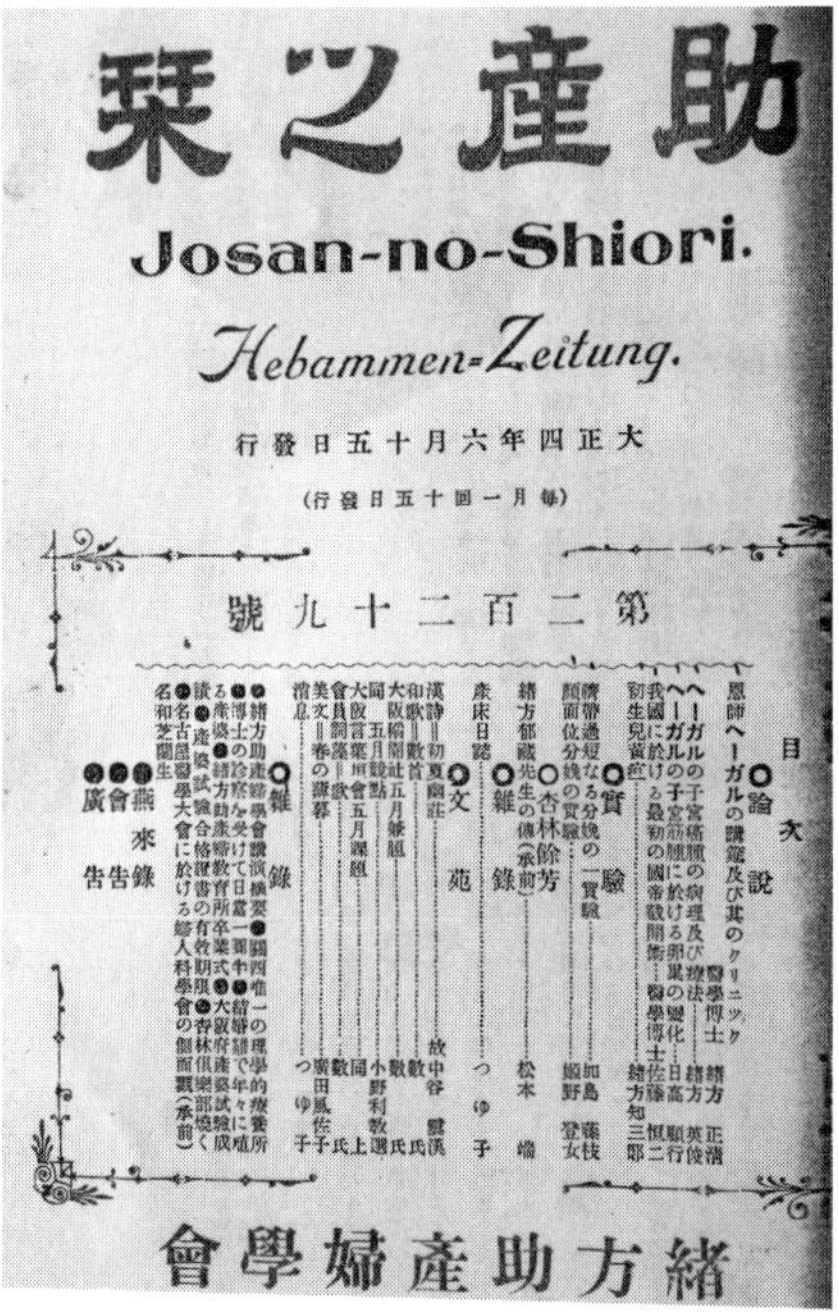

助産之栞

Josan-no-Shiori.

Hebammen-Zeitung.

大正四年六月十五日發行

（毎月一回十五日發行）

第二百二十九號



緒方助産婦學會

『助産之栞』第 229 号　大正 4 年 6 月 15 日
つゆ子の名がみえる（緒方記念財団蔵）

## （一）『助産之栞』への投稿

結婚後、「新詩社」に退社の届を出し、いったんは文筆活動から退いた露子であった。しかし、あらたに見つかった『助産之栞』に結婚後に書いたいくつか露子の文章がみられる。詳細は、発見者奥村和子による『助産之栞』（『みはてぬ夢のさめがたく　新資料でたどる石上露子』第三部　二〇一七年　竹林館）を参照されたいが、若干の補足も交えながら論じてみる。

『助産之栞』とは、緒方正清が主宰した、産科医学雑誌である。緒方正清は、緒方洪庵の娘八千代と婿養子拙斎との間にできた女子、千重に、婿として迎えられた人だ。『助産之栞』は、専門的な産科・婦人科医学知識を、当時の産婆―助産婦と名付けたのも彼だといわれる―にわかりやすく説いたもので、明治二九年から昭和一九年四月まで発行された。現在揃って読めるのは「緒方洪庵記念財団」資料室においてである。『石上露子全集』にも採られている露子の「流産」は大正六年五月一五日にこの雑誌第二五二号に掲載された。露子は、明治四三年二月に長男善郎を、大正四年四月に次男好彦を産んでいるが、その間、明治四四年八月には、長女禮を出産し、一カ月で亡くしている。(1)「流産」は四度目のお産のことであった。すべて緒方産科婦人科病院で出産しており、最初のお産は大変で、緒方正清に命を助けられたとまで言っている。出産だけでなく、院長には人生相談までしていたようで、正清は露子にとって、明治四四年に父をなくしたあと、父親のような存在であったことがわかる。なお、『助産之栞』への投稿は、明治四三年一一月から大正八年一一月まで十三回にわたる。

さて、夫が露子の文筆活動を好まず、『明星』退社届も夫が書いたか、強要したものだという松村緑の説が伝えられている。松村緑に露子がそう話したものかもしれないが、私などはその説を信じがたい。夫がそこまで露子に強圧的であったとは思えない。「筆を折った」のは、実は露子自身の決意ではなかったか。その事情も後述するように『助産之栞』の記述からわかる。

好彦出産の折の文章に「産床日誌」というのがある。二回に分けて『助産之栞』に掲載されたものである。入院の日の、幼子善郎との別れ、同じ電車に乗り合わせた選挙活動に出かける田中万逸の雄姿、見舞ってくれる優しい夫のこと、残してきた善郎への思い、などがつづられる。院長が持ってきてくれたフランスの雑誌に触発されて、

「ふらんすの都に行きて君を見むと願はぬまでも老いにけらしな」

「ふらんすの絵など詩など思ひつゝ産屋にこもる春のわれかな」

恋人長田正平が実際に赴任したカナダではなく、フランスへ渡ったという説もうまれたが、君は現実の恋人というよりは、遠い記憶の彼方へ消え去った人ととらえたい。歌そのものに悲痛を昇華させた美しい情趣がある。

露子にとって結婚とは何だったのか。頻繁に見舞ってくれる優しい夫、いとおしい子のいる家庭、しかし、産屋にこもり自分を振り返る時間を持ったとき、何かが心をよぎる。従妹が二人訪ねてくれた。彼女たちもまた遠からずして結婚する。

「これよりぞ人妻の、まこと人生の苦楽の別れぢに入る子の、さりとは、人しれぬその少さき胸に、かつあまるをとめ子の涙もあるべしと、玉椿の千代をことほぐ言の葉の下より、手ぎはよく結ひ上げたる桃われの美しき黒髪のさゆらぎ、打見やるこなたが目に、先づ云へばへの露こそうかべ」

これから結婚するという乙女に、結婚後の女の苦労を思いやって、寿ぎの言葉よりは涙が勝るのである。結婚前あれだけはげしく結婚を拒否し呪ってきた自分は、結婚生活に安らぎを見出すことができないとでもいうのか。

「いとせめて児ゆゑに生きん願ひだにわりなしとなほなげかるゝ頃」

結婚生活への諦念には、現実への強い不満感・否定感情が、彼女の心の奥底にあるように思う。

## （二）過去へのこだわりと現実の拒否

「産床日誌（二）」（大正四年七月一五日『助産之栞』第二三〇号）は、無痛分娩によって眠りから覚めるとともに安らかに子（好彦）を産んだ記録である。

回診してくれる院長緒方正清に、今の自分の不甲斐なさをはじながら、このように思う。

—うんじては、われからのはぐれ子《こ》の、なべて、皆見《みなみ》はてぬゆめのさめがたと斗《ばか》りに、筆《ふで》も、硯《すゞり》も砕《くだ》きはてたるこゝらの月日《つきひ》に、残《のこ》るはたゞ、おもひでの執《とらはれ》に、根生し名なし小草《wages》の香《かほり》もなき花《はな》のすがれ身《み》ざまならずや。—

―ありわびし世《よ》に、父《ちゝ》がため惜《おし》みしいのちの、いまゝたかくていとし児《ご》の二人《ふたり》がゆゑにたのまるゝ心のほだしよ。ふたゝび消《き》えむずの我霊《わがれい》の火《ひ》をそゝりて力ある春《はる》のめざめのうれしみは、まことかくてこもらむ故里野《ふるさとの》の、さびしき中《なか》にも満《み》ち〱ぬるを、さなり、彼《かれ》のアトリエの中《なか》にして、梨《なし》の花《はな》ちるあたりの起伏《おきふし》に、いまよりはふたゝび忘《わす》れたる世心《よごゝろ》を求《もと》めて、またをみな子《こ》の弱《よは》きをなげかじを、などおもひつゞく。―

あの青春時代、恋も、文学もすべて、みはてぬ夢を思い切ろうと、筆も硯も自ら砕いてしまった、がやはり、過去の思い出だけは消えない、こんな枯れ果てた自分だが、二人の子を持った今、夫と子たちのために生きよう。夫は絵筆を持ち、私は育児にいそしみながらたまには筆も持とうか。「現実」を受け入れなければと思う露子がいる。いろいろ尽くしてくれた院長はじめ看護の人々がいる以上、泣き言ばかり述べるのは失礼であるから、明るい自分を演出しなければ。しかし、ふたたび「弱い女」と嘆くまい、との決意はどうなっていくのか。

散文と歌は感傷性においては開きがある。それにしても、『助産之栞』大正七年七月一五日第二六六号「文苑」に出てくる八首、「病みぬれば」の和歌には、「さびし」という語が三回、「かなし」が二回出てくる。そのうちの四首、

「わりなしな夢の殻なる身と云へど病むれば母の泣きたまふなる」

「おゝらかに君をおもひて死なむ日はうれしかるべし悲しかるべし」

「わが死なむ日の後をさへしみじみと思ひつゞけぬさびしき心」

「いわけなき歌など書きて帰る日をいつとたのめるいとし児が筆」

ここに出てくるのは、実母であり、子であり、かつての恋人である。

つまり、現在の夫は遠景に遠ざかり、過去に生き別れた母と恋人、未来を託す子が詠まれている。過ぎ去った過去をなつかしみ、未来への希望を託す「郷愁という心情」ではないか。(2) この現実否定の気持ちは露子が結婚前から持っていたものである。

夫長三郎との関係が破綻したのは大正九年三月一五日の株の大暴落によって、夫が株に換えてしまっていた多くの土地をうしなったことによるとされている。が、これはきっかけであって、二人までの（正確には三人）子をなした夫婦の間に次第に隙間風が吹くようになっていったのは、この『助産之栞』投稿の後半期のころであったろう。そして、とうとう良き理解者であった緒方正清が大正八年八月に亡くなるのである。その死を悼んだ「涙の記」が露子によって書かれるのは、『助産之栞　故緒方正清記念号』大正八年一一月一五日第二八〇号であった。ここでは病に倒れた緒方博士と露子との手紙のやり取りがあったことや、博士が病気が癒えたら長い手紙を露子に書こうと約束していたことが書かれている。それを待っていた露子にもたらされたのは、彼が亡くなったという知らせ。薄幸の自分につねに同情の手を差し伸べてくれた、父とも慕う緒方博士。長男出産の折に命を助けてくれた博士。自分の父が亡くなって孤独の身に力を与えてくれた緒方正清。あまりにはかないつらい別れではないか。

――かなし。かなし。（残された人々が）泣《な》き給《たま》ふとや。われも泣《な》きなん。泣《な》いて、泣《な》いて、このうき秋《あき》を、いとせめて涙《なみだ》のかぎり、とも音《ね》に泣かん人《ひと》のなつかしきかな。このいく日《ひ》、涙《なみだ》につゞくおもひでの、影《かげ》ふかまさるすゞむしの宿《やど》。―

挽歌「君に得しわが玉の緒もたゆるがになげくとすれどかへり来まさぬ」

（せっかくあなたによって生きさせていただいた命も今は絶えてしまうかのよう。いくら嘆いても、あなたはわたしのところへ戻って来てはくださらぬ）―

まるで恋人を失った女の挽歌のようだ。緒方正清という名医によって最初の出産の危機が救われた、しかし、君によって得た命とは、単なる肉体の生命でだけではない。文章をもう一度書いてみたら、と、内心鬱々としている露子を励まし、文芸への道を再び開いてくれた人物でもある。その雑誌に文章を載せるべく再び筆を執ったのであった。みはてぬ夢を追うのをやめようと筆を折ったものの、無意識下で文芸への憧れを抱いていたことを見抜いたのは緒方正清ではなかったか。『助産之栞』が医学記事にかたよらず、文苑という文芸欄をも掲載していたことは、緒方正清の文芸への広い理解を示すものである。せっかく文学的環境をあたえてもらったのに、緒方の突然の死、彼女の衝撃は大きかったに違いない。

ところで、一つわかったことがある。大阪大谷大学所蔵の露子の妹宛書簡に交じって、図書館によるメモ書きに、「昭和八年岡田とら子石上露子夫妻宛」とある手紙がある。消印は数字で8・11・18、と読め、宛先は河内富田林　杉山長三郎様、御内方様とあって、裏面が一一月一八日　大阪東区宰相山町、差出人は変体仮名を使用した「おかたとら子」とある。「岡田」も「緒方」も本来「を」でないとおかしいのだが、私は、文面からみて、緒方とら子ではないかと推測する。

緒方の妻の手紙は、露子が『助産之栞』に掲載した正清哀悼の文章の礼と、自分が夫正清の死後、臥せるほどではないものの心地すぐれず、便りもしなかった無沙太を詫びるものである。露子が世話になった緒方正清は大正八年八月二二日に亡くなった。露子は葬儀には体調悪く参列できなかったが、後日弔問に訪れ、「残りし君に相みまいらするにも、君もわれもたゞ涙」であったことを「涙の記」に記した。この君が緒方とら子であった。(3) 緒方正清は、最初緒方洪庵の孫千重と結婚したが、千重の死後、伊藤とら子と再婚したのである。宰相山というのは正清の自宅のあったところである。したがって消印の数字は、昭和八年ではなく、大正八年一一月一八日ではないかと推測した。その後どの程度交際が続いたかはわからないが、緒方とら子もかなり教養のある女性であろう（注―手紙文の読解には青柳栄子氏のご教示を得た）。

露子は、緒方正清の勧めで、ささやかな文筆活動を再開したが、それも彼の死により、挫折してしまった。

## (三) 女が出産や性を語ること

女性が自分の出産のことをつぶさに描出するというのはいつごろからであろうか。露子の場合は、文字どおり『助産之栞』への執筆であったから、「産床日誌」は違和感もないし、またお産の実態を書いているわけでもなく、家においてきた子への思いや、夫のやさしさや特別室での様子、親戚たちの露子への贈り物について語ったに過ぎない。しかし同じ誌上「流産」（大正六年）では、かなり肉体的にも、精神的にも苦しむ自身が描かれている。この背景には、明治の末から大正にかけての多くの女の「性に対する自覚」の動きが影響しているのではないだろうか。

同じく、『助産之栞』大正五年一〇月一五日第二四五号に、露子は、「婦人家庭衛生学を」という題で、緒方正清の近著『婦人家庭衛生学』を紹介している。[4]この著書は、緒方がこれまでの産婦人科の知識を、一般女性にもわかりやすく説いた医学書であり、当然ながら出産（分娩）に関する部分が多いのだが、結婚に至る女性の青春期―彼は思春期という言葉を用いている―にも多く筆を割いており、女性の健全な身体の発育こそ、種族保存・国家の安寧につながるという観点で論を展開している。興味深いことは、「色欲」という篇をもうけ、ギリシアのプラトーの空想的恋愛神聖視を、実際の人生には通用しないとし、男女にかかわらず、「性欲」というものをタブー視することはしない。「性欲を離れては決して恋愛の起るべき道理のないもので肉体的結合を以て不潔卑陋のものとして精神的高尚を粧ふ」ことの愚を説いている。もっとも、彼は、男女の快楽のみを追求する結婚や繁殖のみを目的とする結婚をどちらも否定している。そして、親や親族の強いる圧制結婚は、緒方の取るところではなかった。

ここにも、明治末期から大正期にかけての知識層による、既成道徳への反発が生んだ、「生命主義」や「本能主義」「性欲への視線」という時代背景を読み取ることができよう。女たちが、「性」が「生殖」につながるものであり、「生命」をうみだすのが自らであるというあたりまえのことに気づき、そこから可逆的に「性」「性欲」への自覚がなされていくのが、この時代であった。露子もまた、例外ではなかった。緒方博士の著書への信頼をこう語っている。まずこの著作者に感謝の言葉を述べたうえで、

―かつて「われらをみなどもその何が故に罪せられ首切られざるべからざるかを知らざるべからず」と、せまくいかめしき法律のとぢめに反抗して彼の日のわが同胞が悲痛なりしさけびを思ふにさへもけふ唯云ひしらぬ共鳴《きようめい》にうなづかれるので御座いますのに、なほそれよりもより深く切なるべき、この肉体上の智識に、髪長《かみなが》う額《ぬか》うつくしき女性《によしやう》とかたち造られたるわれみづから、いかにしていかになるべき定めとも、けじめもはても知らぬ夜世《よせ》のこゝろ細さを、いとつく〲と物おもふ折ふしまことにかゝる創作に会いまゐらせたる心強さはいかなることばに云ひ現しませうやら。

天《あめ》の千柱《ちばしら》ゆきめぐらせて、まぐはへのみ教のうせしわが遠《とお》つみ祖《おや》の女《め》の御神《おんかみ》のかしこさは知らず、この土《つち》にして永劫《えいごう》消えぬ産屋《うぶや》の苦悩《なやみ》は、そのかみの花園に、いたづらに智恵の木《こ》の実《み》を恋ひよつたさかしらの罪ゆへ、とおのゝきやすい乙女心に驚怖《きようふ》の種子《たね》を植《う》ゑつけられては、せまい校舎の窓にして教へられたる片《かた》けしの、生理学《やわりがく》がそも何ばかりにかなりませうぞ。

ゆかず、とつがず、天音《てんどう》のきよきこと法《ほふ》とおもはずもなほ聞《き》くまじきもの見まじきもの、一つの様に、ひたぶるに、雨《おも(ママ)》 衣《ぎぬ》深《ふか》うかついでのみは過し来ても、土《つち》にゆくべきむくろは遂に高窓《こうそう》の

花根《はなね》に帰りて、ともすれば不用意《ようい》に泥土《どろつち》にまみれた、みにくい姿《すがた》を、われとあざむもはづかしい老《おい》らくの道に、百年《もゝとせ》のいのち、他人《たにん》による身は、ひざに抱《だ》くべき小《ち》いさきものゝ、なぐさめだに得《江》なくて生《い》き甲斐《がひ》も無い残《のこ》むの起伏《おきふし》、女性《によしやう》と云ふがあまりにもかなしいこと、かむでふくめることの御さとしはいとせめて、強かれと、幸あれかしとの美しい御同情《おんどうじやう》のみ旨よりならずしてまた何んで御座いませう――

と、述べ、最後にまた感謝の言葉でしめくくっている。

「われらをみなどもその何が故に罪せられ首切られざるべからざるかを知らざるべからず」と、せまくいかめしき法律のとぢめに反抗して彼の日のわが同胞が悲痛なりしさけびを思ふにさへもけふ唯云ひしらぬ共鳴にうなづかれる」という部分は、明治の悪法の一つ、女性にのみ重罰が科される、刑法一八三条の「姦通罪」のことを言っているのだろう。この法律について、平民社にいた西川松子（神川松子）が、『婦人公論』大正七年（一九一八）四月一日号で「婦人を侮辱せる法律」と批判をしている。明治末から大正にかけては、女性の法的不平等と社会道徳（言説）的不平等に対して女性たちが声を上げ始めた時期でもあった。露子にもその声が届いていたことがわかる。

さらに、露子がこの著作に感動・共鳴したのは、単に家庭教育や学校教育でのおくれた婦人衛生学を、この書が懇切丁寧に医学的に解説したという点にあるのではなく、そこで語られる、女性の性欲や、圧制結婚の弊害等を、女性の生き方に関わるものとして、緒方が婦人の生理を解剖していることにあった。女性が、産む性でありながら、自らの性から目をふさがれ、子のあるものもそうでないものも、ただ悲しい生き物として一生を終えるような女への、新しい「さとし」・啓蒙書として、露子は自分の出産をゆだねた著者へのオマージュとともに紹介した。そしてその背景には「出産」が決して個人的な事件ではなく、社会的な枠組みでとらえられつつあった時代の思潮がある。

与謝野晶子最初の評論集『一隅より』は、明治四四年七月二〇日、金尾文淵堂から出された。その巻頭には「産屋物語」つまり明治四二年三月三日に生まれた三男麟の出産時の事が書かれている。「全身の骨と云ふ骨が砕ける程の思ひで呻いて居るのに、良人は何の役にも助成にも成らない」産するときはいつも「男が憎い」が、女の役目を果たし、生んだ児がうぶ声をあげているのを聞くと「憎い者でも赦して遣る」といった気分になる、という実感を述べている。多くの母親の経験するところであろうが、出産というきわめて個人的な体験を、公にすることの意味とは何か。晶子の次の「産褥の記」ではさらに苦痛をともなう命がけのお産であったらしく、産前から産後まで八日間一睡もできなかったと告白している。明治四四年二月二二日のことで、これはちょうど大逆事件の被告たち一二人が死刑になった一月二四、二五日からほど遠くない時期であった。刑死者中の一人大石誠之助は、晶子も夫を通して知る人物であった。晶子は「大石誠之助さんの柩などが枕元に浮かぶ」幻覚まで見るのである。有名な「産屋なるわが枕辺に白く立つ大逆囚の十二の柩」（青海波）という歌には何らかの政治的メッセージが込められているのかもしれないが、これはあくまでも、難産のなかでの言葉として、次のような一連の短歌の一つなのである。

「悪龍となりて苦み猪となりて啼かずば人の生み難きかな」

「男をば罵る彼等子を生まず命を賭けず暇あるかな」

生む性としての女を強調することは、ややもすると安直な母性尊重へとつながる。しかし晶子の場合は決してそうではなく、母性《ぼせい》と母性《ははせい》を区別し、あくまでも母親として子を教育するには個人として自覚的に生きることを強調し、トータルな母親を目指している。ここでは晶子の母性論を論ずる場ではないのでこれでおくが、私の言いたいのは、このような、女の性を男にあからさまにぶつける、自己発現の時代が来つつあったということだ。露子は、「落葉のくに」で「明治四四年」とわざわざ記入し―他に年代の記入は五回あるが、かならずしもすべてではない―「あきかぜの曲」という題で父親の死を悲しみ、孤独に陥った自分を詠んでいる。四四年五月に父は亡くなり、九月には生まれてひと月で長女をなくした痛恨の年であったから明記したのだろうが、この年一月、大逆事件の被告が死刑となった。刑死した森近運平や管野須賀子には単なる知己以上のものを感じていたはずの露子である。要は世間や自分の身辺で様々なことがあった年であったろう。(5)

「婦人界でも青鞜社とやら雷鳥女子たちの新しい女性がめざましい発展、音楽の夕、詩歌のつどひ、ありし日のわが世にてはおもひもおよばぬ文化のゆたかさ自由さ。そをうらやましとなげく力も気力もない。」『青鞜』につどう女性たちは自分とは別世界の人たちである、といいつつ、こう記すことこそ、露子の心の奥底でうごめくものがあったはずだ。明治四四年（一九一一）年九月、創刊の雑誌『青鞜』は露子青春期の関心事であった婦人問題を大きく取り上げたものだった。

反響を呼んだものに、一九一四年から一九一六年にかけて「貞操論争―処女性について」「堕胎論争」「売春論争」があり、また、論者の平塚らいてうと与謝野晶子とのあいだでは、山川菊栄も巻き込んで一九一八年・一九一九年と「母性保護論争」が繰り広げられる。露子がそのような動きになんら働きかけなかったとしても、心中では深い感慨があったのではないか。女性が「性」としての婦人の生活—種族保存の婦人の天職と、「個人」の女性自身の生活との矛盾や悩みを自覚し、追究することが、明確に時代の潮流としてあった。考えてみると、露子は結婚前にすでに社会主義を通して婦人の天職と婦人の自己発現について議論していたのである。露子が、もし、与謝野晶子を通じてでも、これらの論争の仲間入りを果たしていたなら、もっと女性問題に関する自分の思想をを深められたであろうが、やはり露子は晶子ではなかった。

『助産之栞』において、緒方正清の『婦人家庭衛生学』を絶賛したのも、すでに、個人的な恋愛が社会的なものと無関係ではないことを自覚していた露子の、出産という個人の経験を、社会的な問題へと展開させた「わが同胞」—性について考える女性たち—との共振であったといえよう。事実、明治末年から大正にかけて、男性への問題提起として、「女性解放」は女性の「性」の自覚として現れてきたのであった。

しかしながら、『助産之栞』へ投稿したような美文は、後年松村緑にすすめられるままに自伝「落葉のくに」を執筆するまで、創作活動としては封印された。その後、もっぱら、鉄幹・晶子主宰の歌誌『冬柏』に短歌を投稿していく。

注1　『助産之栞』にも、この亡くした女児を追懐する文章「身ひとつ衣」を載せている。

注2　「郷愁という心情」という語は、竹久夢二について書かれた、秋山清著『郷愁論―竹久夢二の世界―』（一九七一年　青林堂）から借りた。なお、露子は「落葉のくに」で夢二に言及しており、筆者も二人の関係については後日述べたいと考えている。

注3　中山沃『緒方惟準伝―緒方家の人々とその周辺』二〇一二年　思文閣出版

注4　『婦人家庭衛生学』著作者　緒方正清　発行者　丸善株式会社　大正五年七月　増補版は全五三八ページにわたる。国立国会図書館デジタルアーカイヴスで閲覧できる。

注5　父恋の文章のあと、「いまさらに何をみよう、きかう、あの三猿のそれの様にひたと両手を耳にあてて、目はわが身みづからの外何ものも見るまじく、うつりゆく時の流れ、おもひでにつながる世のひゞきに遠ざからうとたゞつとめる明暮ながら、ともすればしのびよるもののけはひによみがへる片心、見まじとしつゝわれかに取りあぐるたつた一ひらの新聞のそれにさへ、また胸を打つ文字を辿つては、秋ならでこぼるゝおのづからの一雫。」とは、大逆事件の死刑者たちへの哀悼をあらわしたものではないだろうか。

# 第十章　『冬柏』への投稿——作歌活動再開

『冬柏』の表紙

## （一）忍従の二三年

露子の『明星』以後のまとまった短歌作品は昭和六年八月から昭和一〇年五月まで雑紙『冬柏』にあらわれる。作品は、昭和六年（一九三一）四月に、京大に進学した長男と三高に進んだ次男と共に、京都に居を構えてからの作歌活動の記録である。『冬柏』は、昭和五年三月『明星』の後継誌として与謝野鉄幹・晶子夫妻が主宰した短歌雑誌であった。おそらく昔のよしみで晶子らが金銭的援助をも依頼しながら、短歌投稿を呼び掛けたのにこたえたのであろう。『冬柏』そのものは戦後の昭和二七年三月まで続いた。露子の歌は、二五七首を数え、数的には『明星』を大きく越える。しかし、露子は『明星』の歌人とはいわれても『冬柏』の歌人とはいわれない。『冬柏』の文学史的価値が『明星』より低いとされるからであろう。『冬柏』が創刊された昭和五年から一〇年間ほどは、篠弘によれば、プロレタリア短歌運動の発足、モダニズム、伝統的短歌側における散文化、生活的リアリズム、日本民族的なものの再吟味といった動きが、短歌史においてさまざまに展開した時期である。[1] 篠弘の近代短歌史にも、木俣修の近代短歌史把握においても、『冬柏』という歌誌の名は取り上げられていない。『冬柏』は、与謝野鉄幹・晶子を中心にしたサロン的な色彩が濃いものであった。ここでは、『冬柏』そのものや、露子の作品がその誌上で占める位置を論ずる余裕はない。ただ、彼女の歌を通して、その時期の彼女の心情を考えることはできよう。結論からいえば、青春期に活発に展開された彼女の思想らしきものは見当たらない。

最初に『冬柏』に掲載された「京の家」の短歌をいくつかひろってみよう。

「皐月きぬ葵まつりを見に来よと云ひつる人もなき京にして」―これは、琴の師匠鈴木鼓村が、薄田泣菫にもらった菫の押し花を露子に渡すときに、京の葵祭を三人で見ようと誘ってくれたことが下敷きになっている。鼓村はしかし、彼女が京都に移転したちょうど前月に、亡くなってしまっていたのである。


「わかき日の夢のごとくも水色の窓に人待つ賀茂川の家」

「山いくつ隔てて君とあることも悲しき恋の物語めく」

「我がこころ下に歎けば身も病みぬこれ憂き恋のとぢめなるべし」

（以上三首昭和六年八月　第二巻第九号）


ここでの、待たれる人、君、について具体的にはわからない。二首目は、若きころの長田正平とのはかなかった恋を歌ったにしては、やや時間的に近い感じがあり、創作的ではある。また、三首目の「恋のとぢめ」、辛かった恋はこれで終わった、というのは、正平がこの一年前、昭和五年にバンクーバーで亡くなっているので、正平への挽歌ともとれるかもしれない。

この時期の歌は、相容れない夫と離れ、愛する息子たちと三人、気楽な生活であったにもかかわらず、寂しくつらい現実を歌い、全体に沈んだ色調を帯びている。

なぜそうなのか。『冬柏』に掲載された露子の歌は、おおよそ、若き日の恋への哀惜、別居した夫への自責の念、子への思い、そして、京のたたずまい、の四つほどに分類できるが、京の自然や寺社を詠んだものにも、憂いの情がつきまとう。つまり、自分の現在おかれた状況を、どうしようもないわびしさでとらえているのである。北沢紀味子は、その理由を、精神を病んだ夫と別れてきたものの、それは愛というよりも、一つの重荷のように、夫を忘れきれない妻としての心情が満ちているからとした。(2)

「のがれ来しきのふの家も憂き人もはた忘れかね我が涙おつ」（昭和六年九月　第二巻第一〇号）
「ゆゆしくも夫子にそむける名を負ひて住めば都も悲しかりけり」（昭和七年一月　第三巻第一号）
「ことわりの外なる憂さも身に添ひて忘れかねたる人の上かな」（昭和七年三月　第三巻第四号）

これらを読めば、むしろ人＝夫への想いはある種、夫恋とも見誤るであろう。

しかし、一方で、

「堪へ堪へし長き月日の憂き身をば泣かんと今日も鳥辺野にきぬ」（昭和六年八月　第二巻第九号）

堪えに堪えて暮らしてきたこの長い月日、辛く悲しい日々であったと、先祖の墓にむかっていうしかない自分、とは、何に堪えてきたのであろうか。

「わが上のかかる宿世も二十とせの涙の後に知り得たるかな」（昭和六年八月　第二巻第九号）
「おそろしき忍従の子が二十とせの終の姿と書き送らまし」（同）

自伝「落葉のくに」では、株で大失敗をし、精神を病んだ夫が病院から浜寺へ逃避したころに、独身時代の夫に隠し子のあったことを知り、「たゞ堪へがたきを堪へつゞけたにくしみと怒りにいままたかなしくも侮蔑のかげの濃く立ち添ひてはるかにのみ遠ざかりゆく心のはてをいかゞせむ。忍従の二十三年、かくてこの二十三年にうつ終止符。」とある。この忍従とは、夫の裏切りを知った侮蔑感から遡って、「歌も身も君をも捨てし」過去へのあきらめきれない感情が湧出し、結婚二〇年余りの結婚生活を悔やむ気持ちがある。また、そのうえで、五〇代の夫への思いは、

「別れこし人の夕も如何にやとかごとの外の涙さへ落つ」（昭和七年三月　第三巻第四号）

「反きしは人かわが身かけじめだに分かで寂しき春の暮かな」（昭和八年五月　第四巻第六号）

「そむきつる昔の人も憎からず春のあはれの沁む夕かな」（同）

という自省をもうながす。

古稀をすぎて、「自伝」として、虚飾も含め書き記したときには、夫への拒否感はかなりのものであった。それは、無意識であれ、若き日の、自身と父親との確執をあえて隠蔽するごとく、夫に損な役回りをさせている。しかし『冬柏』の時代の露子は、むしろ、自己と他者（夫）との間で揺れているのである。肉体の衰えは五〇代と七〇代では明らかにちがう。七〇代では一つの「区切り」がつくとしても、五〇代では、若き日を振り返ることはできるが、まだ、女の人生の渦中にあるのだ。たしかに、夫との切りたいが切れない関係こそがこの時期の彼女の心をしめていたと思う。したがって、もっと若かったときの長田正平との恋は、美しく昇華されたのか、『冬柏』では、あまり切迫感はない。

「悲しけれ恋しき人も憂き人も一つこころに恨めしき日は」（昭和七年三月　第三巻第四号）

かつての恋人と、自分に重くのしかかる夫のいずれもが恨めしいと同列に並べられるのである。そして、

昭和七年七月第三巻第七号「ありし日の物に挿める一ひらの真白き花の清き思出」—真白き花とは、二五年以上前、神山薫、長田正平、妹セイ、叔母のチカたちと紀州を旅した時に、正平が贈ってくれた押し花のことであろう。この歌の収められている「忘れ草」一群の一首には、「竹むらに夕の風のさわぐだにかのまぼろしをふと胸に抱く」とある。思い出や、まぼろし、となった、遠くはるかな恋の昔語りを聴くようである。

つぎに、子への思いとしては、あまり多くを詠んでいないが、奥村和子が指摘している「京大瀧川事件」を彷彿させる「さりともと思ふのみにも泣かれぬる如何がは子らの生きん後の世」

（昭和八年二月　第四巻第三号）

がある。（『恋して、歌ひて、あらがひて』p178~p180）

長男善郎は京大、次男好彦は三高の学生であったが、この年四月には前年の京大瀧川幸辰教授の講演をきっかけとして、文部省と大学との対立がおき、学生をも巻き込んで多くの教官が辞職するなど、思想をめぐる大きな事件となった。いわゆる「京大瀧川事件」である。松本和男によれば、善郎も好彦も、思想的には急進的でもなんでもなかったらしい。京大の情報は入っていたであろうから、かつて社会主義に共感していた露子は、一人、将来の社会を憂えていたのであろうか。

夫、かつての恋人、子どもたち、それらが登場するものの、彼らのうち、誰か一人が特に「さびし

さ」「かなしさ」をもたらしたわけではない。彼らは総体として、露子を、寂しくひえびえとした気持ちにさせるのだ。

## （二）寂しく憂き現実

露子の青春時代の散文的美文では、「かなし」「さびし」「恋し」「なつかし」が多くみられた。露子の短歌においても、頻繁に「かなし」「さびし」の感情語が表出する。「かなし」「さびし」「わびし」「憂し」といった自己の感情を表す語を『明星』と『冬柏』で比較してみた。ここでは、「かなしさ」「さびしさ」の名詞形も含む。コンマの数字は、全体に対する比率。

◎『明星』全80首
かなし（3）0・0375　さびし（8）0・1　わびし（2）0・025
憂し（1）0・0125　恋し（3）0・0375　なつかし・なつかしむ（2）0・025
うらめし（1）0・0125　うれし（0）

◎「明星」美文
かなし（6）　さびし（8）　わびし（3）　憂し（0）　恋し（0）　なつかし（2）
うらめし（0）　うれし（2）　つらし（1）

◎『冬柏』全257首

かなし（20）０・０７７８　さびし（14）０・０５４４　わびし（２）０・００７８
憂し（18）０・０７００　恋し（９）０・０３５０　なつかし（１）０・００３９
うらめし（２）０・００７８　うれし（２）０・００７８　あぢきなし（３）０・０１１７
やるせなし（１）０・００３９

『明星』時代から、露子は、「かなし」「さびし」という感情語を多用していたことがわかる。加えて、『冬柏』では「憂し」が頻出する。

一方、与謝野晶子の感情語を調べてみた。彼女の場合、膨大なすべての歌を調べることはできないので、おおよその傾向を知るために、自選集『与謝野晶子歌集』（岩波文庫一九四三年・二〇〇三年）で見てみると、以下のようになる。

明治期　３８４首
かなし（５）０・０１３０　さびし（10）０・０２６０　わびし（１）０・００２６
うれし（２）０・００５２　憂し（０）　恋し（２）０・００５２　うらめし（１）０・００２６
うとまし（２）０・００５２　あぢきなし（１）０・００２６　なつかし（１）０・００２６
苦し（４）０・０１０４
大正期１２４６首
かなし（28）０・０２２４　さびし（51）０・０４０９　わびし（３）０・００２４

憂し（0）　恋し（4）0・0032　なつかし（14）0・0112　うれし（4）0・0032
あぢきなし（4）0・0032　苦し（5）0・0040
昭和期1333首
かなし（11）0・0083　さびし（40）0・0300　わびし（0）　憂し（0）
なつかし（8）0・0060　恋し（8）0・0060　あぢきなし（5）0・0038
苦し（1）0・0008

晶子の場合は、かなし・さびしという感情語は明治期よりも大正期に増加している。ただし、露子ほど多くはない。露子が多用した「憂し」は晶子にはみられない。露子が『明星』以来、『冬柏』にいたるまで、感情語（かなし・さびし・せつなし）を多用していることは、どういうことであろうか。加藤孝男によると人間の情緒的側面を直接取り結ぶいわゆる感情語（かなし・さびし・せつなし）の豊かな使用は、近代短歌の特徴の一つであるという。たしかな感情にうらうちされた抒情面におけるる表現追求のあり方は近代全般を流れる豊かなヒューマン精神に通じあうもので、『明星』ではむしろこれら「かなし」「さびし」は例が少ないという。斎藤茂吉や途中で「新詩社」を抜けた北原白秋らが、悲しみの表現手段を通じて悲哀の本質に迫ったことが近代短歌たりえた。『明星』は浪漫精神が理想に傾き現実と乖離したところで表現性を獲得したため、人生の寂しさ、悲しさという肉声に基づいた声調の面を顧慮しなかったとする。そして、明治四三年をエポックとして、自然主義歌人たちの出現によって、「かなし」「さびし」は生活実感のなかでとらえなおされ、人生の哀感に迫っていく

ようになる。その代表として、これも『明星』出身の啄木を挙げている。(3)

ということは、これら感情語の発露は、浪漫主義よりも自然主義が歌人にもたらした影響なのだろうか。たしかに晶子の場合も、明治期よりも、「かなし」、とくに「さびし」が、パーセンテージでみても、大正、昭和期には多く見られるのでそういえるかもしれない。しかし露子の場合は一貫して感情語が多い。自らの生を嘆き、愛しいものへの切なさを歌う、露子の特徴ゆえであろうか。そして、この昭和期、『冬柏』で注意すべきは「かなし」と「憂し」である。さらに、『冬柏』では、涙(29)、嘆く(26)も圧倒的に多い。

忍従を強いた夫は「憂き人」であり、かつての恋も、「憂き恋」だったと認める自らがいる。そして自分自身が「憂き身」なのである。「身にすべて思はるること」は「憂き」ことを添えるだけだ。日々は「憂き日」、子らにとっても自分は「うき母」であろう。「憂き」日々は涙のおちる日々であり、嘆きの日々である。

「さは云へど寝る間の夢の苦しきも覚めての憂きも如何が忘れん」(昭和七年四月　第三巻第五号)
「寝ればなほ夜半におびえて悲しけれ君見ん夢をたのみこし身は」(昭和七年五月　第三巻第六号)
「如何なれば今の現実は身に添はで憂きこしかたの夢をのみ見る」(同)
「歎きつつ経れば悲しき身のはてに見まじき夢も見る夜頃かな」(昭和七年六月　第三巻第七号)
「何事を思ひゆがめて我が見つる夢ぞと憂きを慰めてまし」(同)

夢──それは「いつきこしかなしき夢」、私だけの大事にしてきた夢であった。あなたを夢の中で見ようとしてもその夢は苦しいものに変わる。それでも現実よりは夢を、私は追いかける。「いまは朧ろに」なった「夢と名と恋の絵巻」を。

歌の上での露子は、憂き現実にたえられない、そして夢のなかでせめてもの安らぎを覚えたいのだが、その夢もまたつらいものでしかない、という堂々巡りをしている。この時期、たしかに病気がちでもあり、夫のみならず、彼女も精神的に参っていた節がある。(4)

『冬柏』時代に、与謝野晶子から、露子宛に書簡が届いている。(5)

一通は、『冬柏』を出すにあたって、金銭的な協力を頼むものであるが、そのなかで、「其後あなた様のお歌はいかゞとお尋ね申上候。何卒沢山にお作りなされ候て、歌集をもお出しなされ候やうに祈上候。」と歌集出版を勧めている。また、昭和八年の手紙では、露子の急病への心配と、冬柏への寄付への感謝を述べ、自分の人生もいつまでかわからぬ、はかないものでも歌だけは残したいなどといい、露子の歌に関して「あなた様のお歌、天質として優婉なる上に、古典の味あり、御実感に根ざしながら露骨ならず、尤も目に立ちて特色を持ちたまひ候。何卒沢山に、いみじき御作を後の世にも御留め下されたく候」と露子の短歌の特質を端的に言い得て励ましている。『冬柏』はたしかに富裕な婦人たちのサークル的要素が大きく、芦屋の丹羽安喜子や、広島の三宅雪枝らは自らの歌集を出した。経済的に豊かであったにもかかわらず、露子は、生前自分の歌集を出版することはなかった。露子の自己把握「憂き身」は大々的に発信するものではないということなのだろうか。

この間、露子は実生活では、子供の教育に心を配り、夫が株で失敗し失った財産をたてなおすべく手腕を発揮し、隠居させた夫の家督を長男に相続させるなど、地主の刀自として家を守ることに力を注いだ。しかし、京都に居を構え、作歌を再開することで、ゆっくりとこれまでの人生を振り返ったとき、二〇年以上前に、恋と文学とを捨ててしまった己の人生のはかなさだけがクローズアップされ、精神的には、自分の心の中へ中へと沈潜してしまった。これらの短歌からみえてくるものは、過去の捨てざるを得なかった恋や文芸が、彼女にとってとても大切な「いつきこし夢」であったということである。『明星』の女王であった与謝野晶子は、自らの恋愛と芸術の関係を、「愛」によって、「芸術」が開花し、「芸術」によって「愛」が「自己」のものとなるという、いわば、「実人生と芸術の統合」を述べた。(6) 晶子にあこがれたであろうかつての露子も又、「恋」と「芸術」の一致を希求し、長田正平との愛を貫くことが、自我の解放であると思っていたに違いない。だからこそ、青春期の家制度への抵抗がなされた。晶子の場合は恋と歌双方の勝利者となった。恋愛と芸術は幸福な結婚をしたのだ。露子は、正平との恋はかなわず、芸術も自分の中では開花しなかった。彼女は現実の壁を乗り越えることはできなかった。

「遣る瀬なし恋のすさびも捨てはてて春ちる花に身を任せなん」（昭和七年五月　第三巻第六号）

「別れなんありのすさびと思ひなし何時に何れが先と言はずて」（同）

恋を「すさびごと」として捨てようという露子がいる。露子の恋が成就しない恋ゆえであろうか。それ以上に恋と芸術―短歌を詠む行為そのもの―をやるせない「すさびごと」として、とらえているように私には読める。

すでに中年期を迎えた露子の『冬柏』の歌が、歎きの短歌群であるのは、いつきこし夢―恋愛と芸術への夢を「すさび」として強いてうち払おうと、身をよじり悶えて涙する露子の実感の真剣さがある。それを晶子はみてとったのではないだろうか。

注1　篠弘「近代短歌における一九二〇、三〇年代」（『自然主義と近代短歌』一九八五年明治書院　所収）
注2　第五回石上露子生誕祭（二〇一五年六月一三日）での講演録「冬柏のこころ」
注3　加藤孝男「近代短歌における感情語―『かなし』『さびし』の歴史的考察」（『中京国文学』第六号所載一九八七年三月一九日）
注4　三本弘乗氏はこのような嘆きの歌群を、五〇歳に達した露子の重い更年期障害による体調不良からくるものではないかとされる。（「露子の京都時代」石上露子を学び語る会編『石上露子の人生と時代背景』追補版　二〇一二年所収）
注5　松村緑「与謝野晶子の未公開書簡」『文学研究』二八号一九六八年（松本和夫個人編集『石上露子研究』第一輯所収　一九九六年）
注6　「私の恋愛と歌との関係」（『晶子歌話』一九一九年　『定本与謝野晶子全集』第一三巻所収）

# 第十一章　六〇代から晩年へ

高貴寺にある露子の歌碑　『みはてぬ夢のさめがたく』より転載

五〇代、『冬柏』に登場して以来、京都から浜寺へ戻った露子は、長男善郎が病を得たことなどもあって、創作活動からは遠ざかる。露子六〇代から七〇代にかけての様子は、おもに、露子が懇意にしていた南河内平石にある高貴寺住職宛の書簡によって垣間見ることが出来る。この辺の事情については、奥村和子の解説が詳しい(1)。高貴寺には、現在、二人の息子と露子の三人だけの墓がひっそりとある。露子は、悲運の最期を遂げた次男好彦が高貴寺の静寂を好んで通っていたことから、彼の墓をそこに建てることを願い、自らもそこに最後の安住の場を見つけたかのようである。次男好彦は戦後、一時は教職についたり、浜寺で洋裁やダンス、英語などを教える教室を開いたりしていたが、赤字経営に陥った。

日本の敗戦は、地主階級にのみ苦悩を負わせたのではもちろんない。しかし、GHQによる農地改革によって地主は大打撃を受けた。杉山家も例外ではなかった。富田林周辺の各地に土地を所有していた杉山家は、不在地主とみなされ、山や貸家以外ほとんどの資産を失ってしまった。富田林の杉山の家屋をロックフェラー財団に買ってもらおうと、好彦は「古家物語」を書き、そこでは露子も、短歌を載せ、協力した。当時国会議員だった知己田中万逸にも斡旋をたのむが、逆に家を残すように諭されたようだ。借家を何軒も持っていたのだから、もう少し経済を立て直すこともできたはずであるが、明治の終わりから杉山家などに遅れて力を持ってきた新興地主たちが、林業や鉱業など産業資本へ転換していったなかで、杉山家は、小作からの年貢米収入にたよって古い家格だけを守って生きてきたため、限界があったのかもしれない(2)。好彦一人のせいでもないにもかかわらず、家の重みと現実の経済的悪状況におしつぶされて、彼は自死をえらんでしまったのだろう。露子の衝撃がどれほど大きかったかは想像に余りある。「現しよの苦悩にみちました生涯をのがれていまは永遠の安らかな眠りに入りましたもの」（好彦の墓を建てることを許可してくれた高貴寺への礼状、高貴寺蔵）と記すまでには春から晩秋へと季節が変わる時間が必要であった。

露子は、杉山家の没落そして息子の死を招いたともいえる「農地改革」をどうとらえたのだろうか。彼女はみてきたように、青春期にはかなり進歩的な考えをもっていた。明治四〇年五月、結婚前に、宮崎民蔵の訪問をうけ、「土地復権同志会」に加入、大地主の娘が、土地は天与のもの、一部の地主のものではなく、人類のものだ、というような思想に共鳴していたのだ。また、平民主義・社会主義・平和主義をうたった日刊『平民新聞』、その後継誌『直言』『光』『日刊平民新聞』を講読しただけでなく、それらの主義を理解し、作品に取り込んでもいた。明治四〇年六月『大阪平民新聞』を創刊する森近運平に百円もの大金を寄付したこともあった。こういったことを考えると、露子は地主階級を崩壊させる「農地改革」を当然のことだと認めたのだろうか。それとも、実際の生活は想像以上で、現実を受け入れられなかったのだろうか。露子の遺稿にある「めぐりぬる罪のむくひときけどなほうらめしきまでぬるゝ袖かな」の歌は、大地主として小作人を搾取してきた罪が土地をすべて失うという報いを受け、それをやはり恨めしいと嘆く歌なのだろうか。

露子の、戦後の現実に対する絶望やうらめしさが諦念へとしずまっていくのに力を貸したのは、杉山家を訪れた若い学徒たちであった。

昭和二六年、当時大阪学芸大学講師であった津田秀夫は、河内の郷土文化の研究のため、杉山家の古文書調査に入った。露子六〇代おわりのころである。その間、一方では、東京女子大学講師の松村緑とも深くかかわった。津田は三三歳、松村は四三歳、露子にとっては、息子や娘にあたる世代の若い研究者であった。松村は戦後すぐの昭和二三年ごろに、忘れられ、生死も定かでなかった石上露子を見つけ、文通を続けていた。二八年に初めて露子と直接面会することになるが、一年前二七年にはすでに東大の『国語と国文学』に「石上露子実伝」を書いていた。

この二、三年は、松村緑は文学的関心から、津田秀夫は歴史的研究のために、露子と親しく交わったわけだが、すでに、家産が傾いていた杉山家の暗く静かな部屋で二人とどのような話をしたのだろうか。嫁の京と孫の隼一が富田林に戻ってくるのは、好彦死後の三一年夏、下の孫八彦は二七年から富田林へきており、二九年からは、富田林の第一中学校に通うことになった高貴寺住職の娘前田成子を預かっている。研究者が出入りする時期はしかし、七〇歳前後の露子、手伝いの山根カヨとあとは幼児と中学生のさびしい住まいであった。

ここで、富田林在住の山岡キクさん（旧姓井村）からの聞き書きを記す。

「私の小学校時代（昭和二七、八年）浅井さんの娘さんと二人杉山家のお留守番を頼まれて行ったことが何回かあります。(3) 露子さんは、いつも、のぞき窓から見てカギを開けてくれました。露子さんは黒ぬりのハイヤーでお出かけになりました。そのころはまだ馬が行き来するようなころだったのでとても珍しかったと思います。私たちは土間で遊んでいましたが、露子さんはお帰りになるとかならずお駄賃としてアメを下さいました。私の父親は何かあればお手伝いに行っておりましたが、父は露子さんのことを「おえさん（お家さん）」と呼んでいました。夜など不用心なので私の兄が泊まりにいったりしていましたが、台風のときなどお手伝いのカヨさんと抱き合って寝るような弱弱しい方という印象でした。小柄で華奢な方で、声は蚊の鳴くような声、いつも黒っぽい着物を着ておられました。」少女の眼に映った露子は、「おばあさんというより上品な老婦人といった感じ」だったという。キクさんによれば、杉山家は、自宅から富田林西口駅にわたり、地所を多く持っていて借地料が入ったであろうが、それは極めて安かったらしい。キクさんの姉が嫁ぐときには花嫁姿をみにきてくれたという。娘を生まれてすぐ亡くした露子の眼にはキクさんの姉の花嫁姿はまぶしかったにちがいない。女所帯のわびしく不便な生活をキクさんの父親がなにくれとなく世話をしたのだろうが、それも嫁の京と隼一が戻ってきたころから関係はとだえたという。(4)

露子の淋しさ、孤独をなぐさめ、励ましたのが、彼ら研究者であったと私は思う。松村緑が必死に書くよう勧めたその「自伝」の草稿は、機関誌『婦人世界』などとともに、津田秀夫に手渡された。津田は師の家永三郎にあずけ、それを見た家永が、露子の書いたものを、「家族制度に対する批判」と受け止め、自らの研究主題の資料として、発表する許可を得た。これが、第六章で述べた『数奇なる思想家の生涯―田岡嶺雲の人と思想』における記載である。ここで引用されたのは、露子の「野菊の径」であった。一方、「自伝」を家永から借りた松村緑は、その日記と雑誌類を読み、日記をあらためて「落葉のくに」と題して、まとめた。それを『石上露子全集』に収録、昭和三四年一一月に中央公論社より出版した。不運にも、出版は露子の生前には間に合わなかった。その年の一〇月八日に露子は急逝してしまったからである。露子から津田、家永を経由して松村に渡った『婦女新聞』や『婦人世界』その他の新聞・雑誌の露子の作品は、松村が露子の死後、東京女子大学比較文化研究所(昭和三一年設立)『比較文化』に次々と、石上露子遺文として、発表した。露子生前に津田秀夫、家永三郎、松村緑などの一流の歴史・文学研究者と交流をもったことは、露子を精神的に支えたことであろう。

好彦が亡くなったあと、津田は、露子に宛てて、書簡のなかで、好彦の自殺が時代の転換点にあって個人の希望どおりにはいかぬ法則が支配しているとし、暗に資本主義の限界をも指摘しつつ「御子息様の御奥様や幼い御孫様などとこれから御過しになるにつけても、かつて時代の先覚者として御活躍なされましたた当時のことを今一度　御考慮の上、御気落としなく御元気に御過しになられますように只管御祈り申上げます」と述べている(『評伝石上露子』p570～p571)。単に、「お悔やみの挨拶」にとどまらない、露子への理解と愛情にあふれたものである。七〇歳を超えた露子にとって、その信頼感は重かったとも思うが、一方で、若いころに自分が信じた道が、決して間違っていなかったと気づかされ、安堵もしたのではないだろうか。

女が語ることは、特に明治生まれの女性が自分自身を語ることは非常に困難なものであった。露子が自伝を出すことをためらったのも無理からぬことだ。なぜなら、自分が「語るに値する生」を生きたと納得しなければならないからだ。それを自覚させてくれた、民主的な研究学徒や地域の革新派の

人々との交流は大きいものであった。(5)

「現しよのゆめよりさめて七十路のいまはしづかに暮る〻またまし」

家の犠牲となって恋や文学をあきらめた以上、その家は、必死で守らなければならなかったのに、その「杉山家」は現実には崩れ落ちてしまった、今は昔の夢から覚めて現世が暮れるのを待つばかりである。しかし、露子が求めてきた夢そのものは、否定し捨て去ることのできないものでもあった。

高貴寺には、露子の晩年の歌が刻み込まれた美しい御影石の碑がある。

「人の世の旅路のはての夕づく日あやしきまでも胸にしむかな」

晩年の露子の心の中には、一人の女として、苦悩の中で生きた、自分でも不思議と思うくらい胸にしみわたる「生」が感じられている。しずかに終わりを待つ、というより、永遠に続く旅路のように思えるのは私だけであろうか。先祖代々の京都の墓所でもなく、富田林西方寺でもなく、高貴寺に母子三人の墓を持ったのは、長男も次男も、そして露子はもちろん、すべて杉山家という大きな「家」と格闘せざるを得なかったというメッセージではないだろうか。露子の人生はまだ完結していない。露子は結婚前に「何れは女性にて候、世に呪われたる弱きものに候。されどあくまで自己を忘れず奮進したまふべきに候」と後輩女性にむけて説いた。それでは、最後に彼女は「われは女性にて候、されど……」の「されど」の次にどのような言葉を発するだろうか。このことこそ今まで述べてきた「モノ言う露子」の感慨である。その思いを正当に受け継いだ時に初めて「石上露子」は「しずかに暮れる」のであろう。

注1　奥村和子・楫野政子『みはてぬ夢のさめがたく』第四部奥村和子執筆部分

注2　玉城幸男「もう一つの杉山家」二〇一八年一二月「石上露子を語る会」例会での講演

注3　浅井さんとは、杉山家の隣に居住する浅井氏のこと。この娘さんの母親浅井千鶴さんと露子は親しく、娘さんの結婚祝いには露子自作の短歌の短冊七枚を贈っている。

注4　山岡キクさんの所には、露子からもらったという梅の絵がある。山岡さんから今、「石上露子を語る会」に渡っている。他にも露子の手になる梅の絵は、構図の違ったものを含め合計五枚が判明した。また、蘭の絵（富田林教育委員会所蔵）もある。落款は「蓬城」と認められ、いつ描いたものかは定かではないが、本格的な墨絵とみえる。なお、今年九月露子の母の里河澄家（旧河澄家）の「石上露子展」に出品された中家蔵の品の中に露子より中家へ贈られた露子筆の短冊と絵があった。その落款も「蓬城」である。

注5　戦後の一時期、露子生存中に、杉山家の米蔵跡を共産党の地区委員会の事務所に貸していたことがある。

# 第二部　露子の美文文体《スタイル》について

# 第一章　女性表現としての露子の美文

露子の文学の特質は、「社会性（思想性）が叙情的な文章の中に表現されている」（松田秀子）ことであるとは誰しも認めるであろう。ここでは、その議論をもう少しひろげて「女性表現」としての露子の文体について考える。[1]

川端康成は昭和初年の文芸時評で、「女流作家」に関して、「姿形だけを見ると、女は男よりも情操が豊かで、こまやかで、柔かいと思はれるのであるが、多くの女流作家を見ると、全くその逆であることを知る」と述べた。[2] 女流作家の作品評価に、よい意味の男性的なものと、悪い意味の男性的なものという基準をもうけ、女性的必ずしもマイナスというのではない。女流の作品は「文学的な感銘が薄い場合にも」「女のありがたさといふべきものが受け取れる」から好ましいのであって、それは、女は本当のことをいい渋っていても、必ず地肌、心の肉体が透けてみえるからなのである。作品が文学の甘さとみればつまらないが、女の甘さと見ればありがたい。しかし、その甘さは、男性作家より感情が豊かだというのではなく、逆に単調で、想像以上に感情が粗略である。女の感情は細かくて潤いがあると思うのはただ男の夢に過ぎない。このように述べている。[3] 川端が、「女性は感情豊かな特徴をもつ」という本質主義を乗り越えたというわけではない。「女流作家は男の作家より感情が豊かかと思ふと、全くその逆である」という言説自体が、「女性は感情豊かな特徴をもつ」という本質論を前提としたものであるからだ。彼は、「女流作家」が男の作家より感情が粗雑であること自体を問題化したのではなく、「文学的な感銘」という自己＝男性の文学の基準から女流作家を疎外したところで、好悪の判断をしているに過ぎない。しかし、ここでは、そのことを批判することはおく。川端の言う「作品が文学の甘さとみればつまらないが、女の甘さと見ればありがたい。」という点には賛同しがたいが、「女は本当のことをいい渋っていても、必ず地肌、心の肉体が透けてみえる」という言説には留意したい。石上露子の美文を考えるときには、川端の本意とは別なところで、たしかに、露子の曖昧な表現から透けて見える心―それは単純ではないと思うが―をとらえる必要があるからである。

川端と反対に、明治期には、女性が豊かな感情を持つがゆえに「文学」は女性に適しているとされた。明治中期から昭和にかけて、いや現在でも、女性作家は、つねに、好むと好まざるとにかかわらず、表現主体としての「女であること」そのものから、表現手段としての「女性表現」、その結果としての作品の「読まれ方」にいたるまで、性という現場につねに政治性を付与されてきた。男性と同等な文学的評価を得るために、「何を」「どのように」表現するかを、小説や詩歌・評論などのジャンルで悪戦苦闘してきたのである。

以上をふまえて、石上露子の美文を「女性表現」の「文体」という観点から考えてみたい。

注1　「女性表現」という語は、平田由美『女性表現の明治史』や関礼子『一葉以後の女性表現』などに倣い、女性自身の抵抗のことばを不可避的に含む、女性の表現という意味で使う。

注2　「文芸時評」（昭和七年八月）4林芙美子氏と芹澤光治良氏（『川端康成全集第三二巻』一九八二年新潮社所収）

注3　「文芸時評」（昭和九年八月）6女流作家（『川端康成全集第三一巻所収）

# 第二章　露子の文体前史

## （一）『女学雑誌』の女性と文学

女性が感情豊かなゆえに、文学に適しているとの議論が、明治期の『女学雑誌』では盛んに展開された。明治一七年発行の『女学新誌』では、「女学」および「女芸」が女のたしなみの二要素とされ、特に女性ジェンダー意識はないが、和文に親しんできた女性に漢文をいかに和文として読めるようにするかという問題意識がみられる。翌一八年七月に『女学新誌』をうけて発行された『女学雑誌』では、『新誌』の女学の項目が「文学」へ、女芸の項目が「技芸」へと変化したが、明治二〇年までの「文学」項目に挙げられるのは、具体的には「女の文」「女のふみ余話」など、女性の手紙についての意見である。「女の真心をうつしたる」手紙のすすめ、「演説講談の一技は寧ろ男子に譲る」べきで、「文（手紙）認むる芸能に至りては則ち女性に於て優等の地に立たん」、また親愛の情の深い女性のものする「文学」というように、性差による切断がはっきりしてくる。『女学雑誌』編集者、巌本善治によれば「文筆の業」は「女流に好都合の事」であり、男は外女は内という性別役割を前提として、「一家を調理するの傍ら何事かの余業を行はんとすると云はば蓋し彼の文筆の業の如く婦女子に好都合あるものは他に亦之れあらざるべし」「元来其体力軟弱にして力役に適せず其性変化なきことを好んで奔走敢為の懸引を喜ばざるものと雖も其感情熾んなる其の美術の思想に富める如きは悉く是れ女子をして文章詩歌の道に上達せしむるの元因たり」（明治二〇年一〇月八日第七九号社説「女子と文筆の業」）と、あくまでも、感情豊かな女性こそが、家庭の雑事の余暇に可能な文筆業をすべきとすすめている。

鈴木弘恭による「和文講義」の掲載以後、「文苑」欄で、読者からの投稿和歌・和文が選出され、女性読者からいわゆる美文が投稿された。しかし、「寄書」（投稿文）では、安藤たね子という女性が、「岐阜県下の清徒に告ぐ」と題して岐阜県での妓楼の設置反対の意見を漢文調で述べている。一体に、社会的、公的に発言をする場合には漢文訓読体が、私的な手紙文や文学的随筆は和文でと、女性の文章も混沌とした状況であった。明治二二年後半から登場した磯貝雲峯は、二〇六号、二〇七号において（明治二三年、三月二九日）（同年四月五日）「女子盍ぞ和歌を学ばざる」と題して、詩歌は感情に基づくものであるが、女子の性質が男子に比して大いに感情に富む以上、「其の長所特質を守り愈々多感に益々多涙に小心翼々内に在りて隠れたる所に於て其天職を全ふせん事を希望する」とし、紫式部、小式部の内侍、小野小町、阿仏尼、大弐三位、赤染衛門、伊勢大輔、周防内侍、といった王朝の女流文学者を例に挙げ、和歌は漢詩より軟かで、女子の性質は和歌の性質が合致するゆえ、和歌和文を習熟して女性に適した文章を作ることであると強調した。ここでは、漢詩を剛壮、たばしる霰、巍巍たる泰山、実、木枯らし、人を発奮させるもの、それに対して、和歌は柔軟、したたる朝露、洋々たる大海、花、春風、鬼神をなかせ猛夫を和らげる力、という対比、つまり現実の男女の性を、文学のジェンダーにそのままあてはめている。柔順で温良で多情多感な女性こそが、感情流露を本質とする和歌に適しているがゆえに、女子の「文学」参入にも、男性とはちがって、この世界をやわらげ明るく花で飾るような役目、「慰安」としての役割を期待する。

関礼子は、一葉以前の女性文学では、下田歌子・中島歌子を軸とした和文系（王朝復古的大和撫子や貞女）と岸田俊子を中心とした漢文系（国事活動も厭わない行動的佳人タイプ）が存在し、漢文系から「女性文学」（和文・雅文系）へと至る風潮の媒介項になったのが、「女学雑誌」という啓蒙的女性誌による「女学」思想であったとしている。(1)

関の分析を敷衍すると、この変化は「女権」から「貞女・良妻賢母」への移行、女性の家庭内へのとりこみということになろう。

明治初期の啓蒙家は、感情に流されやすく、他に影響されがちな女性が、「稗史院本」を読むことは堕落をまねくとして、厳に戒めていたが、巌本は、明治二〇年代を小説流行の時代とし、その読者である女生徒が小説を読むに際し、価値があり社会道徳に不都合でない小説にかぎり、覚悟をきめて読めば、多くの利益を得るのだという。（明治二〇年一〇月二九日　第八二号、同一一月五日第八三号、一一月一二日　第八四号）ここでは、坪内逍遥の「小説神髄」の影響下、明治初期の小本、稗史院本とは格段の進歩を遂げた、二葉亭四迷などの新しい小説が念頭にあろうが、その『書生気質』や『浮雲』でも、「見るべき目」「味わうべき心」が必要なのであって、「実際の世情人情と相違する所なきや否やを吟味する」のが第一で、趣向や勧善懲悪の寓意はその次の標準であるとする。さらに、世間に実在する書生の風を知ることが徳とされるのであって、「相思相愛の道行」を面白がったり、自分がその主人公であろうとするようなあやまちに陥っては小説を読む弊害となる。ことに女は感情に富むゆえ、登場人物と同様の境界に出たいと思うのは、小説を読むことがあやまりなのではなくて、小説を読む覚悟をあやまったものなのだ、と、女の体験的、感情的読み方の陥穽を説いている。文筆に適するのも、女性には豊かな感情があるからであり、また、小説の読み手として大弊におちいるのも、その感情に支配されるからであるが、感情の深さそのものは否定されるのではなく、そこに、「覚悟」があるかどうかなのである。女がくよくよする心配こそが男をなぐさめるものであるという、男女の本質的差異の認識が根底にある。女性のもつ「豊かな感情」は、あるときはプラスに作用し、ある場合にはマイナスとして働く、両義的なものという認識がある。彼ら啓蒙家は、女性が「文学（文章）家」となり得るがしかし堕落者となる可能性もあるという危険性をつねにちらつかせることになる。

『女学雑誌』の第二〇五号から二〇九号にわたって、閨秀小説家が、自分と小説について解答した「閨秀小説家の答」とする記事が掲載されている。第一回は小金井きみ子女史、第二回曙女史木村栄子、第三回若松しづ子、第四回佐々木昌子竹柏園女史、第五回花圃女史田辺龍子。

アンケート内容は、一、小説を書くことになったきっかけ、その経験について、二、小説に関する希望、理想、持論、三、愛読する小説、四、近時の小説・文学について、であった。四について、木村曙以外が、自分の力量では議論することは無理だとして論を差し控えているのは、「文学・小説」に男性に遅れて参入した女性が自らを限定するありようがあらわれている。花圃は、体調を理由に、直接の解答は避け、『女学雑誌』中の廃娼論に関する歌の提供を約束することで代用している。当時の一〇代から二〇代にかけての女性小説家たちによる表現は一様ではない。若松しづ子は、少年少女向けの翻訳に談話体を駆使したことからも、回答も言文一致体で書いている。言文一致体を良しとしなかった曙女史が、やや硬質な擬古文体を使うのは当然だが、竹柏園女史は「侍り」を多用した和文体である。言文一致を評価した小金井きみ子が、ここでは流麗な擬古文で答えている。しづ子同様数々の翻訳を手がけたきみ子の愛読書が、洋書にも増して多くの日本文学であり、興味深い。

しかし、共通して、彼女たちの小説観は、「女子にふさわしい品性をもつもの」という男性による基準から自由ではないようだ。平田由美は「文章が書き手の人品骨柄をも反映するものである以上、それが賤しく猥雑なものに堕す危険をもっとも細心に避けねばならないのが女性であった」と指摘している。(2) 男性の期待以上に、「もみもみとある」ことが彼女たちに内面化されていた。きみ子が「極実派とかいふものには女子にふさはしからぬ事ありと人にもいましめられおのれもげにとおもほゆ」という内的基準は、読者へむかっては、「主意とするところありて幾分か女子のいましめともなりまたはをしへともなる程の物をものし度」(曙)となり、その究極として、しづ子の「凡そ婦人たるものに教育、矯風の事業の責任ありとせば、一般小説文学の嗜好に投じて正義・高潔などの世に勝利を得る補助を為すことは、婦人等の多少為し得るところ」という一般的小説のあるべき姿への言説へと向う。程度の差はあれ、彼女たちには、女性と文学・小説との関係は、女子を教育・啓蒙する手段としてとらえられている。しかし、創作であれ、翻訳であれ、もっとも基本となる表現主体の真実なくしてはなされない。そのことについて、彼女たちはどう記しているか。小金井きみ子は、翻訳を始めたのは、「後にまことの物をものせん」としたためであり、「三十一文字にては云ひつくされぬこと多き」ゆえであった。竹柏園女史は、「心にふかく思ひこりしことのありつれば」小説を書くようになったという。しづ子の場合は、その「心の中さへを文に綴る事は」容易くはなく、いっそ故人の著作を翻訳するほうが心安いと、告白している。それでもなお、一人称の語りとして独立させるには、やはり距離があった。一人称の「私」は、男性の基準を超えて「私」の内部をさらけだしてしまうかもしれないからだ。「心の中さへを文に綴る事」の恐ろしさを自覚していたからこそ、若松しづ子は、翻訳における語りを選んだ。

明治二〇年代、男性陣によって、女性が文章を得意とすると称賛されながら、それは、文体の優美さから女性の生き方へと直結させられた。当時のもの書く女性は、それぞれ、多様な文体を駆使しながらも、男性から一歩ひいたところで書かざるをえなかった。

明治二九年に亡くなった後も、「女の文体」を駆使した女流文学の模範として位置づけられた樋口一葉は、はたして文体についてどう認識していたか、露子の文体前史のもう一つの女性表現について考える。

## （二）樋口一葉の文体から露子の美文へ

見てきたように、女の文体が、注視されるようになったのは、明治二〇年ごろを境にして、女性の豊かな感情を表現する「女のふみ」――一般に手紙というより文章の意味にまで拡大されよう――が真心をうつしたもの、として肯定されてからである。そこから「技術を務め帰宅した男子を慰めるもの」として、「技術は多く世上の競争場に行はれて美術は自づから家内に其趣を示す」「女が美術を担任すべき」というふうに、男は外、女は内との性別役割分業の意識へと移っていく。したがって、女こそが文学にむいているというのは、あくまでも、女が女の文体で書くという前提があった。明治二〇年代に活躍した樋口一葉も、小説・日記・書簡文にいたるまで、いわゆる擬古文で書いた。これはこの時期の他の女流作家と同じことだが、一葉が、師半井桃水から、最初に指摘された、女の作家が小説中では言葉が乱暴であること、普段自分たちがしゃべっている言葉をそのまま書き写しても女ことばにならない、と歌舞伎役者を挙げて諭されたことは、彼女に「女の文体」を意識させた。現在でも女性が「ボク」と自称することがあるが、初期の『女学雑誌』小説中でも女性が男のようなせりふを吐いている。また、木村曙・田辺花圃の小説においても、意外に女ことばの乱雑さがめだつ。私がそう感じるのは、今も私たちが女ことばは男性言葉と違って優美であるはずという規範に囚われているからであろう。一葉は桃水の忠告を守ったのか、それまでは和文においても使っていた平生言葉を改めて、優美な女ことばで小説をつづった。いわゆる「女装文体」である。(3)その結果、表現が曖昧になったり、文が省略されたりして、作品内に空白が生じ、謎をうむことになった。「たけくらべ」において、美登利が急に活発さを失い、「大人に成るは厭なこと」と正太を帰してしまう場面が、初潮を迎えたという説と初店を表しているのだという意見にわかれるのも、「われから」の奥様町子と書生の千葉との間に実事があったかどうかが問題になるのも、この空白のせいである。幸田露伴はこの後者について「実事ありしに相違なきも作者は女なれハ此間のこと憚りて態と曖昧にせられたるものなるべし」と推測した。(4) 先述した平田のいう「賤しく猥雑なものに堕す危険」を避けるべきは女の文体であった。

西川祐子のいうように、樋口一葉は、確かに物言いに女ことば、書きことばに女文の規範をまもりつつ小説を書いた。(5) しかし文章規範としての女と、生き方の女規範とは違うはずだ。一葉は、自分自身は当時の女の規範をずれたすねものといっている。三従の道、父・夫・子に従う女の規範からみれば、一葉は、女戸主であり、結婚もせず、一家の生計を担った点で女規範からずれている。私が思うには、一葉は、女であるから女文を書いたのではないということだ。このことは重要である。露伴のいう「書き手が女であるからわざと曖昧に書いた」というより、「女である書き手がわざと曖昧に書いた」といいなおしたい。女ことばというのは、女という肉体をもつ人間が語るかどうかにはかかわらない。女を粧う、女を擬態して語る言葉だってありうるからだ。

一葉においては、『女学雑誌』が女の文体と女の生き方とを直結させたような、本質主義はみられない。また、若松しづ子たちにみられる「女子にふさわしい品性をもつもの」という男性基準に合わせた創作活動でもなかった。それは、女性が片手間にものする文学ではなく、作家として自立し、男性と伍して戦う文学者としての自覚がそうさせたのであった。

一葉の、あいまいな、屈折した表現や韜晦癖を、女文の魅力として、後の評者や読者は受け取るが、西川もいうように、一葉が女ことばで書くということは無意識の行為ではなかった。それは、売文によって生活しなければならない一葉が、女の文規範を最大限にいかして作品を書いたということであろう。一葉の「女装文体」は、規範でもあり、彼女の生き方の主張でもあった。

露子はもちろん売文をする必要はなかったし、作家としての力量において、一葉には断然及ばない。しかし、一葉と同様の、美文・擬古文の孕む特徴こそが、露子の文体の特質である。露子は、同じ浪華婦人会の女性から「露子がずいぶんキザな文を書く」とか、「露子さまの文を読んで解らぬ」とかいわれている。それに対して露子は、「解せないいつて、そう解せないでせう、解せないのが私の私たるところ」で「私はだつて狂いですもの」といなしている。露子は決して、「あからさまに」事実を語らない。大いにポーズはあるが、しかし嘘も言わない、というのが露子に接してきて、私がいままで感じてきたことである。その朧化した表現、まるでまぼろしをつかむようなあいまいな物言い、そして、語らない「空白」、装飾、そういったものは、まさしく、文語文・擬古文・美文の特徴であり——「女装文体」であった。

尾崎紅葉は言文一致体も用いたが、余りに手早く書けるので書きすぎる弊が出る、実用文はよいが、「温乎《ふつくり》とした所が無い」「趣が無い」といった。美文・擬古文には一種の調子があって、文字以外に潜んだ、霊妙な力によって、何と無く身に沁みて感じられるのだ、と述べている。(6) これらの美文・擬古文などの文語文の特徴、「韻致」「趣き」、文字以外の力とは、「曖昧さ」、「韜晦」「空白」を特質とする、「女装文体」の「もみもみとある」流麗な文章の特徴である。

露子は『明星』という詩歌雑誌の延長として『婦女新聞』においても、「もみもみとある」女文体で書いた。繰り返しになるが、『婦女新聞』で「兵士」という軍隊・戦争を否定する反戦思想を披歴したのに対する下中芳岳の激賞は、女流に「議論」を期待したのではなく、議論をやさしく包み込む「慰藉としての文学」を望んでのことであった。人々を慰める女性の文章、というのは、『女学雑誌』以来の伝統的女性表現観に基づいている。露子は、その下中評に満足したとは思わないが、伝統的な、女の文章の規範に基づいて書き続けた。しかしながら、それは、一葉とは生活的切実の度が違うにしても、かなり確信犯的行為であったと私は考えている。つまり、露子は、美文・擬古文・文語文のもつ、韻致、趣きを武器に、反戦といった、もともと和文体にはなじまない思想を、隠微に隠しつつ、逆に、その思想を確かなものとして浮き彫りにしたのであった。

注1　関礼子『姉の力　樋口一葉』二ジェンダーの明治　Ⅱ　女性表現者の系譜（一九九三年　筑摩書房）
注2　平田由美『女性表現の明治史　樋口一葉以前』（二〇一一年　岩波人文書セレクション　岩波書店）
注3　関礼子に倣って、女性表現者が女性性を装って書いた文章を「女装文体」という。もっとも、男性表現者による女装文体もありうる。
注4　一葉日記「みづの上」明治二九年五月二九日に、正太夫こと斎藤緑雨が訪ねてきて、『めさまし草』の「われから」評「三人冗語」について、話した記録がある。露伴の説も『めさまし草』中のものである。
注5　西川祐子「性別のあるテクストー一葉と読者」『文学』一九八八年七月号　岩波書店　（『私語り樋口一葉』

二〇一一年　岩波現代文庫　所収）

注6　「新潮」三巻六号明治三八年一二月一五日「言文一致論」（『紅葉全集第十巻』一九九四年　岩波書店　所収）。

# 第三章　美文家露子の「女装文体」

## （二）美文とは

これまで、説明なしに美文といってきた。そもそも「美文」とは何か。『日本国語大辞典』では、

―古典の形式にのっとり、美しい語句や、修辞を巧みに用いた文章。明治中期に、落合直文などによって唱えられ、大町桂月、塩井雨江らに継承され、盛んにおこなわれた。―

とあり、『日本大百科全書』（一九八八年　小学館）によれば、

―広義には伝統的な和文や漢文を基調とし、音読にふさわしいリズムを有する文体、明治二〇年代以降しだいに定着していった口語文体の対極に位置する文体。森鴎外の『舞姫』や『即興詩人』、樋口一葉の『たけくらべ』、北村透谷の漢文脈を生かしたリズミカルな文体などもそのカテゴリーに属する。ただ、狭義には、というよりも文学史的には、明治二〇年代に欧化の反動としておこった国粋主義や日本主義から生まれた擬古典文を淵源とする感傷的な文体をさしている。落合直文ら国文学者の試みをはじめとして、その後の大和田建樹や雑誌『帝国文学』によった塩井雨江、武島羽衣、大町桂月らの文体がその代表である―

と説明されている。

第二章の習作時代でみた露子の書いた美文は、確かに、明治二〇年ころの落合直文らの和文運動家の著作などから個人的に得た和文体への接近であろう。『明星』以前多少かかわった『女学世界』や

『新声』などの美文、また与謝野晶子が『明星』に載せた若干の美文を参考にしたとも考えられる。
「美文」というジャンル名は、『明星』創刊後の第二号タブロイド版ですでにみられる。ただし久保天随と小島烏水の漢文調の紀行文も美文とされており、これらは広義の美文とされるが、以後の『明星』での男性性の顕著な美文と女性性のそれではやはり文体は異なる。その中で「女装文体」の代表ともいえる美文が、明治三三年一一月二七日第八号、晶子の「朝寝髪」である。鉄幹、山川登美子と三人で京の秋を過ごした折の「淡い恋」がテーマになっており、文体、内容ともにまさに女性性が発揮されたものである。

―またの日のあした、かけひの水に棲櫛ぬらして、姉様のわれ（晶子―引用者注）、白百合の君（登美子―同）のほつれ毛なづるかたはらに、二枚重ねし浴衣の上へ、我まゐらせし疋田のしごき、ゑんじ色なるを、君（鉄幹―同）が毒ある血のやうなりと、にくきこと云ひ給ひしそれしめて、きりの上にうかぶ吉田の山、紅葉にまかれし黒谷の塔に、以下略―

露子は、このような美文を自らもものしたいと思ったのであろうか、はじめて『明星』に掲載された露子の美文は、「日記より」であった。（明治三七年二月辰歳第二号）

―一日
さすがにわれも人の子、この日ばかりはさびしき笑まひの思ひつゝみて迎へまゐらせたりし年ほぎの君達、その中にしてゆくりなう驚かし給ひしは浪の君。以下略―

晶子の美文しかり、露子のこの美文も又、女性性を装ったものとして私は「女装文体」と呼ぶ。

## （二）露子の美文・女装文体

露子の美文・女装文体とひと口に言っても、かなり揺れがある。そこで私は以下のように分類した。もとより、この分類は必ずしも厳密なものではなくおおよその傾向をみるものである。

短文はのぞき、掲載紙を『明星』『婦女新聞』『婦人世界』に限定し、私が前著などで露子の作品でないとした「宵暗」は入れず、また、露子のペンネームと考える「まぼろし人」の作品は一つ入れた。

※印は重複するもの、ゴチック体は、『全集』にないものである。

晩年の作「落葉のくに」は流麗な美文でつづられており、最も分析しなければならない露子の文章であるが、言文一致運動との関連で明治期の文章に限ったので省いた。後の課題としたい。なお、すべて明治期の作品なので、明治は省いてある。

**1、批評文**

①「朝日新聞の小説失恋狂を読みて」小女つゆ子三六・九・一五　『婦人世界』　候体　美文

**2、編集者などに向けての意見**

②「たゞいさゝか」露子　三五・七・一五　『婦人世界』です・ます　言文一致体

③「第百九十五号の俚歌評釈につきて」ゆふちどり三七・二一・一五『婦女新聞』候体　美文
④「芳岳の君に」夕ちどり　三七・四・二五『婦女新聞』美文

**3、小話**

⑤「わか水」つゆ子　三五・一・一五『婦人世界』である・た　言文一致体
⑥「初秋」ゆふちどり　三六・八・三一『婦女新聞』です・ます　言文一致体
⑦「芳さん」夕ちどり　三七・五・二三『婦女新聞』地の文は美文

**4、お伽噺・子供向けの話**

⑧「庚申猿」夕千鳥　三六・七〜八『婦女新聞』です・ます　言文一致体
⑨「具津と太呂」夕の女　三八・二・一五『婦人世界』です・ます　言文一致体

**5、浪華婦人会行事関係**

⑩「売店室」露子　三八・四・一五『婦人世界』美文
⑪「かへさの道」前半　つゆ子　三八・一一・一五『婦人世界』美文
⑫「浪華家政塾卒業式幹事総代祝詞」杉山たか子　三八・一一・一五『婦人世界』美文
**⑬同「幹事総代の祝詞」杉山たか子　三九・五・一五『婦人世界』美文**

⑭「園遊会」無署名　三九・一一・一五　『婦人世界』です・ます　言文一致体
⑮「開き文　君がゆく道」末枯草　四〇・四・一五　『婦人世界』候体　美文※
⑯「かげろふ」野ばら　四〇・四・一五　『婦人世界』美文

## 6、厭戦思想さらに日露戦争批判を含むもの

⑰「かげろふ」石上つゆ子　三七・四　『明星』美文
⑱「兵士」夕ちどり　三七・四・一一　『婦女新聞』美文
⑲「草の戸」夕千鳥　三七・七・一五　『婦人世界』美文
⑳「おきみちゃん」つゆ子　三七・一二・一五　『婦人世界』地の文は美文
**㉑「霜夜」露子　三八・一・一五　『婦人世界』です・ます　言文一致体・美文混合**
㉒「しのび音」野うばら　三八・七・一五　『婦人世界』です・ます　言文一致体・美文混合
**㉓「姉の文」まぼろし人　三八・一一・一五　『婦人世界』候体　美文**

## 7、社会批判や女性観が含まれるもの

㉔「河内金剛山下の一小都」夕ちどり　三四・八・一二　『婦女新聞』美文
㉕「ひらきふみ」ゆふちどり　三六・三・一五　『婦人世界』候体　美文
㉖「野菊の径」露子　三八・一〇・一五　『婦人世界』地の文はです・ます　言文一致体・美文混合

㉗「西瓜物語」つゆ子　三九・六・一五『婦人世界』美文
㉘「山より」つゆ子　三九・七・一五『婦人世界』候体　美文※
㉙「夕河原」露子　三九・八・一五『婦人世界』です・ます　美文※
㉚「伯母上様まゐる」美代子　四〇・一・一五『婦人世界』候体　美文※
㉛「あきらめ主義」〇〇子　四〇・一・一五『婦人世界』です・ます　言文一致体
㉜「その夜」つゆ子　四〇・二・一五『婦人世界』美文
⑮「開き文　君がゆく道」末枯草　四〇・四月・一五『婦人世界』候体美文※

## 8、日録風のもの

㉝「わが昨今」夕ちどり　三五・六・一六『婦女新聞』美文
㉞「山分衣」夕ちどり・小夜千鳥　三六・一一～一二『婦女新聞』美文
㉟「日記より」石上つゆ子　三七・二『明星』美文
㊱「田園日記」夕ちどり　三八・四～五『婦女新聞』美文

## 9、自己の身辺を創作化したとみられるもの

㊲「「継母」について」夕ちどり　三四・七・二九『婦女新聞』美文
㊳「母子草」ゆふちどり　三五・四・七『婦女新聞』言文一致体※

㊴「親なし子」露子　三六年・九・一五『婦人世界』地の文　美文

㉘「山より」つゆ子　三九・七・一五『婦人世界』美文※

㉙「夕河原」露子　三九・八・一五『婦人世界』です・ます　美文※

㉚「伯母上様まゐる」美代子　四〇・一・一五『婦人世界』候体　美文※

## 10、妹にかかわるもの

㊳「母子草」ゆふちどり　三五・四・七『婦女新聞』言文一致体※

**㊵「あかつき」夕ちどり　三六・七・一五『婦人世界』美文**

㊶「夢のひと」〈おもかげ〉ゆふちどり三七・六『明星』美文

㊷「新愁」夕ちどり　三八・一・一『婦女新聞』美文

## 11、恋の思い出を創作化したとみられるもの

㊸「夕」ゆふちどり　三七・五『明星』美文

㊹「おもかげ」夕ちどり　三八・七〜八『婦女新聞』美文

㊺「いつゝ児」夕千鳥　三八・七・一五『婦人世界』候体　美文

㊻「かへさの道」後半　つゆ子　三八・一一・一五『婦人世界』美文

## 12、自己の心中表白のようなもの

㊼「まぼろし日記」夕ちどり　三五・九・八　『婦女新聞』美文
㊽「野薔薇物語」夕ちどり　三六・六・二九　『婦女新聞』美文
㊾「幽思」ゆふちどり　三七・六・六　『婦女新聞』美文
㊿「わすれな草」夕千鳥　三七・六・二七　『婦女新聞』美文
51「をとめ」夕ちどり　三七・八・二二　『婦女新聞』美文
52「異性」杉山孝子　三八・七・三　『婦女新聞』美文
53「絹手毬」夕千鳥　三九・一・一　『婦女新聞』美文
54「春の人へ」しら露　三九・一・一五　『婦人世界』候体　美文
55「狂風片言」野薔薇　三九・二・一五　『婦人世界』美文

誰かに宛てて書くという体裁の①③⑮㉓㉕㉚㊺54は候体を使っている。②「たゞいさゝか」は編集者に宛てたものなので「ですます調」で言文一致体を使っている。また、小話のようなもの、お伽噺の類⑧「庚申猿」⑨「具津と太呂」など、子供に話しかけるような場合、これらは、やはりわかりやすさを志向しているので言文一致体を採っている。5の浪華婦人会関係では、美文の背景に、浪華婦人会の家政塾卒業式や創立五周年記念の茶会の一コマが書き込まれている。6、7は美文ではあるが、戦争批判や社会批判がみられる。8、9の日録風のものや身辺記録は、やや個人的感慨が強まって、他に理解を求めるというより、自己陶酔感がみられる。10の露子姉妹に関するものは、いかにもなつかしさのあふれる美文となっている。1から12と番号が進むにしたがって、美文の優雅さや感傷性がより強くなる。11恋の思い出、そして、12の自己の心中表白をあらわすものになると、韜晦や屈折、朧化が次第に多くなり、読者の理解を阻むようなものさえ出てくる。彼女はかなり意識的に文体を使い分けているということがわかる。

以下、あまり取り上げられることのない11の「恋の思い出」に関するもの二編、12「自己の心中表白」三篇をまず検討し、さらに戦争批判や社会批判としてよく言及される6、7の順で述べる。

## (三) 恋の思い出を基調とした美文「おもかげ」「いつ、児」

美文は恋や愛を歌うにふさわしい。露子は、自身の恋にまつわる思い出をいくつかの作品に織り込んでいる。11の美文のうち、「おもかげ」「いつ、児」は、露子独特の「女装文体」といえよう。発表媒体は異なるが、合わせ読むと、何点か共通性があるようだ。なお本文については、大谷渡編の『石上露子全集』を参照されたい。

**「おもかげ」**

『婦女新聞』に掲載された「おもかげ」は、懸賞小説に応募し、二等になったもので、その結果が明治三八年五月八日の紙上に発表、一等「曙の光」（東京府下原宿　青葉）二等「おもかげ」（河内國富田林　夕ちどり）三等「八重山吹」（名古屋市下長者町　ゆふ月）とある。露子は賞品として『婦女新聞』一年分と賞金三円をもらったようだ。そして、六月二六日に、夕ちどりの「おもかげ」掲載の予告があり、明治三八年七月三日から、八月七日まで六回にわたって紙面をかざる。『婦女新聞』では「新進女流作家を導くため」小説を募集したとある。一等、三等の入賞者の文体は、美文ではあるが、露子ほど文体に凝ったものではなく、プロットを重視したものである。

〔あらすじと解説〕

一、花売りの少女が少しの儲けの中から古い手習机を買う。その小引き出しの奥にはさまっていた一束の手紙。誰が書いたともわからないそれを読むうちに少女は引き込まれ涙する。その日記ふうにつづられた手紙の内容はこんなものであった。

春の野を逍遥する二人連れ、裕福な家庭で、両親に愛され育ったひとりっ子の花子と、最近雇われた家庭教師の私、私は若くして亡くなった妹に接するような愛を彼女にそそぐ。二人が歩くのをみて、「美しき葉守の荘の姫」と「都から来た音楽教師の君」と評判になる。噂する人々からはなれた二人はやっと心やすらいで散歩する。しかし私には寂しい過去があった。昔の夢のなごりをわすれられず、その「かなしきさめがたのその怨みにしもくづ折れて」いる。私は、世や人にかくれるようにして、都を離れ、この葉守の荘の老子爵に見いだされ、その一人娘花姫の補佐役としてえ

らばれた。自分がつねに自分の運命をさびしく思うのは、

**かつての秋風月の末、遠く離れた海のかなたへ思いをいたす私が、「ありし年、あき風月のつごもり、遠海のあなた、たぐへやるこゝろの、かなしうつらかりしそのなごりぞとは君ならずして、あゝ誰かはしるべき」からである①。**

二、あどけない花子は、濃い紫の花を水になげたまま、つと私を見ていう。先生、私がお慕いしている先生を、私の姉と思ってもいいでしょうか。この真剣さをご覧ください。とまでいう。**あなた（手紙を書く相手）はこのことをどうお思いになりますか。私が、自分が家をうしない、人からは離れ、かなしい運命を持つ身なのだとはあえておっしゃらないでしょう②。**私が花子に言ったとして、優しい同情の涙は貴族がもともと持たないものなのだから。だから、「何年先も、ええ、ずっとこの先も姉妹として」と永遠の誓いをとりかわしたとても、姫には私の心はわからないだろう。私の笑いや涙がこもる何年間この心は、春の神だけがごらんになっているだろうけれど。

三、今は朝、夜来の雨がやみ、花姫の化粧部屋にいる。その時ふと故郷の、ずっと昔のあの人のおもかげがまぼろしのように浮かんできて、いつしかわすれていた物思いを繰り返したどっている自分に気づく。そうだ、同じような朝だった。母親のもとをはなれて乳母とふたり、住んだわが館での春雨の朝、**あの人のせいで心乱れてしまったあの夜の小琴の音色をなつかしんで一人おりたった園の中。私の袖にひとひらとどまった花びらを持ち帰り、ひとこと「おもひまつる」とだけ書いて何重にも封をして。思えば幼かった私の恋の想いよ。待つというのでもないが恋への憧れを待つうち**

**に三年がすぎた③。**こうして三年後の短い春の怨み、あまりにつらいうらみに年を経て、今ここでの筆も乱れてしまう。花子姫との逍遥で突然思い出した我が恋人への清い涙、それを何年ぶりかであなたに書くのです。私には家のためにはやくきめられた夫がいると知った時の驚き、何とも理解しがたく、ただ名のみの人を慕って憧れ、その人の面影すら知らないで音楽や詩歌に狂うようになったのでした。**妹にも先立たれ、私が恋い慕う人は、八重の汐路の長い旅へと去った。あなたは思いだされることがありましょう。あの人が船出するその夜、港からの紫の文字、美しい君の手紙、あなたの御情けをお責めにならないで④。**私もまたそののち都を離れ、今はこの山里に住む身。この手紙に封じ込める山桜の一花は、執着深いわたしの思い出と、今は春ですと、あなたの所へ伝え申し上げたいからなのです。なつかしいあなた、昔の友よ。

四、**今宵一人で、昔のあの人との思い出、胸の琴の緒が朽ちて切れたような寂しさを感じています⑤。**人からは離れ、あなたにはそむくことになった四年の間に、人恋う情熱もいまは枯れ、涙だけが冷たく落ちる。あまりにもめめしいとあなたは云うだろうか。せめて自分をかえりみてそぞろにあなたへの手紙を書くことを許してください。散る花、まるで私の運命のよう。あの人と別れて四年の夢物語、うらぶれた私の情懐、今夜はとりわけ孤独の寂しさに、昔のほこらしかった詩のおもかげがたどられる。恋した、恋われた、という昔、今の私には恋という言葉はふさわしくはない。**たからかに詩をうたう詩人の激越のしらべにひかれて、私も詩をかきかわした春秋、抑えきれない憧れの気持ちを書きかわすことに専念して、それも許されない情だというのでしょうか、籠の鶯が自然**

**を求めあこがれるのも罪なのでしょうか⑥。**

私の結婚相手として決められていた人は私の血縁の人とあなたもよくご存じでしょう。背も高く、快活でみやびやかな姿、智識も富も豊富なその人は同族の中でも際立っていました。しかし、外国帰りのその人は浮いた話の多くある人で、女性と見まがう美しい白い魔の手で自らの欲望をみたしなんの迷いもないとはなんと恐ろしいことではないか。この人と、もう一人の人にあこがれる乙女としては、二人の人をどうして愛せようか。それにしてもこの浮かれ人も今はどうしているだろうか、私がひとすじに恋うる人への想いゆえに、わが家を後にしたとき書き残した手紙にしたがって、この人も、私ではない美しい人を得て、子をもうけ幸せな家庭生活を送っているだろうか。

五、いよいよわが花子姫の婚姻の日も近づきました。この若い姫の乳母なる人が昔の物語をはじめた。それを書いてみましょう。東北の古い城に美しき兄と妹がいた。上の兄が十一、下の姫が九つのある秋の日、兄は風に吹き取られて行方知れずになった。残った姫にせめて兄のゆかりの人を迎えたいとのことになった、これが荘の子爵の先の代のこと。こうして四〇年。子爵は外国でそのゆかりの人を見出したのである。**その男性は、両親にはぐれ悲愁にしずみつつ音楽や詩歌の恵まれた天分をもちながらも、さすらいの人であった。なんと私の恋しい人の境遇と似ていることか⑦。**永遠に幸ある花、花子姫のそばで映えるはずのあの恋しい人、と、姫をみると、姫は伏し目がちに顔を赤らめている。

六、姫の結婚相手がかつて自分の恋い慕った人であったと知った今日。これをかぎりに私の情愛についてはもう書きつづけることはできない。このつらい心を手紙で何と言いいましょう。自分の心を寂しく思い切り、姫の幸いを祈るとしたあなたへの手紙も怨みのなごりとなってしまう。私の未来は、尽くせない怨みを抱いて一人朽ちてゆく定めとは知るものの、また過去もうらめしいとも思う。昨日聞いた物語は、ああ、間違いない、私に恋の涙を添えるその人とは、私が妹ともむつみ合う、花子姫の結婚相手であるとは。なんとむごい定めであることか、うつつの気持ちで一夜一日を過ごした私が思いを決めたのは、子爵宛にその人が寄越した手紙の一節、子爵の情に感謝しながらも、――「恋ふまじき影をも恋ひて行方定めぬ漂流の生涯、こんな身でもよければ…、」というものであったそうな。「恋ふまじき影を」はまさに私のこと、恋してはならない影にあこがれて狂うばかり苦悩したわたし。今の私は花子姫の行く手を呪うこともできない、かといって聖人の名を呼ぶすべも知らない。私は再びこの館を出て、ついの住処を求めてさすらうばかりです。さらば、お幸せに、君よ。

（明治三八年七月三日～八月七日）

太明朝体の部分は、露子自身の経験、恋人長田正平との恋の思い出と響き合うところである。①について、正平は明治三六年一〇月末に遠くカナダへ旅立った。④にある妹の死も事実、同じく④から推測されるのは、露子は、渡加する長田正平と港町神戸で最後の別れをしたのだろうかということ、そしてそれには、家庭教師神山薫の関与があったのか、彼女が知らせ、その手引きで最後に会ったのかもしれない。全体に「君」にあてての手紙という体裁をとっているが、この手紙の宛先、君（あなた）は、恋人ではなく、私の運命、過去を知り尽くしている誰か、と想定される。これも露子の事実に即してみると、彼女の家庭教師神山薫であろうか。この小説では、主人公が家庭教師役になっているが。さらに、③⑤の小琴にまつわる思い出は、露子がしばしば語っている。三年も、露子の待つ恋のキーワードである。そういえば、ひとひら袖にかかる花びらも、露子に触れた恋人を象徴するものであるかもしれない。その恋人は、⑦にあるように、詩歌に秀でていた。そして、手紙の私もまた、それに引かれて詩歌を書きかわしていたのであり、先述したように、露子の詩歌開眼のきっかけは正平と考えられ、仲を裂かれてからもそのようなやり取りがあったと思われる。また、⑥の部分、抑えきれない恋と詩歌への憧れ、そして自由への羽ばたきを希求する箇所は、露子の恋・文芸、そして、社会への視線と無関係ではないように思う。「さすらう恋人」「詩歌へのあこがれ」「成就しない恋」は、この美文においても基底に流れている。

まとめると、君あての手紙の「君」とは、家庭教師だった神山薫、海外へ去った恋人とは長田正平、この浮かれ人、もう一人の男とはフィクションであろうが、ひょっとして継母が勧める結婚相手であったかもしれない。そして花子とは、いまだに恋も文学も知らなかったかつての露子自身であろうか。しかし花子もまた、運命に翻弄されるであろうことは予想される。

**「いつ丶児」**

「おもかげ」とちょうど時を同じくして書かれた作品である。浪華婦人会の機関紙『婦人世界』に発表されたこの「いつ、児」は、署名も「おもかげ」と同じ夕ちどりである。

〔あらすじと解説〕

私が育てている愛し子が五つになった。この子を通して四年前の昔の人の面影をみいだす私、水原萩子。私は一八年間絵画に専心していたが、かつて自分を想ってくれていた人の心に気づかず、彼が傷心のあまり去ってしまった後、永遠に忘れることができればよかったのに、逆に次第にかつての人の上が心にかかり、夢にまでみることが続いた。ある朝、あの人ではなく、その人が得た新妻が自分をおとずれる。それは彼の死と、自分の出家とを告げ、残された子を私に託すためであった。彼への罪滅ぼしに、そののち私は、絵画の道も捨て、この忘れ形見の子供を育てることに生きがいを見出す。

遠い西の小島の彼方から母へあてた手紙の体裁をとって、託された子供を育て、その子が五歳になったことを伝え、子の肖像画を送る。

主人公の水原萩子という名は、実は、露子作品として『石上露子全集』にも採られている『婦人世界』に掲載された「宵暗」という小説の主人公、水野芳雄とヒロイン萩原露子を組み合わせたものである。「宵暗」の主人公露子は好きでもない男との結婚を迫られており、露子の恋人芳雄は、美術の勉強にフランスへと旅立ち、その切ない別れがテーマになっている。しかし、私が調べたところでは、この作者夢遊庵は、石上露子ではなく、筒井夢遊庵、筒井準という男性であった（第三部参照）。露子はこの小説に惹かれ、その主人公の名を使ったものと考えられる。

「おもかげ」と、「いつ、児」は、恋する男と女の立場が逆転しているものの、哀しい愛がテーマであるのは同じである

そして、この二つに共通するのは、

1、女の恋人である男が（外国へ行き）、女と遠く離れてしまう。

2、主人公の男女とも詩歌や音楽という芸術への志向が強い。

3、恋の思い出は時が経っても消えることはなく、むしろ大きくなる。

4、彼らは決して結ばれない。一方は、自分の妹とまで思う人の結婚相手として、一方は別の女性と結婚し、子まで設けるが死んでしまっている。最後は、主人公の手の届かないところにいってしまう恋人という設定である。

当時の小説の設定として、恋人が外国へ去ることによって恋の破局が訪れるという設定はよくあるのだが、執拗に繰り返される、想い人の洋行には、おそらく露子の若き日の恋の相手長田正平―彼はカナダへ去った、そして彼女に文学への道を誘ったのも彼であった―の人物像が塗りこめられている。ここでは触れないが、まぼろし人の名で発表した「冬の小径」（明治三九年一月一五日『婦人世界』第五六号）も詩と音楽を学びに外国へ旅立つ恋人を送り出すわれの切なさを訴える小品であった。

つまり、これらの小説の中には、露子自身の恋や芸術への思いがこめられているということであり、

それらは、流麗な文章に流されてつい見おとしてしまいがちだが、彼女の心奥深く秘められていた真実であろう。

## （四）心中表白の美文「幽思」「をとめ」「異性」

「女装文体」の美文中、もっと厄介なのが12のグループ、自己の心情告白と思われる、露子独特の朧化・省略・空白に満ちた美文群である。最近の傾向として、露子の思想性に注目するあまり、これらについては十分に説明したものが見られない。三篇とも『石上露子全集』に採られているが、解説したものはない。口語訳するのも難解であるが、挑戦してみよう。

幽思　　　　　　　　　　　　　　ゆふちどり

夕風《ゆふかぜ》、わがいたづらぶしの枕《まくら》に近《ちか》う、そとしのびより来《き》てさゝやきて云《い》ふ。

われいま、過《す》ぎしきのふの春《はる》の面影《おもかげ》、たづねわびつゝ徘徊《さまよ》ひて来しいさゝ川《かわ》の辺《べ》に、うすむらさきの藤《ふじ》の一花《ひとはな》散《ち》りふかびて《ママ》云《い》ひしらぬ情韻《じょういん》の一節《ひとふし》、わが回憶《おもひで》の糸《いと》にかぎりなきあはれを語《かた》るを覚《おぼ》えきき、給《たま》へ君《きみ》。

かつての日なり、われ青葉《あをば》の奥《おく》の幽《かゝり》の宮《みや》、そこにさびしみの白裳《しろも》長《なが》うおはする神《かみ》の羽袖《はそで》にそよぎて、美《うつく》しき角笛《つのぶえ》の音《ね》に通《かよ》ひたりし日、野《の》べ山《やま》べ、暮《く》れゆく春《はる》のとじめにひとりかゝりて、静《しづか》なる、長《なが》き愁《うれひ》に笑《ゑ》めるこのみをば見《み》き。

うすむらさきの、さなりかすかなるうすむらさきの、ゆかりの色《いろ》のなつかしきこの花《はな》、世《よ》にある日、ひとり春花《はるはな》の花《はな》やげなる時《とき》におくれて青葉《あをば》にこもる姿《すがた》は、たとはゞ、やさしみの耻《は》ぢにかくるゝ詩《うた》をとめが、世《よ》をかくろひの面《おも》ぎぬかづけるうつくしのそれかや。

世《よ》をわれからなる晩春《ばんしゅん》の空《そら》のなやみに馨香《にほひ》て、人《ひと》やわれや、つきせぬ幽思《ゆうし》をのみつゞりにし此《この》うすむらさきの花《はな》。

かの、よしと云ふ、うるはしと云《い》ふ、世《よ》の詩人《うたびと》が云《い》ふ恋《こひ》のながれの身《み》は、其露《つゆ》にうるほふほだしながら、わがおもかげの花《はな》、遂《つゐ》に水《みづ》の心《こゝろ》にはうつさじとせしはかなの花《はな》の身《み》なりしなり。

さいへこの花《はな》、あゝさは云へこの花、春野《はるの》にこもる夢影《ゆめかげ》いとふかき根《ね》ざしに生ひしすぐせの身の、胸《むね》にしゆるぐやさしき生命《いのち》のみだれ、慕《した》ひよるまぼろしの理想《りそう》の宮《みや》の、うちに人《ひと》よりせつなげなるが、それはたなからじやは。

けふ、ちりてうかびしいさゝ小川の水面《みのも》には、やさしき絃歌《げんか》のしらべもひゞきつ。

あはれ、そが世《よ》の生《せい》の夕山《ゆふやま》もとかげ、あまりにもまたさびしからずや君《きみ》。

とおもふにもわれこの花《はな》の上《うへ》に、あやしき涙《なみだ》のかつおつるかな…………

…………

いつしかわれ、長《なが》きうまゐの静《しづか》なる手《て》におちて、この後《のち》の夕風《ゆふかぜ》が物《もの》がたりを知《し》らず。

さるにても、とこしへにして、わが身《み》また春《はる》を別《わか》れにし、あゝ、この初夏《はつなつ》。

（明治三七年六月六日『婦女新聞』第二一三号）

〔口語訳〕

夕風が、わたしのひとり寝の枕近くにそっとしのびよってきてささやいてこういう。

「私は今、昨日、春の面影を探し求めてさまよいながらやってきた小さな川のほとりでうすむらさきの藤の花がひとひら散って浮かび、なんともいえないあわれを誘うたのを思い出します。お聞きください。君。

かつて、私が、青い葉が茂る山のずっと奥まったところに、さびしげな白い衣裳をつけた神さまの羽衣の袖にそよそよとふき、美しい角笛の音がひびいたある日、春のおわりを告げるころ、静かな野山にかこまれ、長い愁いにひっそりとほほえんでいるこの花をみたのです。それはうすむらさきの、そう、かすかなうすむらさきの紫いろのなつかしい花でした。

世の花やかな春の花々には遅れて咲き、青葉にまるで隠れて咲くようなこの花の姿は、たとえていえば、やさしすぎて恥じるとばかりに世間からかくれている歌乙女が衣で顔をかくしている美しい姿のようなものでしょうか。晩春の空、春を惜しむ気持ちに自分みずから香りを放ち、尽きない物思いにふけるこのうすむらさきの花。あの、よいという、うるわしいという世の中の詩人がうたいあげる恋にさすらう身は、花の露にうるおうのは仕方ないけれど、この花は、水に流されても水に自分の心を預けることはしない花なのです。そうはいってもこの花、春の野にすでに深く根をはっていた宿世ですから、胸の中ではやはりやさしい乙女の命が揺らいで、まぼろしの理想の想いは人よりもせつないものがないとはいえないでしょう。

今日、散って浮かんでいた小川の水面にはやさしい琴や歌のしらべも響きます。
ああ、それが世間の生活、夕暮れの山のふもとのかげ、あまりにもさびしいではありませんか、君よ。

と思うにつけても、私はこの花の上に、不覚にも涙をおとすのです。」
いつしか、わたしは、長い眠りにおちて、この後夕風がどんな物語りをしたのかをしらない。それにしても、わたしもまた春を見送って、ああ、いま初夏を迎える。

〔解説〕
ひとり寝のわたしに夕風がささやくように話す。それは、小川にひとひら浮んだうすむらさきの藤の花であった。春のはなやかな花の後にひっそり咲くこの花は、世間にはかくれて詩歌を詠む乙女のようなもの、小川の水に身を流されながらも、決して水に心をあずけることはしない、しかし、簡単には身をゆだねない潔癖さを持つとしても、やはり、心の中では春の花のような理想（恋心）をもつているのだ。そして乙女もまた。夕風はこの花に涙する。眠りに落ちたわたしは、この後の夕風の物語もしらない。そして、春と別れて初夏を迎える。この潔癖でしかし理想の恋を求め続けるうす紫の花は、まさしく乙女である露子自身の象徴であろう。

夕ちどり

をとめ

襖《ふすま》そとおしひらけば好《よ》き香《かう》のかをりして、幽花露《ゆうくわつゆ》したゝる北窓《ほくそう》のもと、ねむれるがごとくその翁《おきな》ぞゐたる。

（オゝよき子《こ》よ、ようぞ、いざこなたへ）

うつくしきおもかげかな、

岡《をか》の松原《まつばら》小野《をの》の逍遥《せうよう》のわがかへるさまちつけておどろかせたりしきのふのそれにあまりに似《に》ぬなり。

いさゝかのけがれもゆるしがたきわが家門《かもん》のほこりを、あらずをとめ子なればわれも聖《せい》なる天《あめ》のちぎりの、高《たか》きは通《かよ》ふ百合花《ゆりばな》のいのちのそれをもむげになみしはてたりし、かの日かの物語《ものがたり》を思《おも》ふと、わが若《わか》き胸《むね》はやあやしうわきだちて、頭《かしら》にのぼる血《ち》しほのいかりは目《め》くるめくやうまで覚《おぼ》ゆるなるも、をとめ子の恥《はぢ》の唯《たゞ》やさしきにおぢたりとのみや翁は見る。

（オゝよし、よし、かしこき子よ、わが言《こと》の葉《は》に従ひて郷《きやう》に孝悌《かうてい》の子たらんとする御身《おんみ》は幸《さち》なるかな、富の光り、楽欲《けうよく》のにほひ、かくてぞそこにつきせなき祝福《しゆくふく》のほまれある子よ）

あゝ何《なに》ものゝ魔《ま》かや、

やさしげの瞳子《ひとみ》と、貴《たふと》げの声音《こわね》と、さては胸《むね》の上長う、世をいつはりの雪より清き白鬚《しらひげ》の姿《すがた》ふさはしうして、かくて道徳《だうとく》の裘衣《かはごろも》美《うつく》しきが下に、貪泉《どんせん》のあくなきをたゝふるこの翁とはそも。

山《やま》ならぬ、水《みづ》ならぬ、人生《じんせい》かたき行路《かうろ》のそれにゆきなやむこゝらの子の、ゆきづりの情《なさけ》の宿《やど》、かなしうも立ちよりては胸に永久の苦悩《くのう》の喘《あえ》ぎ、かからん翁がため深《ふか》う深《ふか》うきざみ入《い》れられたりしを、われはまこと、けふまでにあまたゝび見《み》たりしなり。

（いなとや、いなと云《い》ふや、きけよよき子、世《よ》にわればかりぞ御身が心の奥の奥なるかすかなるその花の影のゆらぎはよう知るなり、さもあらばあれ、世は流転《るてん》きはまりなき化性《けしよう》のそれ、理想とやよるべなき地上幻想《げんそう》のおろかしきにあこがれて、はては悲運《ひうん》の闇《やみ》ぢにひとりまさぐりゆくなげきに添《そ》はんより、ようおもひ見《み》よよき子。）

あな推参《すゐさん》なる翁かな。

きのふ松原《まつはら》よりのかへるさにして、われはひとり夕夜《ゆふべ》の星《ほし》あふぎてかたうちかひつ。肉《にく》や名《な》や、邪《よこし》まなる利《り》の黄金《こがね》ぐつわにつながれたる、卑《いや》し翁がこの貪心の生贄《いけにえ》とゆかんよりは、脅迫《きやうはく》の手、わが頭上に落ちなばおちよ、あらがひてあらがひて、さてむしろ死《し》なんまでもと。

あゝよしや、さなりよしや、現《うつ》し身《み》かよわきをみなにして小さき反抗《はんかう》の力《ちから》、すべて世《よ》にむやくなりときかん日《ひ》とも、

（かしこき子よ、何とてわが云《い》ふ言《こと》にいらへせぬぞ。）

やう〳〵偽善《ぎぜん》の美しき粧《よそほ》ひうすれて、しうねくもむごき恐ろしきすがたに翁はゐよりぬ。

（かぎりなきもとめ、涯《はて》なきむさぼり。とこしなへにあらぬ願《ねが》ひにたばかられあざむかれて、オゝよき子よ、よう思《おも》へ、幼うして父母はらからを遠き北海《きたうみ》のあなたに別れ、故園にひとりよるべなきみなしごのはかなき宿世《すぐせ》の汝《な》が身を、かすかなる血縁《けつえん》のゆかりにあはれと見《み》てのこゝらの幾あけくれ、雨《あめ》しらぬ風《かぜ》しらぬなさけの袖《そで》のおほひに美しき衣《きぬ》きせ美しき名《な》添へて、なでしこのちりも

すゐじと生ふし立てしはまこと、かの子が父、御身が伯父なるその人ならずして誰《た》ぞ。

ましてやこは、その人の臨終の悲しき床に切《せつ》なる願ひのそれなりしと云ふを。

ときに章台楊柳を折るの子と、よからずや、それもいづれはおしなべていまを世《よ》に才《ざい》ある子が俤《おもかげ》なるもの、たゞようこし方をおもへ、女なる身のすぐせをおもへ。

さならずば、オヽさなりさならずばよき子よ、この翁われ、けふより栄達きはみなき彼の子が貴き心にふれざらんがため、毒《どく》ある呪《のろ》ひの舌《した》、専心《せんしん》中傷にゆだねて美《うつく》しき御身がゆくてをなやまさんに、かくてもなほ、よう思《おも》へ、かしこき子よ、）

きたなし翁、いかにともせよかし、われはこの世にすがるに親《をや》の何《なに》もあらぬ子なりとのみ、くちびるかみて唯涙《たゞなみだ》ふくむに、このしばし、翁も云《い》はず。

山かげのやど、夏《なつ》としもなきまひるの姿静《すがたしづか》にして。

あゝかゝらん時、かゝらん日、いかにするらんこのさだめのまへ、心やさしき大方《おほかた》のわが友《とも》のをとめは。（をはり）

（明治三七年八月二二日『婦女新聞』第二二四号）

〔口語訳〕
襖をそっと開くと良い香の香りがして、露がおいた花が咲く北の窓のところに、その翁はまるでねむっているかのように座っていた。
（おお、良い子だ、よくきた、さあこっちへ）

美しい顔つきである。きのう、松原から小野をめぐって帰ってくる私を待ち付けておどろかせたあの時の様子とはまったく違っている。

すこしのけがれも許されない我家柄の誇りを、いや、そんな家の誇りなどというものではない、自分も乙女としての、尊い天からの約束事、気高く咲く百合の花のような純潔をないがしろにするような、あの日のあの話を思い出して、私の胸は波うち、頭には血がのぼって怒りに目がくらむような心地がするのを、翁は、乙女が恥じて翁の前でおじけずいたと見なしているのか。

（おおよしよし、賢明な娘よ、わしの言葉に従って、この郷で親孝行の道を進むお前様はさいわいである。裕福で楽しみの尽きない生活が約束された祝福された娘よ）

ああ、なんという魔もの。

やさしそうな瞳、気品のある口調、そして胸にたれる雪よりも白い長いひげの翁は、清らかな姿にみえるが、道徳という裘の下には貪欲この上ない心がかくされているのだこの老人は。

高い山、深い水の中ではないものの、生きにくい人生を行き悩む多くの少女がちょっとしたはずみに立ち寄っては悩みを打ち明けようとしたとき、反対に傷を負わせられ、永久に苦悩することになる例を私はずいぶんと見てきた。

（いやだと？ いやというのか、聞きなさいお前さん、世の中で、わしだけがおまえの心の奥の奥にある乙女心のかすかなゆらぎを知っているのだ。どうあろうとも、世間はうつろいやすい変化そのもの、理想などといった頼りないおろかしい幻想にあこがれて結局は悲運の闇路にひとりでいき

ていかなければならないような悲しい結果になるよりは、よく考えてみなさいよき子よ）

ああ無礼な翁であることよ。

昨日松原から帰ってくる途中、ひとり夕べの星を見上げて固く誓ったのだ。

物質や名利、邪悪な金の亡者である卑しいこの貪欲な翁の犠牲となるよりは、脅迫の手がわたしの頭上に落ちるのなら落ちよ、それにあらがってあらがってそうしてむしろ死んでしまおうとまで思うのだ。

ああ、それでいい、現実にかよわい女の小さい反抗の力が、全く無益であるとわかっても、

（かしこい娘よ、どうしてわしの言うことに答えないのか）

次第しだいに偽善のうつくしい装いがはげて、しつこくむごい恐ろしい姿に翁はなった。

（かぎりない要求、はてのない貪り、永遠にかなわぬ願いに騙され欺かれて、おお、よい子よ、よく考えてみよ、おまえは幼くして北の海に両親兄弟と遠く別れ、故里に一人よるべのないみなしごとしてはかなき運命であったのを、かすかな血縁のゆかりにかわいそうだと思い、長年世間の雨風から守り、美しい着物、美しい名を与え、ちりもおかないように育ててきたのは、まさにかの男の父親つまりはお前の伯父ではないか。

ましてや、あの男とお前を添わせるということは、伯父の悲しいいまわの際の最後のせつなる願いというではないか。

あの男は、時には遊郭遊びをする、よくはないが、それもすべて世間の才覚のある男の証明では

ないか、よく来し方を考えて見よ、女としての運命を考えよ。

そうしないならば、おおそうしないならば、わしは、今日から、栄達きわみないあの男のお前への想いをとげさせるために、もっぱら呪いの言葉でもってお前を中傷し、お前のゆくてをなやましてやろうものを、こんなふうにしてもなお、お前はわしの言うことをきかないのか。よく考えて見よ、賢い娘よ）

けがらわしい翁よ、なんとでもせよ、私はこの世でたよりとする親もいない娘なのだ、と唇をかんで、涙をこらえるが、翁は何も言わない。

山かげの暗い宿、夏でもない真昼の静かなたたずまいのなかで。

ああ、このような時、この様な日、一体どうするのだろうか、この運命を前にして、心やさしいわが友のおとめたちは。

〔解説〕
比喩的に登場する翁とは、現実の利益優先、金のための結婚、現世主義の象徴であろう。それに対して、わたしは理想を求める。ここでは、単に理想と現実との軋轢というばかりでなく、具体的な「結婚話」が組み込まれている。私は、脅迫結婚ではない、自由結婚を求めているが、みなしごで伯父に育てられる身である。伯父は自分の息子と結婚させようとおもっているうちに亡くなる。息子—私の従兄—と一緒になってくれと遺言を残して。私は、遊び人の従兄のもとに嫁ぎたくはない。翁は、この結婚こそが私の幸福を約束するものであるとしきりに勧める。

表現の奥に隠されているのは、強制結婚で結婚した妻の悲劇　夫の遊郭通いなどによる妻の不幸妻の権利はないことなどへの一種の抗議文である。理想と現実の不一致、葛藤を、みなし子になって伯父に育てられその意のとおりになるまいとあらがう女性として描いた。ここには、恋もあきらめ家の為に犠牲とならなければならない露子の現実への抵抗の困難さが語られているのである。

世俗的な価値観の代表である翁は、一見優しそうで気品に満ちている。悪魔はかならずしも悪魔のような顔をしてはいない。「栄えある」「ほまれある」「貴い」「幸」「誇るべき」と世間的には見える強制結婚、しかし、露子にとってはそのような結婚（制度）こそが、忌避すべきものなのである。

異性　　杉山孝子

姫《ひめ》が起伏《おきふし》の花園《はなぞの》に小《ちい》さき草《くさ》あり。

そは、そのかみ、心《こゝろ》ざま卑《いやし》う、さはれ自《みづか》らはいと厳正《げんせい》に、園守《そのも》る手業《てわざ》世《よ》の大方《おほかた》の人《ひと》に立《た》ちすぐれたるを信《しん》じて、ほこりとなせる園守《そのもり》がかりそめの午睡《ひるね》のひまを、翅白《つばさしろ》き夢《ゆめ》の鳥《とり》、天《あめ》より来《き》ておきたる種《たね》のかく芽《め》ぐみしなるをば誰《た》れも知《し》らず。

み空《そら》には月《つき》の姿《すがた》、円《まどか》にしもなり行《ゆ》くなべにさゝやかなる緑《みどり》の蔓《つる》しげりて、其葉《そのは》がくれ、同《おな》じき色《いろ》の小花《しようくわ》は世《よ》ならぬ奇《く》しき香《かをり》を夜毎《よごと》にはなつ。

朝《あさ》ざめの木《こ》かげに、夕《ゆうべ》の川床《かはどこ》に、栄《は》えある天《あめ》の生命《いのち》をたゝへて、露《つゆ》ふかう美《うつく》しきこの園《その》に共栖《ともずみ》の蝶《てふ》ほたるの、なべて、皆《みな》がらうれしきわが世《よ》の詩《うた》の魂《たま》とたゞむつぶに、怪《あや》かしの思《おも》ひに醒《さ》めし園守《そのもり》はいかで其香《そのかをり》のもとさぐらんと一日《いちじつ》くまなう求《もと》めて夏草《なつぐさ》がくれ、この異様《いやう》なる小草《をぐさ》を見《み》いでつ。

『あらず、こは魔性《ましよう》のものなり。正《まさ》しうけがれなきわが姫《ひめ》が天授《てんじゆ》の花園《はなぞの》に生《お》ふべく、かゝる異様《いやう》の姿《すがた》したる小《ち》さきものはあまりにふさはず』

とて園守《そのもり》は足《あし》もてふみにじりしが、またの日《ひ》、ふたゝび、小草《をぐさ》はまたさらに栄《さか》えある様《さま》に花《はな》も葉《は》も、蔓《つる》も香《かほり》もまさりて、生《お》ひ茂《しげ》りたるを見《み》て、

『こは、まことに魔性《ましよう》のものなり』

と、内心《ないしん》の恐《おそ》れに根《ね》ながら引《ひ》き去《さ》りていろり火《ひ》の焔《ほのほ》に投《とう》じさりつ。

あはれ其後《そのゝち》、姫《ひめ》が起臥《おきふし》の花園《はなぞの》、うちに霊郷《れいきやう》の通《かよ》ひぢ絶《た》えて、憂愁《ゆうしゆう》の露《つゆ》さびしき幻《まぼろし》にして立迷《たちまよ》ふをも、心厳正《こゝろげんせい》なりしをなほたのみて園《その》もりは、

『かくてこそ、わが姫《ひめ》が花園《はなぞの》とこしへに安《やす》かれ』

と。この小草《をぐさ》、名《な》を異性《いせい》と云《い》ふ。

（明治三八年七月三日『婦女新聞』第二六九号）

〔口語訳〕

姫が寝起きする家の花園に小さな草がある。それはその昔、性格のいやしいそれなのに自分では大変厳格で園を守ることにかけてはその仕事を世間一般のそれよりも優れたものと自負していた園

守が、ちょっと昼寝をしたすきに、白い羽の夢のような鳥が天からおりてきて落とした種が芽を出したものだが、誰も知るところがなかった。空の月が丸くなるにつれ小さな緑の蔓が茂って、その葉に隠れ、同じ緑色の小さな花がこの世ならぬ不思議な香りを夜ごと放つのであった。朝は木陰に、夕は川床に、栄え映えしい天の命をたたえて、露深い美しいこの庭にいっしょにくらす蝶々やほたるがみなすべて我が世の詩を謳歌し、むつみあっているとき、目覚め、不思議に思った園守は、なんとかしてその香りの出所を探ろうと一日くまなく探して、夏草に隠れている、この変った小さな草を見つけた。「いけない、これは魔性のものだ。まさしくけがれのないわが姫様が天から授かったこの花園に、こんな異様な姿の草はあまりにもふさわしくない」といって、足でもってその草を踏みにじったが、次の日再び、この草はさらに栄えばえと、花も葉も蔓も香りも前よりもまさって生い茂っているのをみて、「これは本当に魔性のものだ」と内心どきどきしながら根っこのまま抜き去って炎の中に投げ捨てた。

ああ、そののち、姫が暮す花園に、精神の魂の世界との行き来も絶えて、憂愁の露がさびしい幻のように立迷ってしまったのであるが、園守は心が厳正であることを頼んで「こんなふうに草を抜いてしまってこそ、これから我姫の花園は永遠に安泰であるよ」といい放つ。この小さな草の名は、異性という。

〔解説〕

姫の屋敷の庭に生えた草、この小草は鳥や虫や木々の美しい自然とともに花園を飾る。それは姫の心の庭に下り立った異性（へのあこがれ）のたとえであろう。厳格な園守はその小草を刈り取ってしまう。園守は、父親の暗喩であろうか。露子の父は男たちからの手紙を燃やした。長田正平を遠ざけた。父親に自由な恋愛を邪魔されて、姫（露子）の憂愁は濃くなるばかり。

これらの『婦女新聞』に掲載された「幽思」「をとめ」「異性」の三作品について、大谷渡は、「以上の作品をみてもわかるように、近代の新しい思想に触れて自我にめざめた露子は、女性としての性に対するめざめも鮮明かつ激烈であった」（『管野須賀子と石上露子』ｐ２１８）と評している。私も「幽思」の「胸にしゅるぐ生命のみだれ」「したひよるまぼろしの理想の宮」や「百合花のいのち」などに、彼女の性的なリビドーが底流にあるように思うし、また、藤の花が水に散るその小川の水には、「やさしき絃歌のしらべ」というような歓楽や誘惑が暗示されているようにも思う。「をとめ」の女性を娶ろうとする男は、富にまかせて「章台楊柳を折る」つまり遊郭通いをするような男ではないか、と想像するが、朧化や省略がみられ、理解しにくい。「女装文体」の女性性が醸し出す朦朧とした「気分」そのものが主題であるような文章である。ただ、ここから読み取れることは明確にある。それは、親や親族からの圧力による強制結婚が、世間的には、認められ、栄えある成功とたたえられるが、作者によって強く否定されていることだ。自分の心のおもむくままに恋はしても、「遂に水の心にはうつさじ」「脅迫の手わが頭上に落ちなばおちよ」という強い自己を通す主人公なのである。

自由に選べる恋愛を志向していることはたしかだ。「うすむらさきの花」は、「白髭の翁」の誘いにあらがいつつ、「小草」、真の恋人の異性を求めてやまない露子の複雑な心情を表している。

しかし、父や世間に抗いながらも、現実の露子は、女の性を守ることに耐えきれないぎりぎりのところで、結局は、ついに強制結婚を選ぶ。

露子は自分の結婚も、「さかしき道」—世間的には常識的で賢明な選択ではあるが、自分の自由意志ではない結婚という意味で—と否定的にとらえている。自身の結婚を前にした際にもこのように歌に詠む。

—「わが涙玉とし貫きて裳にかざりさかしき道へ咀はれて行く」（明治四一年一月『明星』）

現実の結婚とは、自由を求める女にとっては桎梏以外のなにものでもない、との考えがずっとあったのではないか。これら意味のとりにくい、揺蕩うような美文においてすら、家制度につながる結婚拒否の提示がみられることは注目すべきであろう。

しかしもっと端的に、反戦意識や社会制度批判をこめた美文群も残したのである。

# 第四章　美文の陰に隠された思想

## （二）「草の戸」から「霜夜」へ

紹介した露子の美文が、「女装文体」であることは理解していただけたと思う。私の主張したいのは、反戦や国家への批判や女性の新しい生き方についての主張を、この「女装文体」で表現したという露子の特徴である。本来、思想を述べるには和文は適さないという通念があり、美文は、言文一致が確立していくにつれて、周縁化されていった。そして女装文体の表現者である女性自身もまた周縁化をまぬがれなかった。与謝野晶子や平塚らいてうは、男女平等の立場から、文章においても男性と同等であろうと、言文一致体を獲得しようとする。そのために、彼女たちは次第に美文から遠ざかった。そうすることによって男性の文学圏に参入しようとした。

一方、言文一致文体が確立してからも露子は、最後まで美文体を貫いた。このことは露子にとって何を意味するのであろうか。

第一部で述べたように、「草の戸」では、戦争批判、との言葉が、美文の一部に登場した。そして、「兵士」では、二重三重の括弧にくくられつつ、やはり戦争悪を暴く反戦思想は間接的にせよ訴えられていた。

それでは、新発見の露子の小説、「霜夜」はどうか。これも先述したように、国家・戦争批判や社会主義への親近性がより直接的に披歴されていた。この文体は美文のようだが、実は、「ですます調の言文一致体」ともいえる。美文と感じるのは、その流麗な「女装文体」ゆえなのである。

第六章（二）の３の本文を参照していただきたい。この文章には、いくつもの仕掛けが用意されている。

年上の女性と彼女を慕う主人公の女性という設定は、露子作品にしばしばみられるシスターフッドの披歴であり、女性読者に受け入れられるものであったろう。主人公と教師仲間の女性は、露子作品によくあらわれる姉と妹—露子に関して言えば、もちろん実際の自分と妹、そして、家庭教師の神山薫（姉）と自分（妹）の関係であり、涙をともにするような間柄である。ここに出てくる「田舎教師」は、時期的に明治四二年一〇月書き下ろし作品、田山花袋の『田舎教師』を踏まえたものではない。露子は、執筆時、『婦女新聞』にいくつか掲載された女教師の生活の記事をヒントにしたのではないかと思う。ただ、花袋が、「田舎教師」について「明治三十四、五年から三十七、八年の日本の青年を書いてみよう」といったように、この時代、東京にあこがれながらも地方の教師に身をしずめなければならない青年たちがいた。「田舎教師」という言葉が単なる地方の教員という以上の、世間的栄達から取り残されたものという意味を持つものであったのかとも考えられる。しかも女性教師という二重の周縁化は注意すべきであろう。あまり裕福でないしかし自分の意見をもっているような女性たちが主人公である。また、「ならびが岡の法師」—兼好法師が、『徒然草』で、引用した清少納言のことば、「人よりは木の片かなんぞの様にさげすまれあざけらるゝ」、『枕草子』四段「思はん子を法師になしたらむこそ、心苦しけれ。ただ木の端などのやうに思ひたるこそ、いといとほしけれ」を引用している。「枕草子」や「徒然草」は女性読者たちが共有できる程度の古典の教養であったろう。

さらに、「雪の日やあれもひとの子樽ひろい」は、備中松山藩主で、吉宗時代には老中にもなった安藤信友の句で、彼が雪の降る寒い日駕籠で登城する際、酒屋の丁稚小僧が薄着に素足で御用聞きをしてまわっているのを見て詠んだもの。樽拾いとは酒屋の丁稚のことで、自分の子にはとてもまねさせられない、あの丁稚も同じ人の子なのに不憫なことよとの意である。「とほ里小野」も、遠里小野(おりおの)、大和川で分断された大阪市住吉区と堺市の堺市側の村と限定するより、古典的にとほ里小野いったものかとも思う。

日本の古典だけではない、「彼の月の世にはぐゝまれた青の花の」とは、ドイツロマン派詩人ノヴァーリスの『青い花』をふまえていると思われる。(1)

これらの古典世界や、西欧のロマン的な事象を織り込みながら、つまり本歌取りの技巧によって、小説世界を広げることに成功している。

そしてその冒頭の書き出し、文体は、

―「ほんにこの様な晩はどうしてまあ、どんな処でねむつてゐるのでしよう。」霜氷る畷小径のもどり道、星月夜の空の唯静かにも冴え渡つた寒さを、またいまさらの様にショールの肩を少さうすぼめてやるせなげに見あげた友は、その夢のやうなうら寂しさのこもつた声音でかう云ひ出すのでした。―

純粋な擬古文でも文語文でもなく、言文一致に近いが、やわらかく話しかけるような文体である。

それは女性主人公が、女性読者に向けて女性の仲間として訴えかける、「女装文体」である。そして、重要なことは、そのようなしっとりとした抒情的文体、たとえば「聖なる静さをねたむとかきみだす魔が雄たけびのそれかあらぬかとなど、ひとりかう思うとては胸にしみじみと添う痛み」と連綿と流れていく語りの中身である。キリスト教の「聖なるもの」と「魔」との対比、ここでは、「悪魔」＝「富」が「戦争」であり、それに対峙するものとして「聖者・詩人」＝「愛・真理」といったキリスト教社会主義者の使う構図が見られる。そして友が低く歌う「社会主義の歌」（「富の鎖」）それは、校長がまさに禁じた「恐ろしき思潮―社会主義思想」なのである。

このように、「もみもみとある女装文体」で語られる、その主題は、弱い民が、いかに国家や戦争の犠牲となっているか、というものであり、それをどうしようもない無力な女教師がいつ実現するともしれぬ社会主義に想いをいたすというものなのである。

最後にいたって、

―富の鎖！自由の国！それよこは、今日もけふとて校長様より一同へ恐ろしき思潮ぞ夢にも沁むなといましめられたそれのと、ふとさる事に思ひあたつた私は、何かしらたゞまうたとしへもなう、疑ひと恐怖のかげのわなゝきが相ひ並びゆく自分の胸にかなしう悲しう痛まるゝのでした。―

主人公の嘆きに収束してしまうことをこの作品の限界としてはなるまい。この小品の良さは、戦争を暗に批判し、社会主義の歌を取りいれ、社会主義への親近性があらわであるから意味があるのではなく、このような「女装文体」で、反権力といえる思想を披歴したことである。平田由美は、女流小説と言文一致について、重要なことを示唆している。女性が言文一致体で書くということは、地の文において現実の女という性をもつ作者とは分離された主体による表現を実現することであった。事実近代の小説は誰が語っているかを秘匿したテクストとして展開される。その意味では、与謝野晶子が美文を捨て、言文一致で小説や評論を書いたことは文体の近代化の方向と合致する。しかし、平田は続けていう。「これとは全く逆の方向として、語る存在＝女をテクストの前面に押し出し、男装文体によらない言文一致の可能性がひらかれていた」。(2) これは、若松しづ子の「一人称」語りについての議論であるが、この「霜夜」の「私」から読者への「語りかけ」による「女装文体」の可能性についても同じことがいえないだろうか。

実は、露子が「言文一致」という言葉を使っているところがある。それは、米谷照子宛の手紙（明治三八年八月三〇日付）の中で、照子が『婦女新聞』に書いた「美《うつく》しの犠牲《にえ》」を「美しくやさしい」といったうえで「あなたは、言文一致のほうが、あなたにはふさはしいのでせうかねえ、ほんとうよ」と言っている。自分はそうではないとの認識がうかがえるが、照子の「美しの犠牲」は、言文一致と美文の融合のような文体であり、露子の「霜夜」とよく似た文体である。つまり、露子が美しいとする文章は、「男性文体によらない言文一致」＝「女装文体」というものではないだろうか。照子と異なるのは、「霜夜」ではその思想性・社会性が顕著なことである。

女のつぶやきとしてしかとらえられない、それを逆手にとって社会批判を試みた露子にとって「装う・粧う」ことの意味はこの辺りにある。

「小板橋」が彼女の詩歌の集大成、であるとすれば、「霜夜」は露子の社会的関心を披歴した散文中最高の作品であるといえよう。最後に友がくちずさむ社会主義の歌、それは決して口にしてはならない恐ろしい思潮につながるものである。作品にちりばめられる日本の古典的世界、そして西欧趣味の美しさ、しかしそこに展開していくのは、やわらかな美文によって記される反戦や国家批判である。「婦人の解放は社会主義によってこそなされる」というような命題をのべているわけではない。むしろ「いつになったらあの人たちの言う理想郷がくるのか」と社会主義を相対化もしているのである。「草の戸」や「しのび音」などで見え隠れする戦争忌避の文言ではなく、全体として、国家や制度への批判的視線がみられ、それが美文・女装文体によってよりいっそうきわだつ。イデオロギーと女性表現とが均衡を保ちつつヒューマニズムあふれた佳品となった。

## （二）露子の美文体の可能性

露子の少女時代の文学的環境といえば、後に小説について述べた折に、尋常小学校を卒業するかしないかのころ、『大阪朝日』連載の須藤南翠の小説を好んでいたと彼女は語っている（明治三八年七月『婦人世界』第五〇号「友信欄」）。露子は、もちろん『源氏物語』などの古典も読み、西鶴調や、和漢洋の混交文体などの文学作品に囲まれていたのであろう。女学校の公的教育にはあまり接しなかった露子だから、家宅にある書籍類を主に手本としたのであろう。杉山家蔵書、特に露子が愛読・

愛蔵した明治期の文学書が散逸してしまった現在、どのような書物を彼女が読んでいたのかを知る手掛かりがないのだが、誌面で盛んに美文を掲載した『明星』の影響下にあって、彼女は美文体を出発点としたのではなかろうか。初恋の相手長田正平が露子のことを描いた「その灯影」も『少詩人』中の「美文」に分類されていた。また、露子が参入する前から『明星』では、その浪漫性豊かな美文がジャンルとして挙げられていた。与謝野晶子は、明治三三年から三六年にかけて「わすれじ」「七日がたり」「浦物語」などの美文を書いている。あの「君死にたまふこと勿れ」への大町桂月の批判に応えた「ひらきぶみ」(明治三七年一一月)も候体で書かれた美文といえよう。また、『明星』午歳第七号明治三九年七月の「産屋日記」は、後の出産に関する記録「産屋物語」や「産褥の記」の言文一致とは異なり、美文で書かれている。後の出産記が晶子の思想的進展を示していることとも関連してこようが、とにかく、晶子は、言文一致体の優勢と、散文の文体としての美文の限界を感じ、美文体を捨て去ってしまうのだ。『明星』における美文の概念は多義にわたっているが、それでも、晶子の「産屋日記」以降、急速に影をひそめていく。山本正秀によれば、露子の活躍した明治三三年から四二年は、言文一致運動の確立期である。(3) 晶子や『青鞜』のらいてうたちは、周縁化された美文ではなく、言文一致へと舵をきることで、男性と平等であろうとした。

与謝野晶子は、多くの古典文学の現代語訳を試みている。たとえば、『和泉式部日記』を訳した『新譯和泉式部日記』は、完全な言文一致、「である調」である。そして、日記主人公の心の「内面」にまで切り込んで、強烈な自己主張を伴った解釈をする。この「内面」の発見、「自己」への執着、一個人としての物言いは、近代の文学のひとつの到達ではあった。しかし、訳文ゆえかもしれないが、和泉式部の文体の豊穣さは失われてしまった。男性と同じ文体で書こうとするとき、言文一致という新文体の文学的価値をも指標としてしまう。先述した川端の女流のとらえ方においても、文学の基準とは、男性の基準に外ならなかった。女流が、先輩男性の文体を模範とすることは、男の論理で物を考えるという陥穽に陥ることにはならないだろうか。

露子は、最後まで自分の美文を手放さなかった。晶子とちがい、文壇情勢に関心がなかったのでもあろうが、明治三〇年代から四〇年、そして、大正期に再び、婦人科医師緒方正清主宰の『助産之栞』においても、美文形式で文章をつづる。最後の自伝「落葉のくに」は、露子の独特の美文の完成形であると私は思っている。なぜ露子は、美文という「女装文体」にたよったのであろうか。第一部で述べた、執拗なまでの女であることへのこだわり、「われらかよわき女性」の、中心ではなく常に周縁であるからこその表現は、言文一致による男の基準、男の論理に組み込まれることは決してない。晶子らが言文一致体で、現実の女から女性性を排除した「一人称」文体を確立したことは意味のあることであったが、男性性と拮抗する女性性をどのようにして確保していけるか。露子は必ずしもはっきりと意識したとはいえないが、美文体・女装文体を「かよわき女性」が主張する、明確な意見・思想を印象づける手段、さらにいえば武器として使い続けたのではないだろうか。

近代女性としての自覚という点でよく引き合いに出される「しのび音」は、落合直文の系統をひく美文というよりは、ですます調の言文一致で書かれている。しかし文章そのものは美文要素と思想性の両方をもつ、「女の文」もしくは「女装文体」と言えよう。「しのび音」という題名そのものが、あきらかに古典的情趣につつまれている。ホトトギスという鳥は、古典世界の代表格で夏のおとづれとともに鳴きだすとされ、まだ陰暦四月のころは、堂々とでなく、声をひそめて鳴く、という趣が「しのび音」である、つまり、露子は、私は、堂々とではなくて、ひっそりと述べるのですよ、というまずもっての女性的なことわりがなされるのである。

一文の主述関係、修飾被修飾関係は二重、三重に重なっている。この反復や累積は美文の特徴である。「今の社会では楽天的な人が多い」ことの非難を、曲折した文脈でつづる。全文はすでに紹介ずみなので繰り返さないが、「と仰るのですが」「御座いまして」「見すごして居られましよう」。「御座いますまいか」「あそばさないのでしよう」といった文末は丁寧な談話体といった方がよいかもしれない。

「しのび音」では、露子は、社会主義者の女性観をもとにしながら、本来の女性のあり方、物事の本質を見るべきことなどを説いた。「あきらめ主義」しかり、「開き文」しかり、彼女はこのような女装文体を通して、自らの「思想」を披歴した。そのことが重要なのである。「霜夜」も同様、そこにみられる主張だけを取り出して一義的に「思想性」をとらえるのではなく、その主張がどのような表現方法でなされたかの工夫をも見るべきである。露子は、決して単純に思うままつづったのではない。ここぞと思うときに、それをどのような文体であらわすかという意識をもっていたと私は思う。その時に、思い出したのが、下中芳岳に称賛された『婦女新聞』における「兵士」の美文であったのではないか。そこでは、やむにやまれぬ反戦の主張は、むしろおずおずと入れ子の形で覆われていた。それを下中は、女性が書くことを、慰撫・慰安という意味で評価した。それは、『女学雑誌』推薦の「女の文」から一歩も出るものではない。しかし、この、屈折・朦朧体・空白・象徴などを特徴とする「女の文章」「女の書き方」「女装文体」によってこそ、「霜夜」では、いたいけな貧しい子供を跳ね飛ばそうとする高貴な奥様方の傲慢さ、そしてその傲慢をゆるす戦争という暴力の極致をあえてする国家・階級・戦争への鋭い視線が截然たるものになる。

戦争が激化するにつれ、また、浪華婦人会で活動するにつれ、そして、何より社会主義関係の雑誌や新聞を目にしたことで、彼女は次第に思想的に成長していった。その思想を何とか伝えたいと思った時に、表現法として「美文的なるもの」が手段として生かされた。

戦争の蔭で苦痛にあえぐ人たちへなぜ目を開かないのかと批判していた彼女は、そこからさらに女性の生き方の模索へと思索をひろげていく。そのことは、多分に彼女の結婚問題がきっかけとなっていよう。結婚した女性が、今の幸せを思いながらも、かつて懐いていた文芸・詩作への執着に悩む姿を描いた㉘「山より」、㉚「伯母上様まゐる」では、婚約していた男に裏切られた女性が「何故にかくも女は弱きものと生れ来候ひしぞ」と嘆くものである。女だけがなぜ苦しまなければならないのか、という問いは、露子の一生つづく問いであった。近代的女性とおぼしき、女学校出の女性が結婚後は、昔ながらの婦女の道に比べても何ら学問も役立たない、と下女の眼を通して語られる㉗「西瓜物語」は、学問をしたからといって真に女性の生きる道をきわめることにはならないとする。「霜夜」で社会主義を相対化したように、いわゆる近代女性をも相対化した興味深い作品で、「霜夜」や「西瓜物語」などの掌編をもう少し充実させられなかったかと残念なのだが、このけんつくな奥様も、本来の自己の生き方を生きられないあわれな女性の一人ではないかと思わせる、一種の女性論になっている。これらはすべて美しい擬古文、美文で書かれた。

みてきたように反戦思想や国家・社会制度の悪を剔抉することをを可能にしているのが露子の美文、女装文体であった。思想を包み込む叙情、「社会性を孕む叙情」（松田秀子）というとらえ方がでてくるゆえんである。

与謝野晶子や田村俊子、平塚らいてうなど、『青鞜』にかかわった女性たちは、樋口一葉を乗り越えるために、女装文体から遠ざかった。(4) 彼女たちは明治末から大正にかけてのオピニオンリーダーとして活躍していく。が、男性に伍して、果敢に言文一致に移行していき、女装文体、美文を捨てていったときに、何がおこったか。男性のことば、男性の自我、男性の内面に近づきすぎ、結局は男性原理に組み込まれたのではないだろうか。露子が美文を手放さなかったことは、一見、敗北のように見える。しかし、私たちが露子から学ぶことは、彼女の主張したイデオロギー・政治性や社会批判だけではなく、それがどのように示されているか、ということである。その意味では彼女の表現の、ポーズ（擬態）や韜晦、曖昧さ、空白にも目を向けなければならない。(5)

実は、私は「草の戸」を読んだとき、吉屋信子の『花物語』の一編「山茶花」を思い出した。主人公の姉と妹、写真好きな姉を湖水を小舟を漕いで誘う少女。テーマはまるで異なるが、山間の湖畔の静けさ、そこに遊ぶ小鳥たち、女同士の友情など、雰囲気そのものが物語であるかのような作品であることが似通っている。

本田和子は、『花物語』の、過剰にみえる言葉の装飾、その特有の美文から放たれる不思議な香気こそが『花物語』の魅力であって、そこに概念的な主題や思想性を求めるべきではないとした。(6)確かにこの文章の魅力はなによりもその外面的な「文・文章」にこそあるだろう。

大正期の吉屋信子の「美文」は、本田も指摘するとおり、「ヨーロッパの世紀末芸術の息吹を浴び」、独特の雰囲気をかもしだしている。単なる文語調でもなければ、いわゆる擬古文でもない。これは露子の美文にもあてはまることであろう。吉屋信子が、『花物語』執筆にあたって、露子の美文を読み、指針としたとはいえない。吉屋が石上露子に興味を持ち、「富田林の旧家〈石上露子〉」を書くのは、松村緑の研究に触発されて以後、昭和三九年のことである。(7)しかし、吉屋自身は、『花物語』作中で、「少女雑誌への投稿とちがって、美文の調では要領を得ぬ、そうした実用宣伝用の文章」と、美文と実用的な文章を区別している。少女雑誌への投稿には適しても、実用的ではないという「美文」のマイナスの一面に言及している。もっとも、吉屋は、美文を否定しているわけではなく、戦後の著作『女性の文章の作り方』では、人の胸にひびく、「内面」から沸き起こる表現としての「美文」の利点を述べ、女性の文章に、品格を求め、また女性だからこそ、気品の備わった文章を書けるのだと女性読者に訴える。(8)明治初期の『女学雑誌』のありかたを踏襲するような本質論的女性表現論ではあるが、「現代文と古典文」では、古典文の簡潔、意味の豊富さを「枕草子」や「源氏物語」を例に「あの文語体の簡潔な美しさ、感銘の深さといふものは、なかなかに捨て難味がありまして、私など今以て時折、文語法を好んで用ひるのでございます。」「相成るべくは、とりわけ女性の文章は、日本古来の平易な言葉のみを選ぶやうにしたいものだと思ひます」といい、古典の文章の簡潔さや余韻に注目し、古典文章への親昵を吐露している。吉屋信子は、『少女世界』の女子の投稿作文を文学の出発点とした。露子もまた、明治期の女性向け新聞・雑誌への投稿から、自分の文筆活動を始めた。吉屋や露子の作品に共通して登場するシスターフッドは、「オトメ共同体」を象徴する。(9)吉屋がその後どのような道をとったかは今は問わない。最初から思想性を排除された美文であるなら、思想的ではないと貶められることもないからだ。しかし、露子はどうであったか。露子が吉屋信子と異なる点は、その装飾的な美文そのものを目的とするのではなく、その美文で思想を語ったところにある。露子の美文の可能性があるとするなら、彼女がオトメの「共同体」から抜け出し、社会へと飛び立つときに直面する問題群、それを解決するためにどのような思想的根拠を獲得しなければならないか、という社会的視点である。

　結婚前、女性読者たちに、呼びかけた、あの美文「開き文　君がゆく道」には夢と憧れの世界を読者に提供すると同時に、現実社会へ向かう彼女たちをいとおしみ励ます気持ちが、こめられている。この独特の「美文」「女装文体」で語られる「開き文」は、「抒情的な伝統的美文」に特化するのも、また「女性の自我」の主張だけを切り離して取り出すのも正しくはない。

「この試みに勝つも負くるもいづれは女性にて候ふ、あきらめてゆくも、あきらめでゆくも、何れは女性にて候ふ、世に呪はれたる弱きものに候ふ。されど、あくまで自己を忘れず奮進したまふべきに候ふ、自己は生命なり、自己を没したる人は生存するも無意義也、人の妻となり、人の母となるのみが婦人の天職にても候ふまじくや」は、美文体に支えられているからこそ、今もって胸にひびくのではないだろうか。

注1　たとえば『明星』明治四〇年（一九〇七）三月に「水之華」として北原白秋が、「青い花」の詩を掲載している。一九〇五年初めに露子が書いているのは、これを受けたものではないだろうが、このドイツの詩人に関する情報は得ていたかもしれない

注2　平田由美前掲書。

注3　文学史における言文一致（運動）については、山本正秀による膨大な研究によると、その第一期　発生期―慶応二年（一八六六）から明治一六年（一八八三）、第二期　第一自覚期―明治一七年（一八八四）から明治二二年（一八八九）、第三期　停滞期―明治二三年（一八九〇）から明治二七年（一八九四）、第四期　第二自覚期―明治二八年（一八九五）から明治三二年（一八九九）、第五期　確立期―明治三三年（一九〇〇）から明治四二年（一九〇九）、第六期　成長・完成前期―明治四三年（一九一〇）から大正一一年（一九二二）、第七期　成長・完成後期―大正一二年（一九二三）から昭和二一年（一九四六）の七期に分類される。（山本正秀『近代文体発生の史的研究』岩波書店　一九八二年）

注4　平塚らいてう（明子）は、『明星』最後の年、明治四一年一月には「はらから」というツルゲーネフ作の翻訳を美文で書いている。

注5　伊佐健治「『露子』（管野須賀子作）、『ラマン（愛人）』（マルグリット・デュラス作）―作品に用いられ

る、物語描写の相違について―」（大阪学院大学通信　二〇一三年　六月号）が参考になる。年代は八〇年も隔たる、女性解放家、須賀子とデュラスの文体の違いについて述べた論文である。須賀子は伝統的近代的描写法によってストレートに女性解放というテーマを前面に立てたのに対し、デュラスは、音楽そのものに行き着くような文体、暗示やほのめかしが少しずつ空白に、沈黙に変わっていく「沈黙の文体」で書いた。女性の欲望を女性の文体で書くこと、すなわち、一九八〇年代半ばの、女性が男性と同じ立場に立つことを主張するだけでなく過去の男性文化に変わる女性自らの新しい社会や文化をつくりあげようという女性解放の気運との関連を述べている。私の論に引き付けていえば、露子は八〇年後を先取りしていたことになる。

注6　本田和子は『異文化としての子ども』（一九八二年　紀伊国屋書店　Ⅲ「変貌するまなざし」四、「少女の誕生―一九二〇年、花開く少女」）において、吉屋信子の「月見草」を例に「作品の表層を幾重にも覆う言葉のひだ飾り、これら過剰に見えるほどのことばの装飾は、論理的な意味を超え、というより論理の介入する余地もない。そして、それらの装飾的な言葉たちが、表層を埋めてそれぞれにゆらめきわたるとき、作品世界には不思議の香気が立ちこめて、束の間の幻鏡を出現させるのだ」と述べ、またその美文の背後に王朝時代の女流や泉鏡花、初期の漱石、与謝野晶子の文体を見ている。

注7　吉屋信子「富田林の旧家〈石上露子〉」は、『ある女人像』（一九六五年　新潮社）に収録されている。

注8　吉屋信子『女性の文章の作り方』入門百科叢書の一冊、一九四九年　東京大泉書店

注9　川村邦光は、明治から大正にかけての雑誌『女学世界』の読者投稿欄を分析し、少女たちが心の中に〈オトメ共同体〉をはぐくんでいく様相を論じた（『オトメの祈り』一九九三年　紀伊國屋書店）。ここでの「オトメ共同体」はそれを借りた。

# 第三部　「宵暗」「王女ふおるちゆにあ」の作者についての疑義

# 第一章　露子作とされてきた「宵暗」

『石上露子全集』では、夢遊庵という署名の小説「宵暗」、および翻訳「王女ふおるちゆにあ」が採られている。「宵暗」は、松村緑が雑誌『東京女子大学　比較文化』第八号に紹介したもので、『婦人世界』一九〇一年一一月一五日第六号所載となっている。冒頭の部分一枚が破り去られて本文を欠く、との注がある。松村は、署名美代子になる露子作品「伯母上様まゐる」に関して、解説欄（『比較文化』第一〇号）で、「作者自身掲載誌に題名には点をかけ、署名の右脇にはつゆ子と鉛筆で書きつけてゐるので、自作であることは明白である」と述べた。そうならば、「宵暗」も露子自身が自作と記したのか。松村緑が露子遺文としたからには、確証があったはずである。しかし、あらたに見つかった『婦人世界』の調査によって、「宵暗」が露子作ではないという疑義が生じたのである。

「宵暗」は、三回にわたって掲載され、第一回は、『婦人世界』明治三四年（一九〇一）八月一五日第三号の小説欄に初めて登場する。二回目は同年九月一五日第四号、三回は同年一一月一五日第六号にある。『全集』では、『比較文化』にしたがい、第六号掲載の一部のみが紹介されている。冒頭の一枚が破られていたというのは、おそらく雑誌の二九・三〇ページ分が欠損していたのだろう。すでに「宵暗」「王女ふおるちゆにあ」の本文は紹介済みだが、(1) 第二部で見てきた露子の美文体との比較という観点から「宵暗」全文を再度紹介する。

なお、「宵暗」のルビの基準は一定していないがそのままにしておいた。

# 第二章　「宵暗」全文

# 宵暗

## （上）

夢遊庵

夕陽《ゆふひ》はいま淡路《あはぢ》の山《やま》の端《は》に落《お》ちて、茜《あかね》なす西《にし》の空《そら》に名残《なごり》の色《いろ》いと深《ふか》く棚曳《たなび》き、波間《なみま》に砕《くだ》くる瑠璃《るり》の光《ひかり》り燦《きら》〱と相映《あひえい》して、美《うる》はしう眩《まば》ゆげに眺《なが》められしが、軈《やが》て薄墨色《うすずみいろ》の雲《くも》の彼方《あなた》に沈《しづ》み果《は》て、、黄昏《たそがれ》の色淡《いろあは》く迫《せま》り初《そ》めぬ。沖《おき》の彼方《かなた》に漂《たゞよ》ふ漁舟《いさりぶね》の四つ五つ、遥《はるか》に遠《とほ》く見《み》え隠《かく》る、は、波《なみ》のまに〱岩屋《いはや》の浦《うら》にそが帰《かへ》り路《ぢ》を急《いそ》ぐなるらし。瀬戸内海《せとないかい》を往通《ゆきか》ふ小蒸気船《こじやうきせん》の一つ二つ。いま一抹《まつ》の黒煙《くろけむり》を残《のこ》して、苫《とま》が嶋灯台《しまとうだい》の沿岸《えんがん》を進《すゝ》み行《ゆ》きしが、軈《やが》て水平線《すゐへいせん》の彼方《あなた》に影《かげ》は消《き》えぬ。白《しろ》き鳥《とり》の五羽《は》六羽《は》列《れつ》を為《な》して海《うみ》の上《うへ》を駈《か》けり行《ゆ》きぬ。

白《しろ》き沙《いさご》の上《うへ》に満《み》ち寄《よ》する潮《うしほ》の音《おと》ざは〱と一しきり。磯《いそ》の上《うへ》に小舟《こぶね》曳《ひ》き上《あ》ぐる漁夫《ぎよふ》の四五人《にん》、声《こゑ》を合《あは》せて歌《うた》ふ鄙唄《ひなうた》の一と節《ふし》。

『湿《ぬ》れて干《ほ》されて　干《ほ》されて湿《ぬ》れて　『かはく間《ま》の無《な》い　沖《おき》の石《いし》。』

『五平《へい》どん。やれ〱、今日《けふ》の仕事《しごと》もこれで何《ど》うやら済《す》んだぞいの、鳥渡《ちよつと》一葺《ぷく》貸《か》さつしやれ。何《ど》うぢやい、これから一風呂浴《ふろあ》びて、宅《うち》でゆッくり一杯飲《はいや》らうぞい、寄《よ》つて行《ゆ》かッしやれ。与太《よた》も八も亀《かめ》も一緒《しよ》に来《こ》いよう。』

舟《ふね》の板《いた》の間《ま》に腰掛《こしか》けて、皺嗄声《しやがれごゑ》の高話《たかばなし》。げにや清《きよ》し、浮世《うきよ》の塵《ちり》の外《そと》に。

『したが阿父《とつ》さん、此間中《このあひだぢう》から彼《あ》の松川《まつかわ》の別荘《べつさう》へ来《き》とッてや、大阪《おほさか》のお客《きやく》さんなァ。』

『あ、、彼《あ》の別嬪《べつぴん》の嬢《とう》やんの……かえ。』

『爾《そ》うとも、彼《あ》の嬢《とう》やんは病客《びやうにん》らしい顔色《かほいろ》をしとッてやが、矢張《やつぱ》り、肺病《はい》で養生《やうじやう》に来《き》とつてのやろが。』

『然《さ》ればぞい、彼《あ》の嬢《とう》やんは気《き》の毒《どく》な事《こと》じやァ無《な》いかえ。何《なん》でも大阪《おほさか》の船場《せんば》の好《え》え宅《とこ》の嬢《とう》やんじやそうな。学《がく》も有《あ》るし、琴《こと》も中々《なか〳〵》巧手《じやうず》ぢやし………、それ昨夜《ゆふべ》も好《え》え音《おと》が聴《きこ》えとつたぞい。我等《わしら》にはと、んと別《わか》らぬが………。それ、何《なん》とか………。』

『ま、夫《そ》れァ何《ど》うでも好《え》わい。何《なに》が気《き》の毒《どく》なンぢやい。』

『聴《き》かッしやれ、五平《へい》どん。此間《このあいだ》私《わし》が彼《あ》の嬢《とう》やんに付《つい》て来《き》とつての、女中衆《じよちうしゆ》から聴《きひ》たんぢやが………、何《なん》でも彼《あ》の方《かた》の実《じつ》のお母《ふくろ》が、去年《きよねん》とか死《し》んでやつたんぢやそうな、其処《そこ》で後添《のちぞひ》の継母《まゝはゝ》が、その何《なん》ぢや、以前《まへ》は芸妓《げいしや》とかであつたそうなで、大変《たいへん》に悪《わる》い人《ひと》での、始終邪慳《しじゆうじやけん》に彼《あ》の温順《おとな》しひ嬢《とう》やんを苦《いぢ》めるのぢやそうな。加之《それに》、嬢《とう》やんの父御《てゝご》が嬢《とう》やんの事《こと》なり宅《うち》の事《こと》はその後妻《ごさい》に任《まか》して一切自分《さいわれ》が構《かま》はんのんやげな。何《なん》でもあの方《かた》の病気《びやうき》の這麽《こんな》ことが原因《もと》であろ、おう、未《ま》だ〳〵、それに、その後妻《ごさい》が見立《みたて》で、勝手極《かつてぎめ》での、嬢《とう》やんが何《なん》でも厭《いや》がつて、厭《いや》がつて厶《ござ》る男《おとこ》を養子《やうし》にして、嬢《とう》やんと夫婦《いつしよ》にしやうとしたとかやらで………。夫《そ》れや此《こ》れやが病気《やまひ》の種《たね》になつたのぢやろうわい。それで七八日前《まへ》から女中衆《じよちうしゆ》二人《ふたり》倶《つ》れて如彼《あゝや》つて此地《こつち》へ来《き》とつてのやが、何《なん》と気《き》の毒《どく》な事《こと》じや無《な》いかい、喃《のう》、五平《へい》どん。』

『爾《そ》うよのう。真《ほん》に金持《かねもち》の嬢《とう》やんを気《き》の毒《どく》がる吾曹等《こちとら》は却《かへ》つて気楽《きらく》なもンぢやわえ。別《べつ》に心配《しんぱい》する事《こと》も無《な》しにのう。はッはッは。』

『真《ほん》によ。どりや帰《かへ》らつしやらぬか。また明日《あす》は明日《あす》の事《こと》よ。』

『どりや往《ゆ》かうか。』

各自《おの〳〵》漁具《ぎよぐ》を手《て》にしつ、帰《かへ》り去《さ》りぬ。

暮靄《ぼあい》既《すで》に淡々《たん〳〵》として夜《よる》の幕《まく》は静《しづか》にこの一村《そん》を閉《と》ぢぬ。対岸岩屋《たいがんいはや》の漁家《ぎよか》一帯《たい》、灯火《ともしび》の影《かげ》まばらに、隠見《いんけん》しつ。遠《とほ》く明石《あかし》の浦《うら》に淀船《ていはく》せる船《ふね》の灯豆《ひまめ》の如《ごと》く見《み》えぬ。過行《すぎゆ》く松籟颯々《しようらいさつ〳〵》として更《さら》にまた寂《さび》しき余韻《よゐん》を伝《つた》へぬ。


［明治三四年（一九〇一）八月一五日　第三号］

## 宵暗

夢遊庵

《中》

『お嬢様《ぢよう》。鳥渡出《ちよつとで》て御覧遊《ごらんあそ》ばせ、大《おほ》きな汽船《ふね》が遣《や》つて参《まゐ》りました。鳥渡《ちよつと》お速《はや》く……………、此処《こゝ》まで被入《いらつしや》いまし………。』

と、呼《よ》ばる、儘《まゝ》に立出《たちい》で、、椽側《ゑんがは》の柱《はしら》に身《み》を凭《もた》せつ、、静《しづか》に沖《おき》の彼方《あなた》を眺《なが》めやる十八九の美《うる》はしき少女《おとめ》は、此別荘《このべつさう》の主人《あるじ》が愛嬢《まなむすめ》の露子《つゆこ》なり。

矢飛白《やがすり》の浴衣《ゆかた》軽《かる》う身《み》に纏《まと》ひて、紫繻子《むらさきじゆす》の昼夜帯《ちうやおび》配合《うつり》よく、英吉利銀杏《井ギリスいてふ》に束《つか》ねたる黒髪艶《くろかみつや》やかに、白《しろ》き絹紐《リボン》の瀟洒《さつぱり》としていと、似合《にあ》はし。

『お嬢《ぢやう》さま。大分大《だいぶおほ》きな汽船《ふね》で厶《ござ》いますね。あら、最《も》う彼《あ》れ丈参《だけまゐ》りました……灯台《とうだい》の彼処《あすこ》まで……。真個《ほんと》に速《はや》う厶《ござ》いますこと……。如彼船舶《あんなふね》は外国《あちら》へ参《まゐ》るので厶《ござ》いましやうね。』

『爾《そ》うねえ……。』

絹団扇《きぬうちは》を右手《めて》に、露子《つゆこ》は愛《あい》らしき瞳《ひとみ》を沖《おき》の彼方《あなた》に対《む》けて、いま一条《ひとすじ》の黒煙《くろけむり》を残《のこ》しつ、西《にし》の方《かた》に過行《すぎゆ》く汽船《ふね》の後影《うしろかげ》に注視《そゝぎ》つ。軈《やが》て汽船《きせん》の影《かげ》は遠《とほ》く彼方《あなた》に消《き》え去《さ》りて、眼界《がんかい》たゞ小暗《をぐら》き波《なみ》の色《いろ》を留《とゞ》むるのミとなりぬ。されど露子《つゆこ》は何事《なにごと》をか思《おも》ひ悩《なや》めるにやあらむ、柱《はしら》に倚《よ》りしま、なほも沖《おき》の彼方《あなた》を無心《むしん》に眺《なが》めやりつ、、や、霎時我《しばしわれ》を忘《わす》れしが如《ごと》く悄然《せうぜん》として佇《たゝづ》みぬ。

群寄《むれよ》る蚊《か》をはた〳〵と団扇《うちは》にて打払《うちはら》ひつ、軒《のき》に吊《つる》せる岐阜提灯《ぎふちやうちん》の下影《したかげ》に坐《すわ》り居《ゐ》たる下婢《かひ》のお由《よし》は、所在《しよざい》なさにいま起上《たちあが》りて、奥《おく》の間《ま》より革布団《かはぶとん》を携《たづさ》へ来《き》つ、掾《えん》に打敷《うちし》きて、

『お嬢《ぢやう》さま。貴嬢《あなた》前刻《さつき》から何《なに》を那麼《そんな》に點考《かんがへ》て被入《いらつしや》いますの……。御病気《ごびやうき》の中《なか》で物《もの》をお案《あん》じ遊《あそ》ばしたり為《な》すつては、お身体《からだ》に障《さは》りはいたしませんか。真個《ほんと》に御大切《おだいじ》なお身体《からだ》を……貴嬢《あなた》。まァお坐《すわ》り遊《あそ》ばして些《ちつ》と面白《おもしろ》い、変《かは》つたお話柄《はなし》でも遊《あそ》ばしては奈何《いかゞ》で厶《ござ》いますの。ね、お嬢《ぢやう》さま。』

『あいよ。』

『さァお敷《し》き遊《あそ》ばせ。その柱《はしら》にお凭《もた》れ遊《あそ》ばす方《はう》がお楽《らく》で好《よろ》しう厶《ござ》いましやう。』

『由《よし》は真個《ほんと》に何時《いつ》も親切《しんせつ》だねえ。妾《わたし》、嬉《うれ》しくッてよ、真個《ほんと》に死《し》んだつて忘《わす》れァ為無《しな》いよ……。』

『あらまァ、飛《と》んでも無《な》い……、那麼《そんな》こと仰有《おつしや》つて…………。』

『由《よし》や、あ、ァ、妾《わたし》の真実《ほんと》の阿母《おつか》さんがもう少《すこ》し……長《なが》う生《い》きて被入《いらつしや》つて下《くだ》さッたらねえ……お前《まへ》だつて爾《そ》う思《おも》つて呉《く》れるだろうね……。阿父《おとう》さんは些《ちつ》とも宅《うち》の事《こと》なんかお搆《かま》ひなさらないし、今《いま》の継母《おつか》さんは…………。』

跡《あと》は得言《えい》はず、さし俯向《うつむ》きて覚《おぼ》えず膝《ひざ》の上《うへ》に濟《こぼ》る、一と雫《しづく》を淋《さび》しき笑《ゑみ》に紛《まぎら》はせつ、、

『ほ、、、。また妾《わたし》の下《くだ》らない愚痴《ぐち》が出《で》て……。由《よし》は迷惑《めいわく》ねえ……。』

『何《ど》う致《いた》しまして……。お嬢《ぢやう》さまは真個《ほんと》にお可哀想《かあいさう》に……、奥《おく》さまが生《い》きてお出《い》で遊《あそ》ばしたら……嘸《さぞ》……。』

『あ、ァ。由《よし》や、妾《わたし》も早《はや》う死《し》んで了《しま》つて、阿母《おつか》さんのお傍《そば》へ行《い》つて見《み》たいねえ……。』

語《かた》り敢《あへ》ず、露子《つゆこ》は花《はな》の面《おも》わに片袖《かたそで》を押当《おしあ》て、、よ、と計《ばか》りに泣沈《なきしづ》みぬ。お由《よし》は慰《なぐさ》めむ言葉《ことば》も無《な》くて、唯《たゞ》、、もじ〳〵と膝《ひざ》の辺《あたり》の塵《ちり》を捻《ひね》り居《ゐ》つ。

『お嬢《ぢやう》さま。最《も》う這麼《こんな》お咄《はな》しは廃《や》めに致《いた》しましやうでは厶《ござ》いませんか。お身体《からだ》に障《さは》りましては何《なん》で厶《ござ》いますから……。つい私《わたく》しもお咄《はな》しに釣《つ》られまして……誠《まこと》に不念《ぶねん》で厶《ござ》いました。お許《ゆる》し遊《あそ》ばして……。』

『何《なん》だね、由《よし》、お前《まへ》が謝罪《あやま》るやうな事《こと》……些《ちつ》とも……有《あ》りや為無《しな》いぢやァ無《な》いかね。妾《わたし》こそ下《くだ》らない事言《ことい》出《ひだ》して……済《す》ま無《なか》つたね。』

『お嬢《ぢやう》さま。最《も》う那麼《そんな》こと仰有《おつしや》つて下《くだ》さいますな。あ、郵便《いうびん》が参《まゐ》りましたやうで厶《ござ》います。鳥渡《ちよつと》行《い》つて取《と》つて参《まゐ》りましやう。』

お由《よし》は起上《たちあが》りて玄関《げんくわん》の方《はう》に立去《たちさ》りしが、直《たゞち》に一封《ぷう》の書状《てがみ》と一枚《まい》の端書《はがき》を手《て》にしつ、、入来《いりきた》りぬ。

露子《つゆこ》は涙《なみだ》を払《はら》ひつ、、お由《よし》が差出《さしだ》す封状《てがみ》を把上《とりあ》げて、そが差出人《さしだしにん》の署名《なまへ》に眼《まなこ》を注《そゝ》ぎつ、不意《ふい》にさッ、、と面《おもて》を赧《あか》らめしが、其《その》ま、書状《しよじやう》を袂《たもと》に匿《かく》しぬ。

『お嬢《ぢやう》さま。このお端書《はがき》はお宅《うち》から参《まゐ》りましたので厶《ござ》いましやう……、旦那《だんな》さまの書風《おて》のやうで厶《ござ》いますが……。』

『あ、爾《そ》う。鳥渡《ちよいと》お見《み》せ。』

『さァ御覧遊《ごらんあそ》ばせ。』

手《て》に把《と》りて読《よ》みもてゆきし露子《つゆこ》は、何事《なにごと》か快《こゝろよ》からぬ様《さま》にて眉《まゆ》を顰《ひそ》めぬ。

お由《よし》は更《さら》に端書《はがき》を把《と》りて打眺《うちなが》めつ、

『お嬢《ぢやう》さま。夫《そ》れでは明日《あした》の午後《ひるから》の汽車《きしや》で、尊父《おとう》さまと重吉《ぢうきち》さま《露子《つゆこ》が継母《けいぼ》の甥《をひ》》とが、お遊《あそ》びに被入《いらつしや》るんで厶《ござ》いますね。明日《あす》の朝《あさ》は一ッ念《ねん》を入《い》れてお掃除《さうじ》をいたしましやう。ほ、、、。』

『阿父《おとう》さまお一人《ひとり》で被入《いらつしや》ると……可《いゝ》のにねえ……。』

『お嬢《ぢやう》さまは真個《ほんと》に……彼《あ》の方《かた》を……お嫌《きら》ひで被入《いらつしや》いますのね。御無理《ごむり》は厶《ござ》いません。由《よし》は何《なに》も角《か》も好《よ》く存知《ぞんぢ》て居《をり》ます……。あ、ァ、兎角思《とかくおも》ふやうに成《な》らない憂世《うきよ》で厶《ござ》いますねえ……。』

露子《つゆこ》は愁然《しうぜん》として言葉《ことば》無《な》し。お由《よし》は不図《ふと》心付《こゝろづ》きて俄《にはか》に話頭《わとう》を転《てん》じぬ。

『お嬢《ぢやう》さま、話柄《はなし》に身《み》が入《い》つて、つい時刻《とき》を忘《わす》れて居《を》りましたが、最《も》う大分遅《だいぶんおそ》いやうで厶《ござ》いますから、お眠《やす》み遊ばしては奈何で厶《ござ》います。どれ、お蓐《とこ》をお設《と》り申しましやうか。』

と言捨《いひす》て、起上《たちあ》がりつ、勝手《かつて》の方《はう》に立去りぬ。

露子《つゆこ》は袂《たもと》を探《さぐ》りて、以前の封書《ふうしよ》を把出《とりいだ》しつ、封押切《ふうおしき》りて静《しづ》かに繰《くり》ひろげつ、読《よ》み始《はじ》めぬ。

十五六行《ぎやう》読《よ》み行きし時《とき》、露子《つゆこ》は覚《おぼ》えずハラ〳〵と涙《なみだ》を滾《こぼ》しぬ。二十行《ぎやう》、三十行、持《も》つ手戦《おのゝ》かせつ、軈《やが》て読《よ》み終《をは》りしとき、露子《つゆこ》が顔《かほ》の色は血《ち》の気失《けう》せて、蒼白《あをじろ》きが上《うへ》になほ蒼白《あをじろ》う見《み》えぬ。

『あ、ア。最《も》う迚《とて》も水野《みづの》さんに……芳雄《よしを》さんにお目《め》に懸《か》ることは出来無《できな》いンだわ……。切《せ》めてもう一度だけ逢《あ》つて……お顔《かほ》が見たいねえ……。』

低《ひく》う独言《ひとりご》ちつゝ、涙《なみだ》に重《おも》き瞼《まぶた》を拭《ぬぐ》ひつ、露子《つゆこ》は再度《ふたゝび》書状《しよじよう》を繰返《くりかへ》して、

『あ、ア。最《も》う寧《いつ》そ死《し》んで了《しま》いたいねえ……。』

絶入《たえい》る如《ごと》く忍《しの》び音《ね》を洩《も》らしつ。書状《てがみ》を抱《いだ》きてよゝとばかり我《わ》れを忘《わす》れて泣沈《なきしづ》みぬ。

吊《つ》るせる岐阜提灯《ぎふちようちん》の光《ひかり》は次第《しだい》に薄《うす》れゆきて、蝋燭《らうそく》や尽《つ》きたる、明滅《めいめつ》として今将《いまゝさ》に消《き》えなむとす。遥《はる》かに聴《きこ》ゆる野狗《のいぬ》の遠吠《とほぼえ》、渚《なぎさ》に打寄《うちよ》する潮《うしほ》の響《ひゞき》。

折《をり》しも彼方《あなた》の磯淵《いそぶち》より風《かぜ》のまに〳〵、伝《つた》え来る鄙歌《ひなうた》の一と節《ふし》、満籟寂寞《ばんらいせきばく》たる天地を通《とほ》して、幽《かす》かに響き渡《わた》りぬ。

『湿《ぬ》れて干《ほ》されて　干《ほ》されて湿《ぬ》れて　かはく間《ま》の無《な》い　沖《おき》の石《いし》……。』

《未完》

［明治三四年（一九〇一）九月一五日　第四号］

# 宵暗

## 《下》

夢遊庵

"Ah! what pleasant visions haunt me

As I gaze upon the see《ママ》(sea)!
All the old romantic legends,
All my dreams come back to me.
Sails of silk and ropes of sendal《ママ》(sandal),
Such as gleam in ancient fore《ママ》(lore);
And the singing of the sailors,
And the answer from the shore!"

と、『ろんぐふぇろう』が詩篇《ポエム》の一節《せつ》を低《ひく》う口吟《くちずさ》みつゝ、暮行《くれゆ》く西《にし》の空《そら》打仰《うちあふ》ぎつ、折《をり》からの夕凪《ゆふなぎ》に打寄《うちよ》する波《なみ》の声《こゑ》いと静《しづか》なる磯淵《いそぶち》に、孤影蕭然《こえいしようぜん》として佇《たゝづ》める一人《ひとり》の青年《わかうど》あり。淡色《うすいろ》のモーニングコート身《み》に軽《かる》く、ダブルのカラー高《たか》きを着《つ》けたり。奈翁帽《ヘルメットばう》眼深《まぶか》に被《かむ》り、洋杖《ステツキ》脇《わき》に挟《はさ》みて立《た》てる姿《すがた》凛々《りゝ》しく、美《うる》はしき男態《をとこぶり》なり、年紀《としのころ》は二十四五にやあらむ。青年《わかうど》は洋杖《ステツキ》を右手《めて》に提《さ》げつゝ、一歩《ぽ》二歩《ほ》徒歩《あゆ》み始《はじ》めぬ。渚《なぎさ》に沿《そ》ふて二町余《ちやうあまり》、何時《いつ》しか西《にし》へと辿《たど》り行《ゆ》きぬ。

但《と》ある別墅《べつさう》の垣《かき》の外《そと》にて壮佼《わかうど》は不図《ふと》立留《たちどま》りぬ。柴折戸《しをりど》には『萩原《はぎはら》』の二字《じ》記《しる》されたり。壮佼《わかうど》はやゝ霎時《しばし》垣《かき》の傍《かたへ》に彳《たゝづ》みぬ。軈《やが》てつと身《み》を起《おこ》して、柴折戸《しをりど》開《ひら》かむとせしが、逡巡《ためら》ふ如《ごと》く、思返《おもひかへ》せしが如《ごと》く後方《しりへ》に退《さが》りつ、垣《かき》の周囲《まはり》を左右《さいう》に彷徨《さまよ》ひぬ。

日《ひ》は全《まつた》く暮《く》れて、夜色《やしよく》静《しづ》かに迫《せま》り初《そ》めぬ。別墅《べつさう》の裡《うち》には灯火《ともしび》の影《かげ》晃々《あか〲》と障子《しやうじ》を照《てら》しぬ。声高《こはたか》に語《かた》らふる笑声《こゑ》いま裡《うち》より聞《きこ》えつ。

『露子《つゆこ》。何《なに》か一《ひと》つ弾《ひ》いて聴《き》かして呉《く》れんか……。睡《ね》るには未《ま》だ早《はや》し……為様《しやう》が無《な》くッて困《こま》るから、何《なに》か一《ひと》ッ……。喃《のう》、重吉《ぢうきち》。』

『露《つゆ》ちやん。何《なん》ぞ一《ひと》つ弾《ひ》いとお見《み》やす。貴嬢《あんた》、膽斗知《たんとし》つとお居《ゐ》るやおへんか……。え、厭《いや》どすか。』

『妾《わたし》……あの少《すこ》し気分《きぶん》が悪《わる》くッて……、前刻《さつき》から頭痛《づゝう》が致《いた》しますから……。』

『那麼《そんな》こと言《い》はんと、聴《き》かしとお呉《く》れやすいな。え、貴嬢《あんた》。』

『でも……。』

『お嬢《ぢやう》さま。お弾《ひ》き遊《あそ》ばせな。お遣鬱《きばらし》になつて……却《かへ》つてお宜《よろ》しうム《ござ》いますよ。』

『だッて……お前《まへ》……。』

『露子《つゆこ》。皆《みな》が彼如《あんな》に言《い》つてるンだから……、短《みじか》いので可《い》いから一《ひと》つお聴《き》かせよ。さァ。』

『はい。』

今年《ことし》の春《はる》、上野《うへの》の美術学校《びじゆつがくかう》を卒業《そつげふ》し、夙《つと》に出藍《しゆつらん》の名誉《ほまれ》高《たか》く、前途有望《ぜんというばう》の声《こゑ》一身《しん》に集《あつま》り居《ゐ》しが、果然《くわぜん》、蛟龍《かうりよう》遂《つゐ》に小池《せうち》の中《うち》を出《い》づるの好機《かうき》に会《くわい》して、此度《こたび》、斯道研鑽《しだうけんさん》のため燃《も》ゆるが如《ごと》き希望《きばう》を抱《いだ》きて遠《とほ》き仏蘭西《ふらんす》の都《みやこ》に赴《おもむ》かむとする青年画家《せいねんぐわか》あり。姓《せい》は水野《みづの》、名《な》は芳雄《よしを》。こは彼《か》の壮佼《わかうど》が身《み》の上《うへ》なりき。

愈々《いよ〲》明日《あす》の過午《ひるすぎ》、神戸《かうべ》解纜《かいらん》の汽船《きせん》『土佐丸《とさまる》』に乗込《のりこ》むべく、旅装《りよそう》の用意《ようい》何角《なにかく》と整調《とゝの》へ終《おは》りたる渠《かれ》は、此夕少時《このゆふべすこし》の間隙《ひま》を偸《ぬす》みて、渠《かれ》が夢寝《むび》にだに忘《わす》れ難《がた》き相思《さうし》の恋人《こひびと》、萩原露子《はぎはらつゆこ》に、余所《よそ》ながら別離《べつり》の情《じやう》を惜《をし》まばやと、飄然《へうぜん》として此処《こゝ》垂水《たるみ》の浦《うら》に音《おと》づれ来《きた》りしなり。

明日《あす》よりは八重《やゑ》の汐路《しほぢ》の果遠《はてとほ》き、大洋《わだつみ》の上《うへ》に檝枕《かぢまくら》して、夢魂《むこん》夜々《よな〱》、故郷《ふるさと》に音《おと》づれ、恋《こひ》しき君《きみ》があたりを彷徨《さまよ》はむに……。今宵《こよひ》、君《きみ》と会《あ》はゞ分《わか》るゝは本意《ほい》なく悲《かな》しけれど、憖《なまじ》ひ相見《あひみ》なばまた憶出《おもひで》の種《たね》、別《わか》るゝことの一層《ひとしほ》酷《つら》からむ……、逢《あ》ふまじな、逢《あ》ふまじな。さらば名残《なごり》は尽《つ》きじ……いざ分《わか》れを告《つ》げむ……。

と、何時《いつ》しか垣《かき》に靠《もた》れて彳《たゝづ》み居《ゐ》し壮佼《わかうど》は、覚《おぼ》えず浮《うか》び出《い》づる一掬《きく》の暗涙《あんるゐ》を拳《こぶし》にて払《はら》ひつ。決然《けつぜん》身《み》を起《おこ》して二三歩前《ぼまへ》に歩《あゆ》み出《いだ》せしが、また立留《たちどま》りて振返《ふりかへ》りつ。ポケット探《さぐ》りて把出《とりいだ》せし羅馬綴《らうまつゞり》の自己《おの》が名刺《めいし》二三葉《えふ》、垣越《かきご》しにそと外《そと》より投入《なげい》れて、人《ひと》もや見《み》ると四辺《あたり》を気遣《きづか》ひつゝ、さらばと計《ばか》り洋杖《ステツキ》右手《めて》に乗直《とりなほ》しぬ。

折《をり》からの別墅《べつさう》の裡《うち》より聴《きこ》ゆる一曲《きよく》の悲調《ひてう》、恋《こひ》しき少女《をとめ》が歌《うた》ふその一と節《ふし》。

『……人《ひと》のつらさに懲《こ》りもせず。合。憂《う》き玉《たま》の緒《を》のいつまでか。合。絶《た》えぬ思《おも》ひにくれ竹《たけ》や。合。幾夜《いくよ》ふしみの袖濡《そでぬ》れて。合。かはく間《ま》もなき泪《なみだ》の渕瀬《ふちせ》。合。……。』

嘈々切々《さう〱せつ〱》、急雨《きふう》の如《ごと》く私語《しご》の如《ごと》く、離愁《りせう》を愬《うつた》ふるに似《に》たる妻琴《つまごと》の音《ね》に、多恨《たこん》の遊子《いうし》が腸《はらわた》まさに寸断《すんだん》せらるゝの思《おもひ》、何《なに》となう後髪《うしろがみ》引《ひ》かるゝ心地《こゝち》して覚《おぼ》えず蹌々《よろ〱》とせしが、気《き》を励《はげ》まして闊歩《あゆ》み出《いだ》しつ。松が根《ね》に喫《すだ》く虫《むし》の音《ね》あはれに淋《さび》しく、宵暗《よひやみ》くらき浜辺《はまべ》を、何処《いづく》ともなくとぼ〱と辿《たど》り行《ゆ》きぬ。

（完）

［明治三四年（一九〇一）一一月一五日　第六号］

［傍点はすべて作者夢遊庵による］。

# 第三章　「宵暗」の真の作者

短編だが、情景描写といい、漢語と和語の調和といい、名文であるといえよう。露子の作品ということになっていたが、まず、署名の夢遊庵というペンネームが女性のものとしては違和感があった。さらに第二部で見てきた露子の流麗な美文体から考えて、「文体」そのものが、露子のものかは、やや疑問であった。随所にみられる漢文脈など露子の美文からはもっとも遠いところにある。また、作品外部からみても、「宵暗」の掲載開始時期は明治三四年八月であり、露子の「浪華婦人会」入会―早くても同年九月―よりも前である。非会員の作品をいきなり載せることがあるだろうかと不可解でもあった。露子のものでは、会話文が口語体で独立しているのは、「わか水」がやや似ているが、漁師たちの会話によって主人公の状況を説明する方法は初期の露子には無理ではないだろうか。

「宵暗」の署名はすべて夢遊庵となっているが、同じ「夢遊庵」の署名で、明治三五年（一九〇二）一月一五日第八号、同年二月一五日第九号、同年三月一五日第一〇号、同年四月一五日第一一号の四回にわたって、翻訳「王女ふおるちゆにあ」が小説として掲載された。この第一回目は『全集』に採られている。第二回以降は『全集』にはない。これは、松村緑の「遺文」にもなかったのが、大谷渡氏が関大所蔵の『婦人世界』第八号で「宵暗」と同じ夢遊庵の作品「王女ふおるちゆにあ」を見つけ、露子作品とされたものだ。『全集』では、第一回目のみ採られている。新発見の『婦人世界』では、以後、第二回「婿選《むこえら》び。」、第三回「緑《みどり》色の鳥《とり》」そして第四回の未完の「伏魔殿《ふくまでん》？。」まで掲載された。この翻訳「王女ふおるちゆにあ」によって、「宵暗」の作者が露子ではないことがわかったのである。訳者自身は、「王女ふおるちゆにあ」は、ニューヨークで発行のStrand Magazineから採った、と書いているが、Strand Magazine は、一八九一年　ロンドン（Burleigh Street, Strand）で創刊された絵入雑誌で、この Princess Fortunia は、一九〇一年五月の第二一号に掲載されている（1901. London GEORGE NEWNES LTD SOUTHAMPTON STREET AND EXETER STREET STRAND p586 ~ p594 中央大学図書館蔵）。

訳者が、ロンドンではなく、ニューヨーク経由で購入したのかもしれないが、『婦人世界』明治三五年（一九〇二）一月から掲載されているので、英文雑誌発行から半年余りで日本に紹介されたことになる。「A Story for Children From Spanish」で子ども向きとはいえ、露子が、果たしてこのような英字雑誌を購入、さらに翻訳したのだろうか。露子の環境として、家庭教師による英語指導、アメリカ留学希望を持っていた叔母ノブの影響、少し学んだ梅花女学校での英語教育はあるにしても、ここまでの英語力がはたしてあったであろうか。そうならば、他にも翻訳があるはずであるが、これまでの露子作品にはそのようなものみられなかった。

「王女ふおるちゆにあ」の訳者は、第一一号の目次では、夢遊庵だけでなく、筒井夢遊庵となっていた。この筒井夢遊庵は、第九号の会員名簿に賛成員として、大村忠二郎・奥村梅皐とともに筒井準として名があがっているその人である。彼は、明治三五年年四月二七日の茶話会にも宇田川文海ら他の一一名の賛成会員と出席し、夢遊庵の名でその礼状を幹事宛によこしている。この茶話会には、一般会員の出席者も明記されており、杉山孝子、杉山新子、杉山せい子の三人の名が記されている。賛成会員と一般会員とは区別して記載してあり、筒井準と孝子とは明らかに別人である。したがって作者夢遊庵は露子ではないということになる。

この筒井準（夢遊庵）なる人物は誰か。筒井準は、明治三五年九月一〇日、東京誠進堂書店から発行された『お菊夫人』の訳者であることがわかった。この原本は、後に、野上豊一郎などが訳したピエール・ロチの『お菊さん』であり、筒井準の著したものは、原文とその抄訳本である。奥付では編集者筒井準とあり、本文では紫酔楼となっている。紫酔楼というペンネームは、『婦人世界』でも第九号の批評欄にみられ、それは長谷川濤涯の雑誌『小柴舟』に関するものである。紫酔楼自身、『小柴舟』第三号（明治三五年三月）に批評文を寄せている。『小柴舟』の寄贈書目には浪華婦人会機関紙『婦人世界』が見え、両誌は何らかの関係があったようだ。しかしながら、「王女ふおるちゆにあ」の翻訳も、最初の部分のみで終わってしまい、「末をお楽しみに、相変らず御愛読を願ひます」という訳者の約束も、空手形に終わってしまった。『婦人世界』の読者、「小説女」は、「夢遊庵さまの小説は如何なりました終わりですか」（第一五号葉書便り）と催促している。ひそかに私はこの「小説女」は露子ではないかと思っているのだが。

夢遊庵が露子（孝子）でないとすると、当然「宵暗」という作品も露子作ではなくなる。「宵暗」下の最初に出てくる英詩は、一九世紀アメリカの詩人ロングフェローが一八五〇年に出した「海辺と炉辺」の「海の秘密」から引かれている。今ではなじみの薄い詩人だが、『新体詩抄』に二編翻訳されて以来、旧制高等学校の教科書にも採られ、英語雑誌でとりあげられるなどした。

小説「宵暗」では、継母のために好まぬ結婚を強いられ、病気になった主人公の女性が、遠くフランスへ美術の勉学のために渡航する恋人と、悲しい別れをする。確かに孝子自身の境涯を先取りした観があるので露子作とされたのだろうか。

松村緑はこう述べている。

―この人（長田正平―引用者注）は後年渡欧して異郷に客死したと聞くが、この小説（「宵暗」―同）の書かれた頃はまだ日本にゐた筈である。長田にすでに渡欧の志があり、それが作者にこんな小説を仮構させたものであらうか。（「石上露子遺文（一）」解説）

―「宵暗」という小説は、半ば破り去られて全き形を見るすべもないのであるが、それでも私にとっては見逃しがたい作品である。現存の部分の梗概を記してみると、女主人公の名は萩原露子、上野の美術学校出身の水野芳雄という男性が明日は神戸を出帆してフランスに渡ろうとする前夜、ひそかに垂水に来て露子の別荘の門に立ち、ローマ字綴りの名刺二三葉を垣根越しに投げ入れてそのまま帰りさるのであるが、折節露子は琴を弾いていた。芳雄はその音を聞きつつ、「多恨の遊子が腸まさに寸断せらるゝの思」をしつつ立ち去ってゆくのである。この物語は無論フィクションながら、後年の作者の体験の予兆をここに見る観があるので、注目せられるのである。

（『石上露子集』解説）

実は、長田正平は欧州ではなく、カナダへ赴いたのではあるが―長田の事跡が判明するまで彼の渡航先はフランスとされていた。この理由についても考察の必要はある―。露子と正平の恋は実らず、傷心の露子は結局意にそまぬ結婚をしたというわれわれの理解と、小説世界の真実が全く似通っているゆえ、我々は後付けで、小説世界と現実を同一視してしまったようである。ただし、これは明らかに転倒である。

彼女が読者としてこの小説を読んだ時点で、すでに正平から渡加の予定を知らされていたならば、ひょっとして、自分の境遇と重ね合わせたかもしれない。しかし、露子が自分の事情を客観化し、それを小説としてあらわすまでには相当の距離がある。この主人公の名前が露子であることが露子作品をイメージさせると同時に、また逆に露子が主人公名であることが露子の作品ではないということも示しているのではないだろうか。実際に、孝子が露子のペンネームを使うのは、この「宵暗」が完結した明治三四年末以降なのである。よほど印象深かった作品だからこそ主人公名を自分の名として使い始めたのであろうと私は推測する。

拙著『石上露子と『婦人世界』』を出した後、木村勲氏が『よしあし草』に筒井夢遊庵の名があるとの情報を下さった。調査したところ、筒井夢遊庵（筒井準）の名が、浪華（関西）青年文学会発行の文芸雑誌『よしあし草』に何回か見える。創刊一年後第七号（明治三一年七月三一日）に、特別会員として、奥村恒（奥村梅皐）—彼もまた『婦人世界』での賛成会員であった—とともに筒井準の名があり、俳句も四句取られている。第九号（同年一一月）では、在舞子夢遊生の名で俳句が載る。「松風の夢音に更けゝリ磯の月」「磯涼し漁夫酒を酌む十四五人」とあと一句である。『宵暗』は主人公の恋人が垂水の別荘を訪れた設定になっているが、舞子に滞在し、漁夫の俳句を詠んだ夢遊は、露子よりも「宵暗」執筆の可能性が高い。第一〇号でも奥村恒ともども本会評議員に選ばれている筒井準は、それ以降、第一〇号（明治三二年一月二五日）に俳句七句、第一一号（同年二月二五日）に、例会即吟一句と課題俳句一句、「田家の煙」という詩一遍、第一二号（同年三月二五日）に「君かこゝろ」という詩を載せる。これは、「末をちきりてわかれ」た恋人が今は波路遥かな西の国に去っていった悲しみを歌うもので、『宵暗』の構図と似通っている。恋人が彼方の国へのあこがれに動かされて外国へ赴くという事実も実際にあったであろうし、また別離の恋の背景としてよく使われたテーマでもあった。夢遊庵は、第一四号（同年五月二五日）では住所が大阪市西区北堀江五丁目四六とあり、当時大阪市内に住んでいたことがわかる。[2] 筒井準は、『よしあし草』での文学修行を目的とした青年群の一人であった。大阪在住で浪華婦人会の賛成会員として、夢遊庵や紫酔楼という名で、宇田川文海や奥村梅皐らとともに初期の『婦人世界』を支え、『婦人世界』に小説「宵暗」を載せた。「宵暗」が露子の作でないことは確かだが、先述したように、露子が主人公の男女の名を組み合わせて後の作品に取り入れていることから、露子に影響を与えたことは確かである。

もう一点、トピックを補足しておく。『大阪朝報』に掲載された管野須賀子の初期の小説「あしたの露」は、『管野須賀子全集』では下を欠き、すべてをみることはできていないが、相思相愛の男女が結婚を約したにもかかわらず、親同士のいさかいにまきこまれ、結局は会えなくなり恋人の男はドイツへ留学、ひそかに見送った女はそれが最後の別れともしらず、恋人と再びまみえる時期を待つうちに、その男が亡くなったことを知らされるのである。そして、その女主人公の名が秋山露子、男の名が高木芳雄、二人の名前は、夢遊庵作の「宵暗」の主人公の男女と全く同じ名である。須賀子の作は明治三五年七月一六日発行の『大阪朝報』であり、「宵暗」は前年の一一月に完結編が掲載されているので、須賀子はそれを見た可能性はあり、また、筒井準と宇田川文海は同じく浪華婦人会の賛成会員でもあったから、三者は面識があったかともおもわれる。小説「あしたの露」は、私見では「宵暗」よりも漢文脈がない分読みやすく、文章も読ませるものである。文海の手が入っているのかもしれないが。ちなみに、管野須賀子は、『牟婁新報』に載せた自伝的小説「露子」でも主人公の名を露子としている。

注1　楫野政子『石上露子と『婦人世界』―露子作品「宵暗」「王女ふおるちゆにあ」への疑義と新発見「霜夜」について』二〇一五年　私家版

注2　第一三号では、「松雫集」に、第一四号では、俳句三句と、「家隆塚」の詩、第一五号（明治三三年六月）表があり、天遊によって、前頭になっている。ちなみに横綱なしの大関は河井酔茗である。第一六号（同筒井準は中村春雨らと六人幹事に選出されている。興味深いのは、その号で、俳句や和歌小説新体詩見立年七月二五日）俳句二句、第一七号（同年八月二五日）和歌一首、第一八号（同年九月）「いつこの空」詩一遍、これも、遠く離れた恋人を想う詩、第一九号（同十月）例会出席者だが、幹事ではなくなっている。第二〇号では、「鎖夏」という漢詩を載せ、第二二号（明治三三年一月二八日）新年大会には欠席し、賀正の書を送ったとある。第二四号（同年三月二〇日）俳句二句、さらに別天楼の蘆風会の一句として夢遊の一句。第二五号（四月三〇日）別天楼橡面坊の大阪満月会の夢遊一句。（二六号（同六月一五日）夢遊俳句一句。明治三三年八月一〇日、『関西文学』第一号に例会席上吟に夢遊とある。第六号（明治三四年二月二〇

日）に「瀧の上は白雲深き紅葉かな」夢遊、を最後に見えなくなる。事実上、『よしあし草』は二六号でおわり、それを引き継いだ『関西文学』も明治三四年二月に終刊となる。筒井準は明治三五年四月末には浪華婦人会茶話会に出席しており、九月には東京から『お菊夫人』を出しているので、明治三五年半ばには大阪から東京へ出たのかもしれない。なお、筒井夢遊（準）についての先行研究は私の見る限りでは皆無である。

## おわりに

露子は、作品のなかで、「女であること」をさかんに主張した。それは男女の差異を強調することになり、むしろ男女の平等の主張を遠ざけることになりはしまいかと、最初は違和感をおぼえた。しかし、読み進むにつれて、彼女は「書く」ということを通して、被抑圧的な女の立場を、逆に武器として利用したのではないだろうかと考えるようになった。特に、その美文体を駆使して、思想・社会批判までをやってのけたことは重要だと思う。

私は、「はじめに」でフェミニズムの視点で論ずるといったし、また、ジェンダーが「両性間に認知された差異にもとづく社会関係の構成要素」であり、露子の作品分析にもジェンダー分析が可能であると考えている。実のところ折口信夫の〈女歌論〉にも惹かれるのである。折口の「女流の歌を閉塞したもの」という議論を、折口の〈女歌論〉を再評価した阿木津英の解釈に導かれて、露子の歌だけでなく散文にも応用できるのではと思ったのである。「弱き女性」と自らいいつつ綴る露子のたおやかな美文が、決して弱弱しいものではなく、実は男性に対抗できる思想に裏付けられているのではないかということ。浅学の私ゆえそれをうまく論証できたとの確信はない。しかし、折口が、「女の歌が現実にかまけて、女性文学の特性をなくしてしまった」「子供に乳をやる歌とか、嫁入りの歌、子育ての歌、家事の歌」が何も女の歌ではない、男の歌とは違う、男の歌に追従するばかりでない女歌を作れというとき、私には、女という身体が女の歌（文章）を規定するというような本質主義ではない、男の文化に対抗しうる女の文化の提唱として聞こえる。男女の差異の強調でも、単なる男女同権の主張でもない、それらを乗り越えるあたらしい地平がひらかれるのではなかろうか。その意味で、折口のいう「ぽうずのある」「女歌の伝統」という語は、そのまま露子の文章にもあてはまるだろう。露子の美文に拘ったのは、それがいわゆる女らしさの復権というような次元で語られたくない、との気持ちがあったからである。男性論者が、「女らしい純日本風な」「伝統的な日本女性の貴にあえかな」というとき、露子の持っていた「強靭な」「モノ言う女」の側面を見誤ってしまう。もともと平安朝の女流歌人や女流作家も「女らしい」というような形容でおわらない、「勁さ」をもっていたのだから。しかしまた、露子が近代的女性、社会性に目覚めていたとする点のみを強調することもまた、不十分だと思うのである。「抒情がはらむ思想」との形容が露子の作品には冠される。一言でいえば、そのとおりであるが、彼女の叙情は決して思想と分裂してはいない。美しい文体と強靭な思想とは統合されてあるのだ、といえよう。そしてそれは、彼女が自分の人生の時々の状況と自分の思考とを往復しながら思想を鍛えていったからだといえる。

しかし、この「装う」ということは、ある意味、危険なことでもあった。だからこそ、これまで「伝統的な日本のあえかな女性」像としてとらえられてもきたのだ。蛇足を承知で、現存している露子の写真（口絵写真参照）について触れておわることにしたい。

それは、露子研究に情熱を傾けた松本和男氏の著書の一つ、『石上露子文学アルバム』にある、束髪に花を飾り、パラソルを持って、やや上目遣いのはにかんだ表情のとても美しい姿や（1－1）、同じく束髪にリボンをかけ、泣菫詩集『白羊宮』を手にきっと前を見据えたもの（1－2）、そして最初の出産直後の、父団郎、夫荘平と息子善郎を抱いた露子の、結髪ではなく、無造作に髪を後ろで束ね、産後のややつれた、しかし落ち着いた若妻ぶりと安堵感が伝わってくる写真（1－3）。

そして、もう一枚、『石上露子文学アルバム』にはない、長谷川時雨の『美人伝』（大正七年六月一五日発行）に添えた写真（1－4）。この一枚は「明治美人伝」を『美人伝』として東京社から刊行するにあたって、長谷川時雨が露子に手紙でじかに所望、露子が直接時雨に送ったものであるらしい。[1]この、縦四センチ五ミリ、横三センチ五ミリほどの小さな写真のもとになるものは、松村緑により東京女子大学付属比較文化研究所『比較文化』第八号で「石上露子遺文」を発表したおりに掲載された、縦九・五センチ、横八センチの、露子の横向き上半身像である。「長谷川時雨著『美人伝』に提供の洗ひ髪姿」―のキャプションのついた「露子から届けられた写真は、洗ひ髪を後ろに垂れ、美しい横顔を見せた、白地浴衣姿のとりつくろはぬ一葉」であった。[2]『美人伝』の写真はその一部であったので、それをみた吉田精一は、「うちかけ姿をして、髪を長く梳った、さながら王朝の貴女」といった。[3]露子の「古き昔の物語の姫君」像は「伝統的な日本女性のあえかな心情」に結びつけられ、そのイメージが定着して、露子を「薄幸の麗人」「伝説の歌人」に押し込めることに一役かってしまった。しかし、この元の写真をみた私などは、洗い髪の「白地浴衣のとりつくろはぬ」姿に女性のセクシュアリティを感じる。興味深いことに、明治二四年浅草凌雲閣での「美人写真展」に参加した新橋芸者（安達ツキ）についても長谷川時雨は『美人伝』で名妓として取り上げているが、その芸妓が「洗い髪のお妻」という名で洗い髪のまま写真に撮られたことで知られているのである。実情は写真を撮るのに髪を結うのが間に合わなかったらしいが、この写真は、女性性を前面に押し出すことで女性＝女権を主張することであったのではないかとの見解がなされた。(4) 露子が、美文に男性への抗いをこめたように、この露子が送った写真もまた、「自我に目覚めた女」「戦闘的な女性」を「あえかな女性」、という衣装で演出していたのだろうか。もしそうであるならば長い間気になっていた「おすべらかし」の『美人伝』の露子の写真も又、私の中では、「いづれは女性にて候。されど」「あくまで自己を忘れず奮進したまふべき」という語句に焦点をむすぶのである。しかし、このことについては、問題提起のみとして筆を擱きたい。

注1　松村緑は「東京女子大学『日本文学』第七号（昭和三〇一年一一月）に「「美人傳」の一資料」と題し、長谷川時雨の実物書簡の写真を掲載し、詳述している。「河内国富田林杉山孝子様」という宛名の大正六年五月一二日付の封筒と、手紙の内容の一部が掲載されており、孝子の写真一葉を所望するものであることがわかる。松村が露子の実伝を初めてまとめた「石上露子実傳」とともに、松本和男編『石上露子研究』第1輯に転載されている。しかし松本の掲載文には、時雨の流麗な筆致による書簡写真の掲載はない。

注2　注1に同じ

注3　『芸苑　特集　女性と文芸』昭和二一年九月。「近代秀歌鑑賞3」吉田精一は、この写真については、「さながら王朝の貴女のやうな写真」といっているが、露子の詩歌については、伝統的な日本女性の優情とともに西洋風の新鮮な発想を見ている。

注4　NHK「歴史秘話ヒストリア」二〇一四年四月三〇日放送「明治のグラビアアイドル」ホームページによる。

# あとがき

一昨年『みはてぬ夢のさめがたく』を共著で出した直後から、新資料を紹介した以上、石上露子に関してきちんとまとめなければという思いがあった。

私が最初に石上露子の名を知ったのは、一九五九年刊の松村緑の『石上露子集』が一九九四年、改めて中公文庫として刊行されたときである。口絵写真（1－1）のいかにも深窓の令嬢然とした美しい露子の写真と松村緑によって、《『明星』時代》の最初に採られた「小板橋」の詩とが醸し出すロマンチックな雰囲気に、魅了されたことは確かだ。しかしその時は、後年、彼女にどっぷりとつかることになろうとは思いもしなかったのである。二〇年後、石上露子の研究サークルに参加して以来、露子に冠される「薄幸の麗人」と、「近代的思想の持主」という言葉が気にかかるようになった。近代的な女性の自我をもちながらも、たおやかな麗人像がほの見える、逆に、あえかな古典的世界の女性を思わせながら辛辣な現実把握を披歴してみせるといったぐあいに、時に翻弄されるようにも感じた。要するに露子は「装う」人であるのではないか。文章における韜晦や空白、朧化も一つのポーズ・演出ではないのかと。彼女の古典調の「文体」は彼女の「思想」を支えるものであり、「近代」と「古典」は分裂するものではなく、露子の内面においては統合されているのだと思うようになった。露子の古典的美文は近代的思想を印象付ける戦略とまで言えるかどうかは、今後にゆずりたい。

露子の代表的作品は、全集にして一冊に収まるくらいの作品数であるにもかかわらず、論じるのは骨が折れた。私はまったく意味のないことをやっているのではないかと何度も落ち込んだ。そのような私を励まし支えてくださった、友人奥村和子さんにはとても感謝している。彼女にはいろいろ貴重なアドバイスをいただいた。また資料提供に関しては、富田林の玉城幸男氏、安富美子氏、青柳栄子氏にお世話になった。『石上露子百歌』の著者宮本正章氏、富田林在住の露子研究家北沢紀味子氏にはいろいろご教授いただいたこと、この場を借りてお礼申しあげる。いちいちお名前をあげられないが、活動をともにしている「石上露子を語る会」のメンバーの方々、大阪に拠点をもつ『管野須賀子研究会』の方々、以前から時折お声をかけてくださった大学関係の方々、寺院関係では、高貴寺ご住職、観念寺ご住職、瑞龍寺（鉄眼寺）ご住職、そして露子の母奈美の実家日下の旧河澄家、緒方洪庵記念財団、大手前高等学校同窓会「金蘭会」事務局、多くの方のおかげでここまで来た。今回の出版には、大杉剛氏はじめ風詠社の方のお世話になった。

今年は露子没後六〇年の記念の年である。その年に出せたこともうれしい限りである。

露子没後六〇年、二〇一九年の秋に

楫野　政子

# 〈作品年表〉

| | 露子略伝 | 婦女新聞（明治33・5創刊） | 婦人世界（明治34・6） | 明星（同33・4） | 歴史的事項 |
|---|---|---|---|---|---|
| 明治15年（1882） | 6月11日　大阪府石川郡富田林村に露子誕生 | （ ）内は月日<br>明治43年以降『助産之栞』 | （ ）内は月日、機関紙は毎月15日発行 | 昭和5年以降『冬柏』 | 岸田俊子大阪で「婦女の道」の演説 |
| 明治18年 | 妹セイ誕生 | | | | 『女学雑誌』創刊 |
| 明治20年（6歳） | 大阪へ、愛日小学校に通う | | | | |
| 明治23年 | | | | | 女性の政治活動禁止 |
| 明治24年 | 富田林に帰り妙慶寺小学校に | | | | |
| 明治27年（13歳） | 実母離縁実家河澄家へ去る | | | | |
| 明治28年 | 一時大阪女学校・梅花女学校 | | | | |
| 明治29年 | 父再婚・継母入家 | | | | |
| 明治30年（16歳） | 家庭教師神山薫を迎える | | | | |
| 明治31年 | | | | | 民法親族編・相続編公布（長男子家督相続、妻の無能力） |
| 明治32年（18歳） | 神山と東北旅行、長田正平を知る | | | | 高等女学校令公布 |

| | | | | | |
|---|---|---|---|---|---|
| 明治33年（1900） | 5月 神山・チカらと東京行き、正平と再会、夏同一行で紀州の旅 | | | | 治安警察法（女子の政治結社加入・政談参加禁止） |
| 明治34年（20歳） | 1月 長田正平杉山家訪問、以後正平出入り禁じられる<br>『婦女新聞』に投稿始める | 「「継母」について」（7・29）<br>「河内金剛山下の一小都」（8・12） | 杉山孝子会員名簿に載る（10・15） | | 愛国婦人会設立・潮田千勢子ら鉱毒地救済婦人会・田中正造天皇に直訴 |
| 明治35年 | 長田正平神戸田村商会入社 | 「母子草」（4・7）<br>「わが昨今」（6・16）<br>「まぼろし日記」（9・8） | 「わか水」（1・15）<br>「たゞいさゝか」（7・15） | | 高等女学校修身教育強化 |
| 明治36年（22歳） | 妹セイ大谷家へ嫁す<br>露子9月新詩社入社か<br>10月『明星』に初めて登場<br>10月末 長田正平カナダバンクーバーへ | 「野薔薇物語」（6・29）<br>「庚申猿」（7・27～8・10）<br>「初秋」（8・31）<br>「山分衣」夕ちどり・小夜千鳥（11・23～12・7） | 「ひらきふみ」（3・15）<br>「あかつき」（7・15）<br>「親なし子」（9・15）<br>「朝日新聞の小説失恋狂を読みて」（同） | 短歌3首（10）<br>以降（ ）は月 | 第5回内国勧業博覧会開催（大阪・3月～7月）<br>管野須賀子博覧会浪花踊り反対運動、5月大阪婦人矯風会、浪華婦人会入会<br>11月 週刊『平民新聞』創刊 |
| 明治37年 | 浪華婦人会機関紙『婦人世界』編集者となり活躍 | 「第195号の俚歌評釈につきて」（2・15）<br>「兵士」（4・11）<br>「芳岳の君に」（4・25）<br>「芳さん」（5・23）<br>「幽思」（6・6）<br>「わすれな草」（6・27）<br>「をとめ」（8・22）<br>「こほろぎ」（9・12） | 「草の戸」（7・15）<br>「おきみちやん」（12・15） | 短歌6首（1）<br>短歌4首・美文「日記より」（2）<br>短歌4首・美文「かげろふ」（4）<br>短歌4首・美文「夕」（5）<br>短歌3首・美文「夢のひと」（6） | 2月 日露戦争開戦<br>5月 日露戦争、南山の戦いで多くの死傷者出す |

| | | | | | |
|---|---|---|---|---|---|
| 明治37年 | 10月 妹セイ没<br>11月19日 浪華婦人会茶話会で、管野須賀子ら他の会員、保管所の幼児たちと写真におさまる<br>（難波鉄眼寺で撮影） | | | 短歌5首（7）<br>短歌6首（9）<br>短歌5首（11）<br>短歌5首（12） | |
| 明治38年（1905） | 10月29日 第一回浪華婦人会家政塾卒業式で、祝詞を読む<br>11月20日の日本赤十字社第13回総会に出席のため上京、24日には千駄ヶ谷の新詩社訪問<br>このとき田中万逸に会ったり、『婦女新聞』編集者、文学仲間と交流 | 「新愁」（1・1）<br>「田園日記」（4・17～5・1）<br>「異性」（7・3）<br>「おもかげ」（7・3～8・7） | 「霜夜」（1・1）<br>「具津と太呂」（2・15）<br>「売店室」（4・15）<br>「しのび音」（7・15）<br>「いつゝ児」（同）<br>「野菊の径」（10・15）<br>「かへさの道」（11・15）<br>「浪華婦人会家政塾卒業式祝詞」（同）<br>「姉の文」（まぼろし人）<br>（同）<br>「旅信」（友信欄）（12・15） | 短歌7首（3）<br>短歌9首（11） | 1月1日 日露戦争旅順陥落させる<br>週刊『平民新聞』日露戦争批判を続け、廃刊を余儀なくされる。<br>1月29日「廃刊号」<br>9月 日露戦争終結 |
| 明治39年 | 3月21日 東北義捐音楽会を主宰<br>4月に行われた第二回浪華婦人会家政塾卒業式で祝詞を読む | 「絹手毬」（1・1） | 「春の人へ」（1・15）<br>「冬の小径」まぼろし人<br>（同）<br>「狂風片言」（2・15）<br>浪華婦人会家政塾卒業式祝詞（5・15）<br>「西瓜物語」（6・15） | 短歌5首（5） | |

| | | | | | |
|---|---|---|---|---|---|
| | | | 「山より」(7・15) 「夕河原」(8・15) 「園遊会」(11・15) | | |
| 明治40年 | 5月 宮崎民蔵「土地復権同志会」に加盟 同じ頃『大阪平民新聞』創刊時に森近運平に100円寄付 12月 片山荘平を婿に迎え結婚 | | 「伯母上様まゐる」(1・15) 「あきらめ主義」(同) 「その夜」(2・15) 「開き文君がゆく道」(4・15) 「かげろふ」(同) 12月『婦人世界』終刊か | 短歌9首(11) 詩「小板橋」(12) | |
| 明治41年 | | | | 短歌5首(1) 11月『明星』終刊 | 赤旗事件荒畑寒村ら逮捕される |
| 明治43年 | 2月 長男善郎誕生(緒方産科病院) | 以下『助産之栞』()は月 「読書のたのしみ」(11) | | | 5月 大逆事件発覚、幸徳秋水、管野須賀子起訴される |
| 明治44年 | 5月 父団郎没 8月 長女誕生も1カ月で死去 | 「消息文」(10) 「一つ身衣」(11) | | | 1月 大審院大逆事件被告24名に死刑判決(翌日12名無期に)幸徳・管野ら12名処刑される 9月『青鞜』創刊 |
| 明治45年 大正元年 | | | | | 明治天皇没・乃木殉死 女工スト多発 |

| | | | | | |
|---|---|---|---|---|---|
| 大正2年 | 7月 長谷川時雨『読売新聞』「明治美人伝」に「石上露子」を書く | | | | |
| 大正3年（1914） | | | | | 第一次世界大戦～1918 |
| 大正4年 | 4月 次男好彦誕生（緒方産科病院） | 「産床日誌」1（6）<br>「消息」（同）<br>「産床日誌」2（7） | | | |
| 大正5年 | | 「せきれい」（1）<br>「〇〇庵日記」（9）<br>「婦人家庭衛生学を」（10） | | | 吉野作造・民本主義 |
| 大正6年 | | 「流産」（5）<br>「孔雀の翅」（10） | | | |
| 大正7年 | 6月 長谷川時雨『美人伝』刊行 | 「和歌」8首（7） | | | 米騒動 |
| 大正8年（1919） | 生田春月「小板橋」（『日本近代名詩集』に採用<br>8月 緒方正清博士没 | 「涙の記」（11） | | | |
| 大正12年 | | | | | 3月 最初の国際婦人デー<br>9月 関東大震災 |
| 大正14年（1925） | | | | | 治安維持法 |

| | | | | | |
|---|---|---|---|---|---|
| 大正15年 昭和元年（45歳） | | | | | 治安維持法改定・最高刑死刑 |
| 昭和5年 | 3月 長田正平カナダで没（51歳） | | | 『冬柏』創刊<br>以下『冬柏』2−9は2巻9号 | |
| 昭和6年（1931） | 4月 息子二人と京都に居住<br>『冬柏』で作歌活動再開 | | | 19首（2−9）<br>19首（2−10）<br>9首（2−11） | 満州事変始まる |
| 昭和7年 | 11月『冬柏』同人歌会出席 | | | 19首（3−2）<br>17首（3−4）<br>16首（3−5）<br>18首（3−6）<br>15首（3−7）<br>19首（3−12） | 日本、満州国つくる<br>五・一五事件 |
| 昭和8年 | | | | 「梅花集」2首<br>9首（4−3）<br>17首（4−4）<br>19首（4−6）<br>12月19首（5−1） | |
| 昭和9年 | 夫長三郎（荘平）隠居、長男善郎家督相続<br>12月（堺の）浜寺へ | | | 16首（5−8）<br>12月15首（6−1） | |
| 昭和10年（54歳） | 1月 浜寺の新築邸宅完成 | | | 9首（6−5） | |

| | | | | | |
|---|---|---|---|---|---|
| 昭和11年 | 長男善郎発病→<br>14年次男好彦家督相続 | | | | 二・二六事件 |
| 昭和12年<br>（1937） | | | | | 日中戦争始まる |
| 昭和16年<br>（1941） | 12月 善郎没<br>同月継母没 | | | | アジア太平洋戦争〜1945 |
| 昭和19年 | 好彦ジャワより帰還 | | | | |
| 昭和20年<br>（64歳） | 1月 生母ナミ没<br>4月 夫荘平没<br>7月 堺大空襲 | | | | 8月敗戦<br>女性の参政権 |
| 昭和21年 | 12月 浜寺から富田林へもどる | | | | 農地改革始まる |
| 昭和26年 | 津田秀夫古文書調査で訪問 | | | | |
| 昭和27年 | 松村緑「石上露子実伝」発表 | | | | |
| 昭和30年 | 「富田林の旧家」（『暮しの手帖』 | | | | |
| 昭和31年 | 3月 好彦浜寺の家で自殺 | | | | |
| 昭和34年 | 10月8日 露子脳出血で急逝<br>11月 松村緑『石上露子集』刊行 | | | | |

| | | | | | |
|---|---|---|---|---|---|
| 昭和58年（1983） | 富田林市杉山家買い取り、補修<br>国の重要文化財の指定受ける | | | | |
| 昭和61年（1986） | | | | | 男女雇用機会均等法施行 |
| 平成11年（1999） | 石上露子を顕彰する会が発足、現在にいたる | | | | 男女共同参画社会基本法公布・施行 |

この年表は、松本和男『石上露子文学アルバム』、『明治女性文学論』巻末「明治女性文学関連年表」、『近代日本総合年表』（1968年岩波書店）、学び舎『中学歴史教科書増補版』（2017年）、奥村和子・楫野政子『みはてぬ夢のさめがたく』第三部奥村和子担当部分を参考に、筆者が作成したものである。

## 〈参考文献〉

《単行本》


・松村緑　『石上露子集』一九九四年　中公文庫　中央公論社

　同　『蒲原有明論考』一九六五年　明治書院

　同　『薄田泣菫考』一九七七年　教育出版センター

・大谷渡　『石上露子全集』一九九八年　東方出版

　同　『管野スガと石上露子』一九八九年　東方出版

・早川紀代編　『軍国の女たち』戦争・暴力と女性2　二〇〇五年　吉川弘文館

・松本和男　『石上露子研究』第1輯から第9輯　一九九六年〜一九九九年　私家版

　同　『評伝石上露子』二〇〇〇年　中央公論新社

　同　『論集石上露子』二〇〇二年　中央公論事業出版

　同　『石上露子をめぐる青春群像　上・下巻』二〇〇三年　私家版

　同　『石上露子文学アルバム』二〇〇九年　私家版

・碓田のぼる　『『明星』における進歩の思想』一九八〇年　青磁社

　同　『夕ちどり　忘れられた美貌の歌人・石上露子』一九九八年　ルック

　同　『不滅の愛の物語り』二〇〇五年　ルック

　同　『石川啄木と石上露子　その同時代性と位相』二〇〇六年　光陽出版社

・宮本正章　『石上露子百歌』二〇〇九年　竹林館

・北沢紀味子『露の舞　私の石上露子と織田作之助』一九九二年　千鳥社
同　『火中ゆく　石上露子・織田作之助』二〇〇七年　千鳥会
・奥村和子『恋して、歌ひて、あらがひて―わたくし語り石上露子』二〇一九年　竹林館
同　『石上露子・富田林の人々と日露戦争』改訂版　二〇一八年　私家版
・奥村和子・楫野政子『みはてぬ夢のさめがたく　新資料でたどる石上露子』二〇一七年　竹林館
・楫野政子『石上露子と『婦人世界』―露子作品「宵暗」「王女ふおるちゆにあ」への疑義と新発見「霜夜」について』二〇一五年　私家版
・『明治女性文学論』新フェミニズム批評の会　二〇〇七年　翰林書房
・『新編日本女性文学全集 第2巻』二〇〇八年　菁柿堂
・木村勲『鉄幹と文壇照魔鏡事件　山川登美子及び「明星」異史』二〇一六年　国書刊行会
・明石利代『関西文壇の形成―明治大正期の歌誌を中心に』一九七五年　前田書店出版部
同　『「明星」の地方歌人考―新詩社の文学運動の側面』一九七九年　笠間書院
・関礼子編『樋口一葉　日記・書簡集』二〇〇五年　ちくま文庫　筑摩書房
関礼子『語る女たちの時代　一葉と明治女性表現』一九九七年　新曜社
同　『一葉以後の女性表現　文体・メディア・ジェンダー』二〇〇三年　翰林書房
同　『女性表象の近代　文学・記憶・視覚像』二〇一一年　翰林書房
同　『姉の力　樋口一葉』一九九三年　ちくまライブラリー　筑摩書房
・平田由美『女性表現の明治史　樋口一葉以前』二〇一一年　岩波人文書セレクション　岩波書店
・菅聡子編『樋口一葉　小説集』二〇〇五年　ちくま文庫　筑摩書房

・西川祐子『私語り　樋口一葉』二〇一一年　岩波現代文庫　岩波書店
・家永三郎『近代日本の思想家』一九六二年　有信堂
　同　『植木枝盛研究』一九七六年（一九六〇年）岩波書店
　同　『数奇なる思想家の生涯　田岡嶺雲の人と思想』一九七六年　岩波新書
　同　『日本近代思想史研究』一九八〇年　東京大学出版会
・『植木枝盛日記』（植木枝盛集　巻七所収）一九九〇年　岩波書店
・与謝野鉄幹『鉄幹晶子全集2』「新派和歌大要」二〇〇二年　勉誠出版
・与謝野晶子『新譯紫式部日記・新譯和泉式部日記』一九一六年　金尾文淵堂
・『定本与謝野晶子全集』第一三巻短歌評論・第一四巻評論感想集1　一九八〇年　講談社
・『湘煙選集』1　鈴木裕子編　一九八五年　不二出版
・『定本平出修集』一九六五年　春秋社
・『大逆事件に挑んだロマンチスト　平出修の位相』平出修研究会　一九九五年　同時代社
・管野須賀子『管野須賀子全集』三巻　一九八四年　弘隆社
・長谷川時雨『美人伝』一九一八年　東京社
　同　『新編近代美人伝』一九八五年　岩波文庫　岩波書店
・生田春月『日本近代名詩集』一九一九年　越山堂　日本近代文学館蔵
・中山沃『緒方惟準伝　緒方家の人々とその周辺』二〇一二年　思文閣出版
・『幸徳秋水全集』別巻一　一九七二年　明治文献
・『薄田泣菫全集』第一巻　一九三八年　創元社

・小栗風葉『青春』大衆文学大系1尾崎紅葉・徳富蘆花・小栗風葉・泉鏡花集　一九七一年　講談社
・小杉天外『魔風恋風』大衆文学大系2小杉天外・菊池幽芳・黒岩涙香・押川春浪集　一九七一年　講談社
・佐伯順子『「色」と「愛」の比較文化史』一九九八年　岩波書店
　同　『恋愛の起源　明治の愛を読み解く』二〇〇〇年　日本経済新聞社
　同　『明治〈美人〉論　メディアは女性をどう変えたか』二〇一二年　NHKブックス
・伊藤整『若い詩人の肖像』一九九八年　講談社文芸文庫　講談社
・堀場清子編『『青鞜』女性解放論集』一九九一年　岩波文庫　岩波書店
・長山靖生『日露戦争―もうひとつの「物語」』二〇〇四年　新潮新書　新潮社
・林葉子『性を管理する帝国　公娼制度下の「衛生」問題と廃娼運動』二〇一七年　大阪大学出版会
・『紅葉全集』第一〇巻　一九九四年　岩波書店
・『川端康成全集』第三二巻「評論3文芸時評」一九八二年　新潮社
・小林信行『島田謹二伝　日本人文学の「横綱」』二〇一七年　ミネルヴァ書房
・「石上露子を語る集い」編『芝昇一遺稿集　ひたに生きて　石上露子研究・その他』二〇〇八年
・「石上露子を学び語る会」編『石上露子の人生と時代背景』（追補版）二〇一二年
・『婦女新聞』を読む会編『『婦女新聞』と女性の近代』一九九七年　不二出版
・吉見俊哉『博覧会の政治学　まなざしの近代』一九九二年　中公新書　中央公論社
・矢沢保『自由と革命の歌ごえ』一九七八年　新日本新書　新日本出版社
・荒木傳『なにわ明治社会運動碑』上・下　一九八三年　柘植書房
・山本正秀『近代文体発生の史的研究』一九八二年　岩波書店

・本田和子『異文化としての子ども』一九九二年　ちくま学芸文庫　筑摩書房
・ヴァージニア・ウルフ『自分ひとりの部屋』片山亜紀訳　二〇一五年　平凡社ライブラリー　平凡社
・篠弘『自然主義と近代短歌』一九八五年　明治書院
・木俣修『近代短歌の史的展開』一九六五年　明治書院
・鈴木裕子編『資料　平民社の女たち』一九八六年　不二出版
・吉屋信子『女性の文章の作り方』一九四九年　東京大泉書店
　同　『ある女人像　近代女流歌人伝』一九七九年　朝日新聞社
・川村邦光『オトメの祈り　近代女性イメージの誕生』一九九三年　紀伊國屋書店
・阿木津英『折口信夫の女歌論』二〇〇一年　五柳叢書　五柳書院
・大嶋知子『松村緑の人と学問―日本近代詩研究の一足跡―』一九九五年　教育出版センター
・松本弘『近鉄長野線とその付近の名所旧蹟について』二〇一八年　私家版
・秋山清『郷愁論―竹久夢二の世界』一九七一年　青林堂

《雑誌・新聞》

・浪華婦人会編『婦人世界』石川武美記念図書館・関西大学図書館・東京大学明治雑誌文庫・静岡県立大学図書館および楫野蔵
・『婦女新聞』復刻版　明治期　不二出版
・週刊『平民新聞』労働運動史研究会編・明治文献資料刊行会『明治社会主義史料集』別冊(3)、(4)　一九六二年
・『直言』労働運動史研究会編・同　『明治社会主義史料集』第1集　一九六〇年

・『光』労働運動史研究会編・同『明治社会主義史料集』第2集　一九六〇年
・日刊『平民新聞』労働運動史研究会編・同『明治社会主義史料集』第4集　一九六一年
・『大阪平民新聞』労働運動史研究会編・同『明治社会主義史料集』第5集　一九六二年
・『天鼓』第三号から六号、八号から一六号　大阪府立図書館蔵、また国会図書館ウェブサイト
・『助産之栞』緒方助産婦学会　一八九六年〜一九四四年　緒方洪庵記念財団蔵
・短歌同人誌『無派』二九号から六八号　日本近代文学館蔵
・「石上露子を語る集い」会報「小板橋」一八八号（二〇一七年二月）
・『少詩人』一九〇二年二月　日本近代文学館蔵
・『新声』復刻版　一九八三年　ゆまに書房　日本近代文学館蔵
・『東紅』東紅社　天理大学図書館蔵
・『女学雑誌』複製版　一九八四年　臨川書店
・『婦人新報』復刻版　一九八五年―一九八六年　不二出版
・『女學世界』復刻版　二〇〇五年　柏書房
・『文芸倶楽部』一九〇六年一月　博文館
・『よしあし草』復刻版　一九七六年　日本近代文学館編
・日本基督教婦人矯風会編『婦人新報』復刻版　不二出版
・『冬柏』二〇一七年　復刻版
・『明星』第一次　複製版　一九七九年―一九八〇年　臨川書店

《論文》

・松村緑「石上露子実伝」(『国語と国文学』東京大学国文学研究室編　至文堂　一九五二年七月号　所載)

同　「石上露子遺文」(「比較文化」東京女子大学付属比較文化研究所　第八号〜一〇号一九六二〜一九六四年)

・佐渡谷重信「近代日本におけるホーソーンとロングフェローの運命」(『西南学院大学英語英文学論集』一四・一五　一九七三〜一九七五年　所載)

・吉田精一「石上露子」(『芸苑』三巻七号　一九四六年　巌松堂　日本近代文学館蔵)

・島田謹二(松風子)「石上露子集」(臺灣愛書會編輯所『愛書』第十五輯　昭和一七年八月廿五日　所載)

同　「石上露子の歌」(『和歌文学の世界第一集』一九七三年　笠間書院　所収)

・木村勲「夢二の「宵待草」に本歌あり?・宮本正章教授が新説」(二〇〇〇年九月六日　朝日新聞)

同　「思想史の風景」〈続・関西文壇の形成〉二〇〇二年三月八日　朝日新聞

・渡邊澄子「与謝野晶子論ノートⅡ」(昭和女子短期大学紀要第一二号　一九七七年三月　所載)

・中山敦子「石上露子の『兵士』について」(『歴史と神戸』一九七八年五月　所載)

・西川松子「婦人を侮辱せる法律」(『婦人公論』一九一八年四月一日　所載)

・「女詩人和泉式部」上・中・下『女性』プラトン社　一九二八年一月号〜三月号

・折口信夫「女流の歌を閉塞したもの」(『短歌研究』一九五一年一月号　所載)

・香内信子「与謝野晶子における表現活動の変遷」(『女性学研究』大阪女子大女性学研究センター論集七　一九九九年三月　所載)

・加藤孝男「近代短歌における感情語―「かなし」「さびし」の歴史的考察」(『中京国文学』第六号　一九八七

年三月　所載）
・宮本正章「石上露子作「小板橋」と竹久夢二作「宵待草」の成立とその相関について」（四天王寺国際仏教大学紀要　二〇〇一年三月　所載）
同　「石上露子「明星」掲載短歌評釈（その一）」（四天王寺国際仏教大学紀要　二〇〇二年三月　所載）
・伊佐健治「『露子』（管野須賀子作）、『ラマン（愛人）マルグリット・デュラス作）―作品に用いられる、物語描写の相違について―」（大阪学院大学通信　二〇一三年六月　所載）

《辞典》
・『日本近代文学大事典』一九七七年　講談社
・『日本女性文学大事典』二〇〇六年　日本図書センター
・『日本国語大辞典』二〇〇一年～二年　小学館
・『日本百科全書』一九八八年　小学館
・有馬頼底監修『茶席の禅語辞典』二〇〇二年　淡交社
・柴桂子監修『おんな表現者事典』二〇一五年　現代書館

《ウエブ資料》
・「朝日新聞　聞蔵」
・「読売新聞　ヨミダス」
・緒方正清『婦人家庭衛生学』国立国会図書館

・日露戦争特別展Ⅱ「公文書に見る日露戦争」（アジア歴史資料センター）
・http://www.hwlongfellow.org/poems_poem.php?pid=114
・大阪市立中央図書館　電子資料『続現代史資料Ⅰ』社会主義者沿革Ⅰ
・露子の妹セイ宛書簡類は「石上露子を語る集い」元代表芝昇一氏蔵・大阪大谷大学図書館蔵、及び杉山家夫妻宛緒方とら子書簡は大阪大谷大学図書館蔵のもの

楫野　政子（かじの・まさこ）

1948 年　神戸市生まれ
1970 年　神戸大学文学部国文学科卒業
神戸市内の高等学校などで勤務した後
2004 年　大阪大学大学院文学研究科前期課程修了（日本学）
「石上露子を語る会」代表、「管野須賀子研究会」会員、「女性史総合研究会」会員
論文「「高等女学校国語教科書古典教材」にみる近代―精神的教化手段としての「女流古典文学」」（日本文学協会編『日本文学』2004 年 12 月）
「二人の「情熱歌人」和泉式部と与謝野晶子―近代における「古典」受容の一場面」（大阪大学大学院文学研究科日本学研究室『日本学報』2005 年 3 月）
「明治期地方婦人会機関誌にみる社会活動―浪華婦人会『婦人世界（1901 ～ 1907）をめぐって」（『日本学報』2016 年 3 月）
著作　『石上露子と「婦人世界」―露子作品「宵暗」「王女ふおるちゆにあ」への疑義と新発見「霜夜」について』2015 年　私家版
奥村和子との共著『みはてぬ夢のさめがたく―新資料でたどる石上露子』2017 年　竹林館

石上露子私論 —女性《にょしょう》にて候、されど—

2019年11月10日　第1刷発行

著　者　梶野政子
発行人　大杉　剛
発行所　株式会社 風詠社
〒553-0001　大阪市福島区海老江5-2-2
大拓ビル5-7階
TEL 06（6136）8657　http://fueisha.com/
発売元　株式会社 星雲社
〒112-0005　東京都文京区水道1-3-30
TEL 03（3868）3275
装幀　2DAY
印刷・製本　シナノ印刷株式会社

ISBN978-4-434-26799-4 C0095